RESPIRE

K. A. Tucker

RESPIRE

Livro 1 da série TEN TINY BREATHS

Tradução de Maira Parula

FÁBRICA231

Título original
TEN TINY BREATHS

Este livro é uma obra de ficção. Referências a acontecimentos históricos, pessoas reais ou localidades foram usadas de forma fictícia. Outros nomes, personagens, lugares e incidentes são produtos da imaginação da autora, e qualquer semelhança com fatos reais, localidades ou pessoas, vivas ou não, é mera coincidência.

Copyright © 2012 by K. A. Tucker

Nenhuma parte desta obra pode ser reproduzida ou transmitida por qualquer forma ou meio eletrônico ou mecânico, inclusive fotocópia, gravação ou sistema de armazenagem e recuperação de informação, sem a permissão escrita do editor.

Copyright da edição brasileira (c) 2016 by Editora Rocco Ltda.

"Edição brasileira publicada mediante acordo com
Atria Books, uma divisão da Simon & Schuster, Inc."

FÁBRICA231
O selo de entretenimento da Editora Rocco Ltda.

Direitos para a língua portuguesa reservados
com exclusividade para o Brasil à
EDITORA ROCCO LTDA.
Av. Presidente Wilson, 231 – 8º andar
20030-021 – Rio de Janeiro – RJ
Tel.: (21) 3525-2000 – Fax: (21) 3525-2001
rocco@rocco.com.br /www.rocco.com.br

Printed in Brazil/Impresso no Brasil

Preparação de originais: Halime Muser

CIP-Brasil. Catalogação na fonte.
Sindicato Nacional dos Editores de Livros, RJ.

T826r   Tucker, K. A.
            Respire / K. A. Tucker; tradução de Maira Parula. – 1ª ed.
         – Rio de Janeiro: Fábrica231, 2016.
                     (Ten tiny breaths; 1)

           Tradução de: Ten tiny breaths

           ISBN 978-85-68432-61-7

              1. Ficção canadense. I. Parula, Maira. II. Título. III. Série.

16-31658   CDD-819.1
                                                      CDU-821(71)

Para Lia e Sadie
Que os anjos as protejam

Para Paul
Pelo seu apoio constante

Para Heather Self
Todas as plumas verdes e púrpuras do mundo

PRÓLOGO

"Apenas respire", minha mãe diria. "Dez respirações curtinhas... Prenda o ar. Sinta-o. Ame-o." Sempre que eu gritava e batia o pé de raiva, chorava alto de frustração, ou ficava verde de ansiedade, ela calmamente recitava as mesmas palavras. Toda vez. Exatamente as mesmas palavras. Ela devia ter tatuado a porcaria do mantra na testa. "Isso não faz sentido!", eu gritava. Nunca entendi. Para que serve respirar curtinho? Por que não respirar fundo? Por que dez? Por que não três, cinco ou vinte? Eu gritava e ela simplesmente abria um sorrisinho. Na época, eu não entendia.

Agora entendo.

Fase um

TORPOR AGRADÁVEL

UM

Um leve assobio... Meu coração palpita nos ouvidos. Não ouço mais nada. Tenho certeza de que minha boca se mexe, chamando por eles... Mãe?... Pai?... Mas não ouço minha voz. Pior, não ouço a voz deles. Eu me viro para a direita e vejo a silhueta de Jenny, mas seus braços e pernas estão estranhos, não parecem normais e ela está espremida contra mim. A porta do carro ao lado dela está mais próxima do que devia. Jenny? Tenho certeza de que a chamo. Ela não responde. Eu me viro para a esquerda e só vejo escuridão. Escuro demais para enxergar onde Billy está, mas sei que ele está ali, porque sinto sua mão. É grande, forte e envolve meus dedos. Mas ela não se mexe... Tento apertá-la, mas não consigo obrigar meus músculos a se flexionarem. Não posso fazer nada além de virar a cabeça e ouvir meu coração martelar como uma bigorna no meu peito pelo que parece uma eternidade.

Luzes fracas... Vozes...

Eu os vejo. Eu os ouço. Estão ao redor, se aproximando. Abro a boca para gritar, mas não encontro energia. As vozes ficam mais altas, as luzes mais fortes. Um ofegar estridente arrepia meus pelos. Como uma pessoa lutando pela sua última respiração.

Ouço estalos altos, como alguém puxando os holofotes de um palco com alavancas. De repente luzes surgem de todos os lados, iluminando o carro com uma intensidade ofuscante.

Para-brisa destruído.

Metal retorcido.

Manchas escuras.

Poças de líquido.
Sangue. Por todo lado.
Tudo desaparece de repente e estou caindo para trás, despencando na água fria, afundando cada vez mais na escuridão, ganhando velocidade à medida que o peso de um oceano me engole por completo. Abro a boca e procuro ar. Um jato de água fria me atinge de repente, me enchendo por dentro. A pressão no peito é insuportável. Estou prestes a explodir. Não consigo respirar... Não consigo respirar. Respire curtinho, ouço minha mãe instruir, mas não consigo. Não consigo nem mesmo um sopro. Meu corpo está tremendo... Tremendo... Tremendo...
– Acorde, querida.
Meus olhos se abrem de repente e vejo um apoio de cabeça desbotado diante de mim. Preciso de um instante para me reorientar, acalmar meu coração acelerado.
– Você estava ofegando muito – diz a voz.
Eu me viro e vejo uma mulher me olhando de cima, a preocupação estampada em seu rosto muito enrugado, os dedos envelhecidos e tortos no meu ombro. Meu corpo se enrosca antes que eu consiga evitar a reação automática ao seu toque.
Ela tira a mão com um sorriso gentil.
– Desculpe, querida. Achei que devia acordar você.
Engolindo em seco, consigo resmungar.
– Obrigada.
Ela assente e se vira para se sentar no ônibus.
– Deve ter sido um pesadelo.
– É – respondo, recuperando minha voz calma e vazia de sempre. – Não vejo a hora de acordar.

– Chegamos. – Sacudo gentilmente o braço de Livie. Ela resmunga e aninha a cabeça na janela. Não sei como consegue dormir assim, mas ela apagou e roncou baixinho pelas últimas seis horas. Um fio seco e grosso de saliva escorre pelo seu queixo. *Tão atraente.* – Livie – chamo mais uma vez com certa impaciência. Preciso sair desta lata de sardinha. Agora.

Recebo um aceno desajeitado e um "não enche, estou dormindo" de beicinho.

– Olivia Cleary! – vocifero enquanto os passageiros vasculham os bagageiros internos e pegam seus pertences. – Vamos. Preciso sair daqui antes que eu perca a cabeça! – Não quero gritar, mas não consigo evitar. Não me sinto muito bem em espaços apertados. Depois de 22 horas na droga deste ônibus, minha vontade é de puxar a janela de emergência e saltar fora.

Ela finalmente ouve minhas palavras. As pálpebras de Livie se abrem, piscando, e olhos azuis meio embaçados olham o terminal de ônibus de Miami por um momento.

– Chegamos? – ela pergunta com um bocejo, sentando-se para se espreguiçar e ver a paisagem. – Ah, olha! Uma palmeira!

Já estou de pé no corredor, pegando nossas mochilas.

– É, palmeiras! Vem, anda logo. A não ser que você queira passar mais um dia aqui dentro e voltar para Michigan. – Com isso ela resolve se mexer.

Quando saímos do ônibus, vejo que o motorista já descarregou as malas do bagageiro. Rapidamente encontro nossas malas cor-de-rosa. Nossa vida, todos os nossos pertences reduzidos a uma mala para cada uma. Foi só o que conseguimos juntar na pressa de sair da casa de tio Raymond e tia Darla. Não importa, digo a mim mesma enquanto passo o braço pelos ombros da minha irmã num abraço. Temos uma à outra. É só isso que importa.

– Tá quente pra caramba! – exclama Livie ao mesmo tempo em que eu sinto o suor escorrer pelas costas. É o final da manhã e o sol já nos queima como uma bola de fogo no céu. Tão diferente do frio de outono que deixamos em Grand Rapids. Ela tira o capuz vermelho, provocando uma série de assovios de um grupo de meninos que andam de skate.

– Já na pegação, Livie? – provoco.

Seu rosto fica cor-de-rosa enquanto ela dá um jeito de se esconder atrás de uma pilastra de concreto, ficando parcialmente fora de vista.

– Você sabe que não é um camaleão, né?... Ah! Aquele de camisa vermelha está vindo pra cá agora. – Estico o pescoço com expectativa na direção do grupo.

Os olhos de Livie se arregalam de pavor por um segundo antes de ela perceber que estou só brincando.

– Para com isso, Kacey! – ela sibila, batendo no meu ombro.

Livie não consegue ser o centro das atenções dos garotos, e não ajudou em nada ela ter se transformado numa gata no ano passado. Sorrio com malícia enquanto a vejo ajeitando o suéter. Ela não tem ideia do quanto é bonita e, por mim, tudo bem, já que serei sua guardiã.

– Continue sem malícia, Livie. Minha vida vai ficar muito mais fácil se você continuar distraída pelos próximos, digamos, cinco anos.

Ela revira os olhos.

– Tudo bem, dona *Sports Illustrated*.

– Ha! – Na verdade, provavelmente parte da atenção daqueles imbecis é para mim. Dois anos de kickboxing intenso deixaram meu corpo sarado. Isso, além do meu cabelo castanho-avermelhado e olhos azul-claros, chama muita atenção indesejada.

Livie é a minha versão de 15 anos. Os mesmos olhos azul-claros, o mesmo nariz fino, a mesma pele clara de irlandesa. Só há uma grande diferença, e é a cor do nosso cabelo. Se você enrolá-los com toalhas, vai achar que somos gêmeas. Ela tem os cabelos pretos e brilhosos da nossa mãe. Também é cinco centímetros mais alta do que eu, apesar de eu ser cinco anos mais velha.

É, olhando para a gente, qualquer um com alguma inteligência pode ver que somos irmãs. Mas nossas semelhanças terminam aí. Livie é um anjo. Ela cai em prantos quando crianças choram; pede desculpas quando alguém esbarra nela; se oferece como voluntária em bibliotecas na distribuição de sopa para os pobres; pede desculpas pelas pessoas quando elas fazem idiotices. Se ela tivesse idade para dirigir, pisaria no freio até para não atropelar grilos. Já eu... eu não sou Livie. Posso ter sido mais parecida com ela antes, mas não agora. Enquanto eu sou uma nuvem de tempestade crescendo no horizonte, ela é o raio de sol que a atravessa.

– Kacey! – Eu me viro e vejo Livie segurando a porta de um táxi, suas sobrancelhas arqueadas.

De jeito nenhum podemos pagar um táxi com nosso dinheiro contado.

– Soube que catar comida no lixo não é tão divertido quanto dizem.

Ela bate a porta do táxi, fechando a cara.

– Então a gente tem que pegar outro ônibus. – Ela puxa a mala com irritação pelo meio-fio.

– Fala sério. Cinco minutos em Miami e você já está arrumando confusão? Eu tenho uma merreca na carteira para passarmos até domingo. – Estendo a carteira para que ela possa ver.

Livie fica vermelha.

– Desculpa, Kace. Você tem razão. Estou meio perdida.

Suspiro e me sinto mal pela bronca. Livie não tem a personalidade de quem arruma confusão. É claro que a gente se estranha, mas a culpa é sempre minha, e eu sei disso. Livie é uma boa garota. Sempre foi uma boa garota. Careta, tranquila. Meus pais nunca precisaram falar nada com ela duas vezes. Quando eles morreram e a irmã da minha mãe passou a nos criar, Livie se esforçou muito para ser uma garota ainda melhor. Eu segui na direção contrária. Difícil.

– Vem, vamos por aqui. – Fico de braços dados com ela e a aperto mais junto de mim enquanto abro uma folha de papel com o endereço. Vamos ao balcão de informações do terminal de ônibus. Depois de uma conversa longa e complicada com o velho atrás da divisória de vidro, uma conversa com direito a charadas e um diagrama a lápis, onde ele circulou três baldeações no mapa da cidade, estamos num ônibus urbano e torço para não irmos parar no Alasca.

Fico feliz de me sentar de novo, porque estou acabada. Além de um cochilo de vinte minutos no ônibus intermunicipal, não durmo nada há 36 horas. Preferia viajar em silêncio, mas as mãos agitadas de Livie sobre o colo acabam com meus planos.

– O que foi, Livie?

Ela hesita, franzindo a testa.

– Livie...

– Acha que tia Darla chamou a polícia?

Estendi a mão para apertar seu joelho.

– Não se preocupe com isso. Vamos ficar bem. Eles não vão nos achar e, se acharem, a polícia vai saber o que aconteceu.

– Mas ele não *fez* nada, Kace. Devia estar bêbado demais pra saber em que quarto estava.

Olho feio para ela.

– Não *fez* nada? Você se esqueceu do pau duro daquele velho nojento encostando na sua coxa?

A boca de Livie se franze como se ela estivesse prestes a vomitar.

– Ele não fez nada porque você saiu correndo de lá e foi pro meu quarto. Não defenda aquele babaca. – Vi os olhares de tio Raymond para Livie conforme ela crescia no ano passado. Doce e inocente Livie. Eu esmagaria o saco dele se ele colocasse o pé dentro do meu quarto, e ele sabia disso. Mas a Livie...

– Bom, só espero que não venham atrás da gente e nos levem de volta.

Balanço a cabeça.

– Isso não vai acontecer. Agora eu sou sua guardiã e não dou a mínima para nenhuma papelada jurídica idiota. Você não vai sair do meu lado. Além do mais, a tia Darla odeia Miami, lembra? – "Odeia" é uma meia verdade. Tia Darla é uma cristã fanática recém-convertida que passa todo seu tempo livre rezando e insistindo para que todo mundo reze ou saiba que deveria estar rezando para evitar o inferno, a sífilis, a gravidez não planejada. Ela tem certeza de que as grandes cidades são um solo fértil para o mal no mundo. Ela só viria a Miami se o próprio Jesus Cristo fizesse uma convenção aqui.

Livie concorda com a cabeça, depois baixa a voz a um sussurro.

– Acha que o tio Raymond descobriu o que aconteceu? A gente pode ter problemas de verdade por causa disso.

Dou de ombros.

– E quem se importa com ele? – Parte de mim queria ter ignorado os pedidos de Livie e chamado a polícia depois da "visita" de tio Raymond ao quarto dela. Mas Livie não queria ter que lidar com relatórios policiais, advogados e serviços de proteção à infância, e certamente teríamos que falar com essa gente toda. Talvez até com o noticiário local. Nenhuma de nós duas queria isso. Já tínhamos enfrentado o bastante depois do acidente. Quem sabe o que fariam com Livie, sendo ela menor de idade? Provavelmente a colocariam em um orfanato. Não a deixariam comigo. Fui classificada como "instável" por muitos relatórios profissionais para que me confiassem a vida de alguém.

Assim, Livie e eu fizemos um acordo. Não o denunciaríamos se ela ficasse comigo. Ontem à noite por acaso foi perfeito para fugir.

Tia Darla ficaria fora a noite toda em algum retiro religioso, e assim esmaguei três comprimidos para dormir e joguei na cerveja de tio Raymond depois do jantar. Nem acredito que o idiota pegou o copo que preparei e entreguei a ele com tanta gentileza. Eu não lhe dirigi nem dez palavras nos últimos dois anos, desde que descobri que ele perdeu nossa herança numa mesa de vinte e um. Às sete horas, ele estava esparramado no sofá e roncava, o que nos deu tempo suficiente para pegar nossas malas, limpar a carteira dele e a caixa secreta de dinheiro de tia Darla embaixo da pia, e pegar um ônibus à noite. Talvez drogá-lo e roubar o dinheiro deles tenham passado dos limites, mas tio Raymond também não devia ter sido um pedófilo.

– Cento e vinte e quatro – li o número do prédio em voz alta. – É aqui. – É pra valer. Estávamos na calçada na frente do nosso novo lar, um prédio de apartamentos de três andares na Jackson Drive com paredes de estuque e janelinhas. É um lugar bonito, com cara de casa de praia, embora a gente esteja a meia hora do mar. Mas se eu respirar fundo, quase posso sentir um leve cheiro de filtro solar e algas marinhas.

Livie passa a mão pelo cabelo preto e despenteado.

– Onde foi mesmo que você encontrou esse lugar?

– No www.desesperadaporumapartamento.com – brinco. Depois que Livie entrou de rompante no meu quarto aos prantos ontem à noite, eu sabia que precisávamos sair de Grand Rapids. Uma busca na internet levou a outra, e logo eu estava mandando um e-mail ao senhorio, oferecendo a ele seis meses de aluguel em dinheiro. Dois anos servindo café caro na Starbucks se foram.

Mas valia cada gota.

Subimos a escada e chegamos a um portão em forma de arco. Agora que estávamos mais perto, eu podia ver rachaduras e manchas desfigurando as paredes do lado de fora.

– A foto do anúncio parecia ótima – digo com certa preocupação enquanto giro a maçaneta do portão e descubro que está trancado. – A segurança é boa.

– Aqui. – Livie aperta uma campainha redonda rachada à direita. Ela não emite som algum, e sei que está quebrada. Reprimo um bocejo enquanto esperamos que alguém passe por ali.

Três minutos depois, coloco as mãos em concha na boca, prestes a gritar o nome do senhorio, quando ouço o barulho de sapatos se arrastando pelo concreto. Um homem de meia-idade com roupas amassadas e cara maltratada aparece. Seus olhos são de tamanhos diferentes, ele é praticamente careca no topo da cabeça e juro que uma orelha é maior do que a outra. Ele me lembra do Sloth daquele filme dos anos 1980 que meu pai nos obrigou a ver, *Os Goonies*. Um clássico, papai costumava dizer.

Sloth coça a pança e não diz nada. *Aposto que ele tem a inteligência do seu gêmeo do cinema.*

– Oi, eu sou Kacey Cleary – apresento-me. – Estamos procurando Harry Tanner. Somos as novas inquilinas. – O olhar astuto dele se demora um pouco em mim, me avaliando. Agradeço em silêncio por ter escolhido um jeans para cobrir a tatuagem grande na minha coxa, caso *ele* se atreva a *me* julgar. Ele se volta para Livie, e também se demora demais para o meu gosto.

– Vocês são irmãs?

– Nossas malas iguais nos entregaram? – respondo antes que consiga me conter. *Entre logo, antes que eles descubram a espertinha que você pode ser, Kace.*

Por sorte, os lábios de Sloth se curvam para cima.

– Pode me chamar de Tanner. É por aqui.

Livie e eu trocamos um olhar de choque. Sloth é nosso novo senhorio? Com um tinido alto e um rangido, ele nos conduz pelo portão. Parecendo pensar melhor, ele se vira para mim e estende a mão.

Fico petrificada, olhando aqueles dedos carnudos, e não consigo tocá-los.

Livie avança habilidosamente e segura a mão dele com um sorriso, enquanto eu recuo alguns passos, deixando claro que não encostarei na mão deste sujeito. Ou na mão de qualquer pessoa. Livie sabe me salvar.

Se Tanner percebe, não diz nada e nos leva por um pátio com arbustos mirrados e plantas desidratadas que cercam um *hibachi* enferrujado.

— Aqui é a área comum. — Ele gesticula com desdém. — Se quiserem fazer um churrasco, tomar banho de sol, relaxar, o que for, o lugar é aqui. — Vejo espinhos de trinta centímetros de altura e flores secas pelas bordas e me pergunto quantas pessoas realmente acham este espaço relaxante. Podia ser legal, se alguém cuidasse dele.

— Deve ter lua cheia ou coisa assim — resmunga Tanner enquanto o seguimos por uma fila de portas vermelhas escuras. Cada uma delas tem uma janelinha ao lado e os três andares são idênticos.

— Ah, sim? Por que isso?

— Vocês são o segundo caso de apartamento que aluguei por e-mail esta semana. A mesma situação... Desesperados por um lugar, não querem esperar, pagam em dinheiro. É estranho. Acho que todo mundo sempre foge de alguma coisa.

Ora, ora. E agora isso? Talvez Tanner seja *mesmo* mais inteligente do que seu gêmeo do cinema.

— Aquele ali chegou esta manhã. — Ele aponta com o polegar atarracado para o apartamento 1D antes de nos levar ao apartamento seguinte com um "1C" em dourado. Seu imenso molho de

chaves tilinta enquanto ele procura por uma em particular. – Agora, vou dizer a vocês o que digo a todos os meus inquilinos. Eu só tenho uma regra, mas não pode ser quebrada: Mantenham a paz! Nada de festas barulhentas com drogas e orgias...
– Desculpe, pode ser mais específico... O que é classificado como orgia no estado da Flórida? Um ménage pode? E se tiver uma briga, porque, sabe como é...

Tanner fecha a cara para mim e Livie me dá um soco no ombro. Depois de limpar a garganta, ele continua como se eu não tivesse falado.

– Sem brigas, de família ou o que seja. Não tenho paciência para essa porcaria e vou expulsar vocês mais rápido do que podem mentir para mim. Entenderam?

Concordo com a cabeça e mordo a língua, reprimindo o impulso de cantarolar a música tema de *Family Feud* enquanto Tanner abre a porta.

– Eu mesmo limpei e pintei. Não é novo, mas deve servir para o que vocês procuram.

O apartamento é pequeno e pouco mobiliado, tem uma cozinha pequena de ladrilhos verdes e brancos no fundo. As paredes brancas só fazem destacar o horrendo sofá florido marrom e laranja. Um carpete verde barato e o leve cheiro de naftalina compõem o visual de branco-pobre dos anos 1970. O pior: não é nada parecido com a foto do anúncio. Surpresa!

Tanner coça a parte de trás de sua cabeça grisalha.

– Não é grande coisa, eu sei. Tem dois quartos ali e um banheiro entre os dois. Coloquei uma privada nova no ano passado, então... – Seu olhar torto se volta para mim. – Se é só isso...

Ele quer o dinheiro. Com um sorriso forçado, coloco a mão no bolso da frente da mochila e tiro um envelope grosso. Livie se arrisca mais para dentro do apartamento enquanto eu pago. Tanner a observa ir, mordendo o lábio como quem quer dizer alguma coisa.

– Ela parece muito nova para morar sozinha. Seus pais sabem que vocês duas estão aqui?

– Nossos pais morreram. – Saiu com a brusquidão que eu pretendia, ou seja, o recado foi dado. *Cuide da sua própria vida, Tanner.*

Ele fica pálido.

– Ah, hum, lamento saber disso. – Ficamos parados desconfortavelmente por três segundos inteiros. Coloco as mãos embaixo das axilas, deixando claro que não tenho a intenção de apertar a mão de ninguém. Quando ele se vira e vai para a porta, solto um leve suspiro. Ele está louco para se livrar de mim também. Por sobre o ombro, ele grita:

– A lavanderia fica no subsolo. Eu a limpo uma vez por semana e espero que todos os inquilinos ajudem a mantê-la arrumada. Moro no 3F, se precisarem de alguma coisa. – Ele desaparece, deixando a chave na fechadura.

Encontro Livie investigando o armário de remédios em um banheiro feito para hobbits. Tento entrar, mas não há espaço suficiente para nós duas.

– Privada nova. Chuveiro velho e nojento – murmuro, meu pé riscando o piso de ladrilho rachado e encardido.

– Vou ficar com esse quarto – propõe Livie, espremendo-se por mim para ir ao quarto à direita. Só tem uma cômoda e uma cama de solteiro com uma colcha de crochê pêssego aberta sobre ela. Grades pretas enfeitam a única janela que dá para o exterior do prédio.

– Tem certeza? É pequeno. – Sei, sem precisar olhar o outro quarto, que este é o menor dos dois. Livie é assim. Altruísta.

– Tenho. Está tudo bem. Gosto de espaços pequenos. – Ela sorri. Está tentando ver o lado positivo, eu sei.

– Bom, quando a gente der aquelas festas que duram a noite toda, você não vai conseguir enfiar mais de três caras aqui de uma vez. Sabe disso, né?

Livie joga um travesseiro em mim.

– Engraçadinha.

Meu quarto é igual, exceto por ser um pouco maior e ter uma cama de casal com uma colcha de tricô verde e feia demais. Suspiro, meu nariz se torcendo de decepção.

– Desculpe, Livie. Este lugar não é nada parecido com o anúncio. O desgraçado do Tanner e sua propaganda enganosa. – Tombo a cabeça de lado. – Será que podemos processá-lo?

Livie bufa.

– Não é tão ruim, Kace.

– Você diz isso agora, mas quando brigarmos com as baratas pelo nosso pão...

– Você? Brigando? Mas que *choque*.

Eu rio. Poucas coisas ainda me fazem rir. Uma delas é Livie tentando ser sarcástica. Quando ela finge ser alegrinha e descolada, acaba parecendo um daqueles anunciantes de rádio interpretando uma versão dramática de uma história policial brega.

– Este apartamento é uma merda, Livie. Admita. Mas estamos aqui e é o que podemos pagar agora. Miami é cara pra cacete.

Sua mão desliza na minha e eu a aperto. É a única mão que consigo tocar. A única que não parece sem vida. Às vezes tenho dificuldade de soltá-la.

– É perfeito, Kace. Só é meio pequeno, tem naftalina e é verde, mas não estamos muito longe da praia! Era isso que a gente queria, né? – Livie levanta os braços e geme. – E agora?

– Bom, para começar, vamos matricular você no colégio hoje à tarde para que seu cérebro grande não atrofie – digo, abrindo minha mala para esvaziá-la. – Afinal, quando você ganhar um zilhão

de dólares e curar o câncer, vai precisar mandar dinheiro para mim.
– Vasculho minhas roupas. – Preciso me matricular numa academia. Então, vamos ver quantas latas de carne e creme de milho consigo comprar depois de uma hora vendendo meu corpo gostoso e suado na esquina. – Livie balança a cabeça. Às vezes ela não gosta do meu senso de humor. Às vezes acho que ela se pergunta se falo sério. Eu me curvo para puxar a coberta da minha cama. – E sem dúvida nenhuma preciso jogar água sanitária neste lugar todo de merda.

A lavanderia do prédio no subsolo do nosso apartamento não é nada impressionante. Painéis de luzes fluorescentes lançam uma luz forte no piso de concreto azul desbotado. O cheiro floral mascara muito mal o odor almiscarado no ar. As máquinas têm pelo menos quinze anos e provavelmente farão mais mal do que bem às nossas roupas. Mas não tem uma teia de aranha nem um fiapo em lugar nenhum.

Jogo todos nossos lençóis e cobertores em duas máquinas, xingando o mundo por nos fazer dormir em roupa de cama usada. *Vou comprar roupa de cama nova com meu primeiro pagamento*, eu me comprometo. Jogando uma mistura de alvejante e detergente, abro a água no ajuste mais quente, desejando que estivesse rotulado de "ferva no inferno qualquer organismo vivo". Isso me faria sentir um pouquinho melhor.

As máquinas precisam de seis moedas por cada lavagem. Detesto pagar por máquinas de lavar. Mais cedo, Livie e eu paramos estranhos no shopping com nossas moedas, pedindo para trocar. Eu tenho o suficiente estocado, percebo, enquanto deposito as moedas no local correto.

– Alguma máquina livre? – Uma voz grave masculina fala bem atrás de mim, me assustando o bastante a ponto de eu gritar e jogar as últimas três moedas para o alto. Por sorte, tenho reflexos de felino e pego duas delas em pleno ar. Meus olhos se fixam na última que cai no chão e rola para baixo da máquina. Caindo de quatro, mergulho para procurá-la.

Mas sou lenta demais.

– Que droga! – Meu rosto bate no chão frio enquanto espio embaixo da máquina, procurando um cintilar prateado. Meus dedos podem caber ali embaixo...

– Se eu fosse você, não faria isso.

– Ah, é? – Agora estou irritada. Quem chega de fininho perto de uma mulher em uma lavanderia no porão, se não for psicopata ou estuprador? Talvez ele seja mesmo. Talvez eu devesse estar tremendo neste exato momento. Mas não estou. Eu não me assusto com facilidade e, para ser sincera, estou irritada demais para sentir qualquer outra coisa. Ele que tente me atacar. Vai levar o maior susto da vida. – Por que isso? – Solto entre dentes, tentando continuar calma. *Mantenham a paz*, Tanner nos alertou. Sem dúvida ele sentiu alguma coisa em mim.

– Porque estamos na lavanderia de um porão úmido em Miami. Insetos rastejantes de oito patas e coisas que deslizam e rastejam se escondem em lugares assim.

Eu me retraio e reprimo o tremor que toma meu corpo, imaginando minha mão saindo de baixo da máquina com uma moeda e uma cobra de bônus. Poucas coisas me deixam em pânico. Olhos minúsculos e um corpo que se retorce é uma delas.

– Engraçado, também soube que coisas rastejantes de *duas* pernas andam por esses lugares. São chamadas de pessoas sinistras. Uma praga, pode-se dizer. – Como estou muito abaixada usando um short preto mínimo, ele talvez tenha uma linda visão da minha bunda neste exato momento. *Vai nessa, pervertido. Vai curtindo, por-*

que é só isso que você vai conseguir. E se eu sentir qualquer coisa roçar na minha pele, vou te arrebentar os joelhos.

A resposta dele foi uma gargalhada gutural.

– Bem colocado. Que tal você se levantar? – Os pelos da minha nunca se arrepiam com as palavras dele. Havia algo decididamente sexual em seu tom. Ouço o som de metal contra metal quando ele acrescenta: – Esta pessoa sinistra tem uma moeda a mais.

– Bom, então, você é meu tipo favorito de... – começo a dizer, tateando o alto da máquina enquanto me levanto para olhar o idiota cara a cara. É claro que o vidro aberto de detergente está bem ali. É claro que minha mão o derruba. É claro que ele se espalha por toda máquina e pelo chão.

– Merda! – xingo, me ajoelhando de novo enquanto vejo o sabão verde e pegajoso vazar para todo lado. – Tanner vai me despejar.

A voz do cara sinistro fica mais baixa.

– Quanto vai me pagar para ficar de boca fechada? – Passos se aproximam de mim.

Por instinto, mudo de posição para conseguir deslocar sua articulação com um chute e deixá-lo caído em agonia, como aprendi em minhas aulas de *sparring*. Minha coluna formiga enquanto um lençol branco é estendido, cobrindo o chão na minha frente. Respirando fundo, espero pacientemente enquanto o Sinistro passa à minha esquerda e se agacha.

O ar sai de meus pulmões em um suspiro e fico olhando as covinhas fundas e os olhos mais azuis que já vi – anéis de cobalto com azul-claro por dentro. Semicerro os olhos. *Eles têm pontinhos turquesa? Sim! Meu Deus!* O piso azul, as máquinas velhas e enferrujadas, as paredes, tudo em volta de mim desaparece sob a intensidade do seu olhar, que arranca minha capa protetora de mulher cretina, tirando-a do meu corpo, me deixando nua e vulnerável em segundos.

– É possível absorver todo esse líquido com isso. Preciso do detergente de qualquer jeito – diz ele com um sorriso juvenil e irônico enquanto arrasta o lençol para limpar o líquido derramado.

– Peraí, você não precisa... – Minha voz falha, a fraqueza nela me dá náuseas. De repente sinto o erro que cometi ao rotulá-lo de sinistro. Ele não é sinistro. É bonito demais e legal demais. Sou a idiota que deixa moedas caírem por todo lado e agora ele está limpando o detergente deste chão sujo com seus lençóis para me ajudar!

Não consigo formar palavras. Não enquanto estou boquiaberta diante dos braços musculosos do Não Sinistro, sentindo o calor se espalhar pelo meu baixo-ventre. Ele veste uma camisa com as mangas enroladas e os primeiros botões abertos, expondo o início de um peitoral incrível.

– Está vendo alguma coisa que te interessa? – pergunta ele, a provocação fazendo meus olhos se deslocarem até sua cara sorridente, o sangue corando meu rosto. Desgraçado! Ele parece ir do Bom Samaritano à Tentação do Mal a cada frase que sai de sua boca. Pior ainda, ele me pegou babando pelo corpo dele. Eu! Babando! Fico perto de corpos sarados todos os dias na academia e não me abalo. Mas, por algum motivo, não sou imune ao dele.

– Acabei de me mudar. Para o 1D. Meu nome é Trent. – Ele me olha por baixo daqueles cílios incrivelmente longos, o cabelo castanho-dourado desgrenhado emoldurando lindamente seu rosto.

– Kacey – eu me esforço para dizer. *Então, esse cara é o inquilino novo... nosso vizinho. Ele mora do outro lado da parede da minha sala! Ai!*

– Kacey – repete ele. Adoro a forma como seus lábios se mexem quando ele diz meu nome. Minha atenção fica presa ali, encarando aquela boca, os dentes perfeitamente retos e brancos, até que sinto meu rosto ferver com uma terceira onda de calor. *Merda! Kacey Cleary não fica vermelha por ninguém!*

– Eu apertaria sua mão, Kacey, mas... – diz Trent com um sorriso provocador, estendendo as palmas cobertas de detergente. Pronto. Isso basta. A ideia de tocar aquelas mãos parece um tapa na minha cara, acabando com o súbito deslumbramento e me trazendo de volta à realidade.

Consigo raciocinar direito de novo. Respirando fundo, ergo meus escudos de novo, para formar uma barreira contra esta criatura divina e não reagir mais a ele. É muito mais fácil assim. *E é só isso, Kacey. Uma reação. Uma reação estranha e pouco comum a um homem. Um homem incrivelmente gostoso, mas ninguém com quem você queira se envolver.*

– Obrigada pela moeda – digo com frieza, levantando-me e colocando a moeda na ranhura. Ligo a máquina de lavar.

– É o mínimo que posso fazer por te dar um susto. – Ele está de pé e enfia os lençóis na máquina ao lado da minha. – Se Tanner reclamar de alguma coisa, vou dizer a ele que fui eu. Em parte foi minha culpa mesmo.

– Em parte?

Ele ri e balança a cabeça. Agora estamos próximos, tão perto que nossos ombros quase se tocam. Perto demais.

Eu me afasto alguns passos para ter algum espaço, mas acabo encarando suas costas, e admiro como sua camisa xadrez azul se estica pelos ombros largos, como o jeans azul-escuro se ajusta com perfeição em sua bunda.

Ele para o que está fazendo e olha por sobre o ombro, os olhos brilhantes encarando os meus de um jeito que me faz querer fazer coisas para ele, com ele, por ele. Seu olhar desliza descaradamente pelo meu corpo. Este sujeito é uma contradição. Num segundo é meigo, no outro ousado. Uma contradição gostosa e perturbadora.

Um alarme dispara na minha cabeça. Prometi a Livie que as ficadas de uma noite só iam parar. E pararam. Em dois anos, não fui legal com ninguém. Agora estou aqui, no primeiro dia de nossa nova vida, prestes a montar neste cara em cima da máquina de lavar. De repente meu corpo se retrai, pouco à vontade. *Respire, Kacey*, ouço a voz da minha mãe na minha cabeça. *Conte até dez, Kace. Respire dez vezes curtinho.* Como sempre, seu conselho não me ajuda porque não faz sentido. Só o que faz sentido é sair desta armadilha de duas pernas. E já.

Recuo até a porta.

Não quero ter esses pensamentos. Não preciso deles.

– E aí, onde você...?

Subo a escada correndo em busca de segurança antes de ouvir Trent terminar a frase. Só respiro melhor quando estou no térreo.

Eu me encosto na parede e fecho os olhos, recolocando aquela capa de proteção que cobre minha pele e recuperando o controle do meu corpo.

DOIS

Um assobio...
Luzes fortes...
Sangue...
Água correndo por cima de minha cabeça. *Estou me afogando.*

— Kacey, acorde! — A voz de Livie me arranca da escuridão sufocante e me traz de volta a meu quarto. São três da madrugada e estou ensopada de suor.

— Obrigada, Livie.

— De nada — responde ela baixinho, deitando-se a meu lado. Livie está acostumada com meus pesadelos. Raras vezes passo uma noite sem ter um. Às vezes acordo sozinha. Às vezes meus gritos fazem Livie correr para o quarto. Às vezes começo a ficar ofegante e ela tem de virar um copo de água gelada na minha cabeça para me trazer de volta. Ela não precisou fazer isso esta noite.

Hoje está sendo uma boa noite.

Fico quieta e parada até ouvir sua respiração lenta e ritmada de novo e agradeço a Deus por não tê-la tirado de mim também. Ele tirou todos os outros, mas deixou Livie. Prefiro pensar que ele a deixou gripada naquela noite para impedir que ela fosse ao meu jogo de rúgbi. Os pulmões congestionados e o nariz escorrendo a salvaram.

Salvaram meu único raio de luz.

* * *

Levanto cedo para me despedir de Livie no seu primeiro dia de aula no novo colégio.

– Está com toda a papelada? – pergunto a ela. Eu assinei tudo como guardiã legal de Livie e a fiz jurar que eu era, se alguém perguntasse.

– Se valem alguma coisa...

– Livie, é só manter a história e tudo vai correr tranquilamente.

– Para ser franca, estou meio preocupada. Depender de Livie para mentir é como esperar que um castelo de cartas fique de pé num vendaval. Impossível. Livie não consegue mentir nem que sua vida dependa disso. E é mais ou menos este o caso.

Observo minha irmã terminar de comer os cereais e pegar a mochila, colocando o cabelo atrás da orelha umas dez vezes. Esse é um de seus muitos sinais. Um sinal de que ela está em pânico.

– Pense bem, Livie. Você pode ser quem quiser – sugiro, acariciando seus braços enquanto ela está indo para a porta. Eu me lembro de encontrar um pouquinho de conforto quando nos mudamos para a casa de tia Darla e tio Raymond, uma escola nova e gente nova que não sabiam nada de mim. Fui burra o bastante para acreditar que a trégua dos olhares piedosos duraria. Mas as notícias se espalham rápido em cidades pequenas e logo me vi comendo o almoço no banheiro ou faltando as aulas para evitar os cochichos. Agora, porém, estávamos a mundos de distância de Michigan. Tínhamos realmente uma chance de recomeçar.

Livie para e se vira para me olhar vagamente.

– Eu sou Olivia Cleary. Não estou tentando ser outra pessoa.

– Eu sei. Só quis dizer que ninguém sabe nada do nosso passado aqui. – Este era um de meus pontos de negociação para vir para cá: não partilhar nosso passado com ninguém.

– Nosso passado não é quem somos. Eu sou eu e você é você, e é isso que precisamos ser – lembra-me Livie. Ela vai embora e eu sei exatamente no que está pensando. Eu não sou mais Kacey Cleary. Sou uma concha vazia que solta piadas inconvenientes e não sente nada. Sou uma impostora de Kacey.

Quando procurei pelo nosso apartamento, eu não queria só uma escola decente para Livie; eu precisava de uma academia. Não uma academia onde meninas magras feito lápis chegam empinadas com suas roupas novas de malhar e ficam perto dos pesos, falando no celular. Uma academia de luta.

Foi assim que encontrei a Breaking Point.

A Breaking Point tem o mesmo tamanho da O'Malley's em Michigan e logo me senti à vontade quando entrei. É completa, com luzes baixas, um ringue de luta e doze sacos de variados tamanhos e pesos, pendurados nas vigas do teto. O ar é uma infusão do fedor familiar de suor e agressividade – um subproduto da proporção 50:1 entre homens e mulheres.

Quando entro na sala principal, respiro fundo, acolhendo a sensação de segurança que o espaço me traz. Três anos antes, depois de o hospital me dar alta após uma longa internação – depois de fisioterapia intensiva para corrigir o lado direito de meu corpo, esmagado pelo acidente –, entrei em uma academia. Passava horas lá todo dia, levantando pesos, fazendo exercícios aeróbicos, todas as coisas que fortaleceram meu corpo machucado, mas não consertaram minha alma destruída.

E então, um dia, um cara musculoso chamado Jeff, com mais piercings e tatuagens que um astro de rock decadente, se apresentou a mim.

– Você pega mesmo pesado nos exercícios – disse ele. Assenti, sem interesse no rumo que a conversa poderia tomar. Até que ele me passou seu cartão. – Já experimentou a O'Malley's, nessa mesma rua? Eu dou aulas de kickboxing lá algumas noites por semana.

Eu sou lutadora nata, pelo visto. Rapidamente me superei como sua aluna fora de série, provavelmente porque treinava sete dias por semana, sem faltar. Aquilo acabou se tornando um mecanismo de superação perfeito para mim. A cada chute e a cada golpe, eu consigo canalizar a raiva, a frustração e a mágoa de forma palpável. Posso liberar ali, de um jeito não destrutivo, todas as emoções que me esforcei para enterrar.

Felizmente, a Breaking Point é barata e deixa que você pague por mês, sem taxa de matrícula. Tenho dinheiro suficiente na reserva por um mês. Sei que deveria gastá-lo com comida, mas ficar sem malhar não é uma opção para mim. A sociedade fica melhor comigo numa academia.

Depois de me matricular e conhecer o lugar, deixo meu equipamento perto de um saco de areia disponível. E sinto os olhos dos homens em mim, os olhares questionadores. *Quem é a ruiva? Ela não percebe que tipo de academia é essa?* Eles estão se perguntando se posso dar um soco que valha alguma merda. Provavelmente já estão fazendo apostas sobre quem vai me levar para o chuveiro primeiro.

Eles que tentem.

Ignoro a atenção, os comentários e as risadinhas flagrantes enquanto alongo os músculos, com medo de contundir alguma parte depois de faltar por três dias. Sorrio com ironia. *Babacas presunçosos.*

Respiro várias vezes para acalmar os nervos e me concentrar no saco, esta coisa graciosa que absorverá toda minha dor, meu sofrimento e meu ódio, sem protestar.

E então descarrego tudo.

* * *

Mal amanheceu quando o pior tipo de heavy metal que gente velha escuta explode pelo meu quarto. Meu despertador diz seis da manhã. É. *Bem no horário.* É o terceiro dia seguido que meu vizinho me acorda com essa barulheira. "Mantenham a paz", resmungo enquanto jogo as cobertas sobre a cabeça, repassando as palavras de Tanner. Imagino que manter a paz não signifique chutar a porta do vizinho e quebrar os aparelhos eletrônicos na parede.

Também não significa que não possa haver vingança.

Pego meu iPod – um dos poucos pertences, sem ser roupa, que peguei na correria – e rolo pelas playlists. Lá está: Hannah Montana. Minha melhor amiga, Jenny, carregou toda essa merda adolescente de brincadeira anos atrás. *Parece que finalmente veio a calhar.*

Afasto a dor que acompanha as lembranças ligadas a isso enquanto aperto "Play" e coloco o volume no máximo. O som distorcido quica nas paredes de meu quarto. Os alto-falantes podem até estourar, mas vale a pena.

E então eu danço.

Feito uma louca, me balanço pelo quarto, agitando os braços, na esperança de que essa pessoa odeie Hannah Montana tanto quanto eu.

– O que está fazendo?! – grita Livie, invadindo meu quarto de pijama amassado com o cabelo indomado. Ela salta até meu iPod para apertar o botão de desligar.

– Só estou ensinando ao nosso vizinho o que acontece quando me acordam. Ele é um grosso.

Ela franze a testa.

– Você o conheceu? Como sabe que é um homem?

– Porque nenhuma garota põe esta merda berrando às seis da manhã, Livie. – Sei que não pode ser Trent, porque o apartamento dele fica do outro lado.

– Ah. Acho que não dá para ouvir do meu quarto. – Sua testa se vinca enquanto ela examina a parede adjacente. – Isso é medonho.

– Acha mesmo? Especialmente quando eu trabalhei até as onze ontem à noite! – Comecei meu primeiro turno na Starbucks de um bairro vizinho. Eles estavam desesperados e eu tinha uma carta de referência incrível, graças a meu antigo gerente, um filhinho da mamãe de 24 anos chamado Jake com uma queda por ruivas rabugentas. Tive a inteligência de ser legal com ele. Acabou compensando.

Com uma pausa e um dar de ombros em seguida, Livie grita "Vamos dançar!" e aumenta de novo o volume.

Nós duas pulamos pelo quarto em um ataque de risos até que ouvimos uma batida na porta da frente.

A cara de Livie perde toda a cor. Ela é assim – só late, não morde. Eu? Não estou preocupada. Visto meu roupão roxo e puído e vou até lá com orgulho. *Vamos ver o que ele tem a dizer a respeito disso.*

Minha mão está na maçaneta, prestes a abrir a porta num rompante, quando Livie cochicha severamente, "Espera!".

Eu me viro, vendo Livie balançando o indicador, como minha mãe costumava fazer quando dava umas broncas.

– Lembra, você prometeu! O acordo foi esse. Vamos recomeçar aqui, né? Uma vida nova? Uma nova Kacey?

– É. E daí?

– Daí que você pode, por favor, tentar não ser antipática? Pode ser mais como a Kacey de Antes? Sabe qual, aquela que não foge de todo mundo que chega perto? Quem sabe, talvez a gente possa fazer alguns amigos por aqui. É só *tentar*.

– Você quer fazer amizade com velhos, Livie? Se é assim, a gente bem que podia ter ficado em casa – respondi com frieza. Mas as palavras dela me atingiram como uma agulha de injeção comprida bem no coração. Partindo de qualquer outra pessoa, teriam escorregado pelo meu exterior de Teflon duro. O problema é que não sei quem é a Kacey de Antes. Não me lembro dela. Ouvi dizer que seus olhos brilhavam quando ela ria, que sua versão de "Stairway to Heaven" ao piano fazia o pai chorar. A garota tinha muitos amigos e ficava aos abraços, beijos e mãos dadas com o namorado sempre que podia.

A Kacey de Antes morreu quatro anos atrás e só o que resta é uma bagunça. Uma bagunça que passou um ano na reabilitação física consertando o corpo destruído, para ser liberada em seguida com uma alma destruída. Uma bagunça cujas notas mergulharam de cabeça para o fundo da classe. Que afundou em um mundo de drogas e álcool por um ano para lidar com a perda. A Kacey de Depois não chora, não solta uma única lágrima. Não sei bem como ela consegue. Ela não se abre por nada; não suporta sentir o toque de mãos, porque elas a lembram da morte. Não deixa as pessoas entrarem, porque a dor persegue os afetos de perto. A visão de um piano a faz entrar em uma névoa de vertigem. Seu único alívio é esmurrar sacos de areia gigantes até os nós dos dedos ficarem vermelhos e os pés esfolados, e seu corpo – unido por incontáveis hastes e pinos de metal – dê a impressão de que vai esfarelar. Conheço bem a Kacey de Depois. Bem ou mal, sei que estou presa a ela.

Mas Livie me lembra da Kacey de Antes e, por Livie, eu vou tentar tudo. Abro um sorriso forçado. Parece estranho e desajeitado e, a julgar pelo estremecimento no rosto da minha irmã, deve parecer meio ameaçador também.

– Tudo bem. – Começo a girar a maçaneta.

– Espera!

– Meu Deus, Livie! O que é agora? – Suspiro, exasperada.

– Toma. – Ela me entrega seu guarda-chuva rosa de bolinhas pretas. – Ele pode ser um assassino em série.

Eu jogo a cabeça para trás e rio. É um som muito raro, mas é autêntico.

– E o que eu faria com isso? Daria um cutucão nele?

Ela dá de ombros.

– É melhor do que amassar a cara dele, que é o que você vai querer fazer.

– Tudo bem, tá legal, vamos ver com o que estamos lidando. – Vou à janela ao lado da porta e puxo a cortina fina, procurando por um sujeito grisalho com uma camiseta desbotada apertada nas banhas e meias pretas. Uma parte mínima de mim torce para que seja o Trent da lavanderia. Aqueles olhos ardentes invadiram meus pensamentos várias vezes sem convite nos últimos dias e tive dificuldade para me livrar deles. Até me peguei olhando a parede que separava nossos apartamentos como uma maluca, imaginando o que ele estaria fazendo.

Um rabo de cavalo louro cor de palha de milho se balança de um lado a outro do lado de fora de nossa porta.

– Jura? – bufo, me atrapalhando com a tranca.

A Barbie está ali fora. Sem brincadeira. Uma gostosona loura altamente bronzeada de 1,70m em tamanho natural com lábios carnudos e olhos azuis gigantescos. Fico sem fala, olhando seu short de algodão mínimo e percebendo como a logomarca da Playboy fica distorcida ao ser esticada na frente da sua camiseta. *Não podem ser de verdade. Têm o tamanho de balões de ar quente.*

Uma fala arrastada e suave me arranca do meu transe.

– Oi, meu nome é Nora Matthews, da porta ao lado. Todo mundo me chama de Storm.

Storm? Aquela do apartamento vizinho com uns balões gigantescos costurados no peito?

Um pigarro e percebo que ainda estou encarando os peitos dela. Rapidamente desvio os olhos para seu rosto.

– Está tudo bem. O médico me deu de graça uns litros extra enquanto eu estava dormindo. – Ela brinca com uma risadinha nervosa, provocando uma tosse sufocada de choque em Livie.

Nossa nova vizinha, Nora, vulgo "Storm", com peitos falsos e gigantes. Eu me pergunto se Tanner fez a *ela* o discurso de "nada de orgias, mantenha a paz" quando lhe entregou as chaves. Ela estende o braço bronzeado e imediatamente me retraio, reprimindo o impulso de me encolher visivelmente. Por isso eu detesto conhecer gente. Nestes tempos de doenças, não podemos só acenar para o outro e seguir em frente?

Uma cabeça morena entra no meu campo de visão e Livie avança para pegar a mão estendida de Storm.

– Oi, eu sou a Livie. – Agradeço a minha irmã em silêncio por me salvar mais uma vez. – Essa é minha irmã, Kacey. Somos novas em Miami.

Storm abre um sorriso perfeito para Livie e se vira para mim.

– Olha, me desculpe pela música. – *Então ela sabe que eu sou a provocadora.* – Não sabia que alguém tinha se mudado para cá. Eu trabalho à noite e minha filha de 5 anos me acorda cedo de manhã. É só o que consigo fazer para me manter acordada.

É então que eu noto a vermelhidão no branco de seus olhos. A culpa agora me apunhala por saber que há uma criança envolvida. *Que droga.* Detesto me sentir culpada, especialmente por estranhos.

Livie dá um pigarro e me lança um olhar de "lembre-se de não ser uma cretina".

– Não tem nada demais. Mas, quem sabe, não precisa ser tão alto assim? Nem tão anos 1980? – sugiro.

– Meu pai me fez gostar de AC/DC. Eu sei, não é legal. – Ela sorri. – Estou aceitando sugestões. Qualquer coisa, menos Hannah Montana, por favor! – Ela estende as mãos como quem se rende, fazendo Livie rir.

– Mamãe! – Uma versão mínima de Storm, de pijama listrado, aparece, metendo-se atrás das pernas compridas e torneadas da mãe enquanto olha para cima e nos examina com o polegar na boca. É praticamente a garotinha mais linda que já vi na vida.

– Essas são nossas novas vizinhas, Kacey e Livie. Esta é Mia. – Storm nos apresenta, sua mão acariciando os cachos louro-escuros da garotinha.

– Oi! – Livie grita naquele tom reservado a crianças pequenas.

– É um prazer te conhecer.

Por mais ferrada que eu esteja, as crianças pequenas têm o poder de derreter temporariamente a cobertura de gelo que protege meu coração. Elas e os cachorrinhos barrigudos.

– Oi, Mia – digo baixinho.

Mia se esconde, hesitante, olhando para Storm.

– Ela é tímida com estranhos – desculpa-se Storm, e depois se volta para Mia. – Está tudo bem. Talvez essas garotas possam ser suas novas amigas.

As palavras "novas amigas" são suficientes. Mia sai de trás das pernas da mãe e entra no nosso apartamento, arrastando um cobertor amarelo e desbotado de feltro. A princípio fica só olhando tudo, quem sabe procurando pistas sobre suas novas "amigas". Quando seus olhos finalmente caem em Livie, não saem mais dali.

Livie se ajoelha para olhar Mia cara a cara, com um sorriso enorme se esticando no rosto.

– Eu sou Livie.

Mia ergue o cobertor com uma expressão séria.

– Esse é o Mr. Magoo. Ele é meu amigo. – Agora que ela está falando, vejo um espaço imenso onde ela perdeu os dois dentes da frente. De imediato ela fica mais fofa.

– É um prazer conhecê-lo, Mr. Magoo. – Livie aperta o tecido entre o polegar e o indicador, fingindo apertar a mão dele. Livie deve ter passado no teste do Mr. Magoo, porque Mia a pega pelo braço e a puxa porta afora.

– Vem conhecer meus outros amigos. – Elas desaparecem no apartamento de Storm, deixando-a sozinha comigo.

– Vocês não são daqui. – É uma afirmação, não uma pergunta. Espero que ela não se aprofunde. – Estão aqui há muito tempo? – Os olhos críticos de Storm, muito parecidos com os da filha, flutuam por nossa sala de estar despojada, parando em uma foto nossa com nossos pais emoldurada na parede. Livie pegou na sala de estar de tia Darla quando fugimos pela porta.

Em silêncio, censuro Livie por pendurar ali para todo mundo ver, para que façam perguntas, embora eu não tenha esse direito. Em algumas poucas ocasiões, Livie bate o pé. Essa foi uma delas. Se dependesse de mim, a foto estaria no quarto de Livie, onde eu poderia entrar para visitar de vez em quando.

Para mim, é difícil ver o rosto deles.

– Há alguns dias. Não é aconchegante?

Storm sorri da minha tentativa de fazer graça. Livie e eu desbravamos a loja de 1,99 do bairro à procura de itens de necessidade básica. Além disso e da foto de família, a única coisa que acrescentamos foi o cheiro de alvejante no lugar da naftalina.

Storm concorda com a cabeça, cruzando os braços como quem tenta afugentar o frio. Mas não tem frio algum. Miami é quente, mesmo às seis da manhã.

– É como dá para ser por enquanto, né? É só o que podemos pedir – diz ela baixinho. De algum modo tenho a sensação de que ela está falando mais do que só do apartamento.

Há um gritinho de prazer no apartamento ao lado e Storm ri.

– Sua irmã tem jeito com crianças.

– É, a Livie tem um poder magnético sobre elas. Nenhuma criança consegue resistir. Na nossa cidade, ela trabalhou como voluntária na creche muitas vezes. Acho que ela terá pelo menos doze filhos. – Eu me curvo para imitar um cochicho por trás da mão. – Espere só até que ela saiba o que precisa fazer com os homens para que isso aconteça.

Storm ri suavemente.

– Sei que ela vai aprender logo. Ela é incrível. Quantos anos ela tem?

– Quinze.

Ela assente devagar.

– E você? Está na faculdade?

– Eu? – Solto um suspiro, reprimindo o impulso de me calar. Ela está fazendo muitas perguntas pessoais sobre a gente. Ouço a voz de Livie dentro da minha cabeça. *Tente...* – Não, agora estou trabalhando. Vou deixar a faculdade para depois. Talvez daqui a um ou dois anos. – *Ou dez*. Vou cuidar para que Livie se arranje antes de mim, disso tenho certeza. É ela que tem um futuro brilhante pela frente.

Há uma longa pausa, nós duas perdidas em nossos próprios pensamentos.

– É como dá para ser por enquanto, né? – Faço eco a suas palavras e vejo a compreensão em seus olhos azuis, que escondem muito mal seus próprios demônios.

Fase dois

NEGAÇÃO

TRÊS

Entro meio adormecida na cozinha e encontro Livie e Mia à mesinha de jantar, jogando Go Fish.

– Bom-dia! – cantarola Livie.

– Bom-dia! – Mia a imita.

– São *oito* da manhã – resmungo enquanto pego na geladeira um suco de laranja qualquer em que torrei meu dinheiro outro dia.

– Como foi o trabalho? – pergunta Livie.

Tomo um gole gigante direto da caixa.

– Uma merda.

Ouço um soluço agudo e vejo o dedinho de Mia apontando na minha direção.

– Kacey falou palavrão! – sussurra ela.

Eu me encolho quando vejo o olhar nada impressionado de Livie.

– Já tô sabendo, tá legal? – digo, procurando uma desculpa para mim mesma. Terei de moderar meu linguajar, se Mia vai andar por aqui.

A cabeça de Mia se inclina, provavelmente considerando minha lógica. Depois, com a atenção limitada de qualquer menina de 5 anos, minha infração horrenda é esquecida rapidamente. Ela sorri e anuncia:

– Vocês vão tomar o brunch com a gente. Não é café da manhã e não é almoço.

Agora é minha vez de olhar feio para Livie.

— Vamos, é?

Baixando os olhos, Livie se levanta e vem para o meu lado.

— Você disse que ia tentar — ela me lembra em um sussurro baixo para Mia não ouvir.

— Eu disse que seria gentil. Não disse que ia trocar receitas de bolo com as vizinhas — respondo, procurando ao máximo não rosnar.

Ela revira os olhos.

— Deixa de fazer drama. A Storm é gente boa. Acho que você ia gostar dela, se parasse de evitá-la. E todos os outros os seres vivos.

— Devo informar a você que servi graciosamente mais de mil copos de café esta semana a um monte de seres vivos. Alguns questionáveis também.

Cruzando os braços, o olhar feio de Livie se desfaz, mas ela não diz nada.

— Não estou evitando as pessoas. — *Sim, estou.* Todo mundo, inclusive a Barbie. E o moço das covinhas do apartamento ao lado. Ele, sem dúvida nenhuma. Tenho certeza de que vi seu corpo magro olhando pela janela quando cheguei em casa algumas noites, mas baixei a cabeça e acelerei o passo, minhas entranhas se contraindo ao pensar em encará-lo de novo.

— Sério? Porque a Storm acha que você está. Ela veio falar com você outro dia e você saiu como um raio do apartamento antes que ela conseguisse dizer "oi".

Eu me escondo atrás de outro gole de suco. Flagrada. Eu *fiz mesmo* isso. Ouvi a porta dela se destrancar e o começo de um "Oi, Kacey", e saí correndo de nosso apartamento.

— Eu *sou* como um raio. A Mulher Raio soa muito bem — digo.

Livie observa enquanto vasculho o pouco conteúdo de nossa geladeira e meu estômago protesta com um ronco perfeitamente cronometrado. Concordamos em gastar o mínimo possível até que eu tivesse recebido um ou dois salários e vivemos de cereais baratos e sanduíches de mortadela há mais de uma semana. Uma vez que eu preciso de mais calorias do que a média de garotas de 20 anos, essa dieta me deixa lenta. Acho que Storm foi premiada com pelo menos cinco pontos no banco de amizades em potencial ao nos oferecer uma refeição.

Minha língua desliza pelos dentes da frente.

– Tá legal.

O rosto de Livie se ilumina.

– Isso é um sim?

Dou de ombros, fingindo indiferença. Por dentro, o pânico é crescente. Livie está se apegando demais a essas pessoas. Apegar-se não é bom. Apegar-se só traz sofrimento. Faço uma careta.

– Desde que ela não ofereça sanduíche de mortadela.

Ela ri e sei que não é só por causa da minha piada sem graça. Ela ri porque sabe que estou tentando e isso a faz feliz.

Mudo de assunto.

– Aliás, como está sendo na nova escola? – Eu trabalhei no turno da tarde a semana toda, então a única comunicação entre nós foi a troca de alguns bilhetes na bancada da cozinha.

– Ah... foi tudo bem. – Livie empalidece como se tivesse visto um fantasma. Procura a mochila, olhando para trás e vendo que Mia está distraída com seu próprio jogo de cartas na mesa. – Chequei meus e-mails na escola – explica ela ao me passar uma folha de papel.

Minhas costas enrijecem. Sei o que está por vir.

Querida Olivia

Imagino que sua irmã tenha convencido você a fugir. Não entendo por quê, mas espero que você esteja bem. Por favor, me mande uma mensagem para saber onde vocês estão. Vou até você e a trago para casa, onde seus pais queriam que você estivesse. Isso os deixará felizes.

Não estou chateada com você. Você é uma ovelha que foi desgarrada por um lobo.

Por favor, me deixe trazê-la para casa. Seu tio e eu sentimos muito a sua falta.

Com amor,
Tia Darla

Meu sangue começa a ferver e o calor explode como um vulcão dentro de mim. Não pelo comentário do lobo. Não ligo para isso; ela já me chamou de coisas bem piores. Mas ela está usando nossos pais como uma forma de culpa, sabendo muito bem que magoaria Livie.

– Você não respondeu, não é?

Livie nega solenemente.

– Ótimo – digo entre dentes, amassando o papel numa bola firme. – Delete sua conta. Abra uma nova. Nem responda a ela. Nem uma vez, Livie.

– Está bem, Kacey.

– É sério! – Ouço o ofegar mínimo de Mia e rapidamente modero o tom. – Não precisamos deles na nossa vida.

Há uma longa pausa.

– Ela não é má pessoa. Ela tem boas intenções. – A voz de Livie fica mais baixa. – Você não facilitou muito as coisas para ela.

Engulo o bolo de culpa que se forma no fundo de minha garganta, lutando para controlar a raiva.

– Sei disso, Livie. Eu sei mesmo. Mas as "boas intenções" da tia Darla não funcionam para nós. – Esfrego a testa com as mãos. Não sou idiota. No primeiro ano após o acidente, eu imprimi todo meu esforço, concentração e pensamento na cura do meu corpo para poder andar de novo. Depois de receber alta, meu foco se voltou para enterrar as lembranças da minha vida anterior em um poço sem fundo. Foram dias insuportáveis, feriados, aniversários e coisas do gênero, e rapidamente aprendi que o álcool e as drogas, embora possam destruir vidas, também têm um poder mágico: o poder de aliviar a dor. Cada vez mais, eu dependia dessas armas para lidar com a onda constante e dominadora de água que crescia em minha cabeça, ameaçando me afogar.

Isso e sexo. O sexo sem afeto, mecânico, com qualquer estranho com quem eu não me importava e que não dava a mínima para mim. Sem expectativas, pelo menos da minha parte. Caras numa festa, na escola. Se eles achavam estranho depois, eu não estava nem aí. Nunca deixei que chegassem perto o suficiente de mim para descobrir. Foi o mecanismo de superação perfeito.

A tia Darla sabia o que estava acontecendo, mas não sabia como lidar com isso. No início, tentou me aproximar do seu sacerdote, para que ele pudesse me confrontar e me livrar dos meus demônios interiores. Tudo isso só podia ser obra dos demônios, mas quando os demônios se provaram resistentes aos poderes da igreja dela, acho que ela decidiu que ignorar seria o melhor caminho. "É só uma fase", eu a ouvi cochichando com Livie, junto com um tapinha reconfortante. Uma fase revoltante e autodepreciativa da qual ela não queria fazer parte. A partir daí, ela concentrou todo o seu foco na sobrinha intacta.

Eu lidava bem com isso até o dia em que acordei com Livie batendo nas minhas costas para impedir que eu me asfixiasse com meu próprio vômito, as lágrimas escorrendo pelo rosto dela, chorando histericamente, dizendo sem parar, "Promete que não vai me abandonar!" – suas palavras uma faca apunhalando meu coração.

Parei com tudo naquela noite. Com a bebedeira. As drogas. O sexo casual. Com o sexo, ponto final. Desde então, nem mesmo olhei para um homem. Não sei bem por quê. Acho que, em minha mente, estava tudo ligado. Por sorte, encontrei um novo alívio no kickboxing pouco tempo depois. Livie nunca aprovou inteiramente nem apoiou meu novo vício, mas o aceitou satisfeita em troca das outras coisas.

Bati a porta da geladeira, sem querer pensar na tia Darla ou na profundidade do meu passado autodestrutivo.

– Que horas é o café da manhã?
– Brunch! – Mia me corrige com um suspiro alto.

O cheiro delicioso de bacon e café provoca ondas de fome enquanto seguimos Mia até a casa dela. Eu me dou parabéns por tomar a decisão certa. No mínimo, as omeletes que Storm está preparando me darão muita energia para a academia hoje.

Meus olhos vagam pelo apartamento de Storm e sinto certo assombro. É um espelho do nosso, só que é *bonito*. Ela encheu a sala de almofadas cinza, jogadas aqui e ali, e mesinhas de vidro cheias de lindas luminárias de cristal. Uma TV de tela plana está em um móvel de teca estiloso. O carpete verde horrível espia por baixo de um tapete creme felpudo. As paredes são cinza-claras, com algumas fotos espontâneas de Mia, em preto e branco, penduradas. Enquanto nosso apartamento parece uma espelunca, o de Storm parece uma butique feminina da moda.

Tenho de admitir, enquanto me sento à mesa e ouço em silêncio Storm, Livie e Mia trocarem provocações, que estou começando a gostar de Storm, quer eu queira ou não. Embora ninguém possa saber só de olhar para ela, Storm é esperta e reage como se tivesse mais do que seus 23 anos. Logo se vê isso. Ela é relaxada e solta uma piada espirituosa aqui e ali naquela voz suave, mas rouca. Mexe muito no cabelo e ri com facilidade, e não vejo nada além de sinceridade e interesse em seus olhos. Para alguém tão bonita, ela não me parece fútil nem com ego inflado. Principalmente, ela ouve. E observa. Aqueles olhos astutos apreendem tudo. Eu a pego examinando a tatuagem na minha coxa, seus olhos se estreitando de leve enquanto tenho certeza de que está se fixando na horrenda cicatriz por baixo dela. É uma cicatriz grande que não foi provocada por cirurgia, mas por um caco de vidro irregular que voou. Mas ela não pergunta a respeito, e isso me faz gostar ainda mais dela.

– Ah, cara! – exclama Storm ao se sentar novamente depois de terminar de limpar a mesa. Abre um bocejo e noto que seus olhos estão vermelhos e têm bolsas roxas e escuras. Apoiada nos cotovelos, ela esfrega a cara. – Estou louca para Mia aprender a dormir sozinha. Pelo menos durante a semana eu posso escapulir para um cochilo no meio da manhã enquanto ela está na escola.

– Ah, eu ia mesmo perguntar a você. Posso levar a Mia ao parque aqui na rua? – pergunta Livie como se estivesse realmente pensando nisso e se esquecera. De imediato vejo o que ela está fazendo. Essa é a Livie. – Não vou perdê-la de vista. Nem por um segundo, prometo. – Livie começa a enumerar os itens de seu currículo impressionante. – Tenho certificado em RCP, atestado de salva-vidas júnior, mil horas em uma creche particular. Até tenho uma cópia impressa de meu currículo em nosso apartamento, se você quiser. E referências! – *É claro que tem, Livie.* – Vamos voltar em, digamos, quatro horas, se não tiver problema para você.

– É, mamãe! Diz sim! – Mia fica no sofá, agitando freneticamente os braços. – Diz sim! Sim! Sim! Mamãe, diz sim!

– Tudo bem, tudo bem. Calma. – Storm ri, batendo no ar. – É claro que você pode, Livie. Você já passou muito tempo com ela, não estou preocupada com suas credenciais. Mas eu devia pagar a você!

– Não. De maneira nenhuma. – Livie rejeita as palavras, e a olho de um jeito incisivo. *Ela está maluca? Ela gosta de comer mortadela? Devemos mudar para carne enlatada?*

Livie ajuda Mia a calçar os sapatos.

– Tchau, mamãe! – grita Mia a caminho da porta. Livie evita me olhar nos olhos. Era como se ela tivesse uma linha direta com meu cérebro e pudesse ler meus pensamentos destruidores.

Assim que a porta se fecha, Storm apoia a testa na mesa.

– Pensei que hoje eu ia morrer. Ah, Kacey. Eu juro, sua irmã parece um anjo flutuando por aqui com asas de cetim e uma varinha de condão. Nunca conheci ninguém assim. Mia já está apaixonada por ela.

A camada de gelo sobre meu coração derrete. Decido que talvez possa "tentar" ser amiga de Storm Matthews, com peitos falsos e gigantescos e tudo.

– Te vejo depois, Livie – murmuro de cara feia, pegando minhas coisas para ir trabalhar.

– Kace... – Há uma longa pausa. Livie engole em seco e assim preenche o silêncio entre nós e eu sei que alguma coisa a incomoda.

– Ai, Livie! – Jogo a cabeça para trás. – Fala logo. Não quero chegar atrasada no meu trabalho maravilhoso.

– Acho que eu devia ter ficado em Grand Rapids.

Isso me deixa petrificada. A raiva faísca dentro de mim à ideia de minha irmã mais nova voltar para lá, sem mim.

– Pare de falar merda, Livie. – Dou um tapinha em seu nariz, fazendo-a se encolher. – Agora mesmo. É claro que você não devia ter ficado em Grand Rapids.

– Mas como vamos sobreviver?
– Com dez horas de prostituição cada uma. No máximo.
– Kacey!
Suspiro, ficando séria.
– Vamos pensar num jeito.
– Posso arrumar emprego.
– Você precisa se concentrar na escola, Livie. Mas... – Balanço o dedo para ela. – Se Storm te oferecer dinheiro de novo, aceite.
Ela já balançava a cabeça.
– Não. Não vou aceitar dinheiro para ficar com Mia. Ela é divertida.
– Você devia se divertir com gente da sua idade, Livie. Como os meninos.
Sua mandíbula se tensiona.
– Quando eles não forem idiotas, eu farei isso. Até lá, alguém de 5 anos faz mais sentido.
Reprimi o riso. Este é parte do problema de Livie. Ela é inteligente demais. Um gênio. Nunca se relacionou com crianças de sua idade. Acho que ela nasceu com a maturidade de alguém de 25 anos. Perder meus pais só piorou o problema. Ela cresceu rápido demais.
– E você? Nunca é tarde demais para o sonho de Princeton.
Um bufo nada atraente escapa de mim.
– Esse sonho morreu anos atrás para mim, Livie, e você sabe disso. Você vai para Princeton. Eu vou me candidatar a alguma faculdade local assim que tiver dinheiro. – *E de algum jeito falsificar meu histórico para apagar dois anos de notas pavorosas.*
Livie vinca a testa, preocupada.
– Faculdade local, Kacey? Papai detestaria isso. – Ela tem razão, ele detestaria. Nosso pai estudou em Princeton. O pai *dele* estudou em Princeton. Na opinião dele, se não for para estudar em

Princeton, eu posso muito bem me matricular numa escola que tem arcos amarelos como brasão e fazer um curso de "virar hambúrgueres". Mas mamãe e papai morreram e o tio Raymond acabou com toda nossa herança numa mesa de jogo.

Eu me lembro como se fosse ontem a noite em que descobri isso. Era meu aniversário de 19 anos e pedi nosso dinheiro a tia Darla e ao tio Raymond para que pudéssemos nos mudar. Eu queria me tornar guardiã legal de Livie. Entendi que estava acontecendo alguma coisa quando tia Darla não encarou meus olhos. Tio Raymond se atrapalhou com as palavras antes de soltar que não sobrara nada.

Depois de quebrar cada prato na bancada da cozinha e meter meu pé na jugular de tio Raymond com tanta força que sua cara ficou roxa, liguei para a polícia, pronta para acusar meus tios de roubo. Livie pegou o telefone de mim e desligou antes que a chamada se completasse. Não íamos vencer. Eu é que provavelmente seria presa. Embora meus pais fossem inteligentes, eles não planejavam morrer. Todo o dinheiro que sobrou depois que as dívidas foram pagas foi para tio Raymond e tia Darla "cuidarem" de nós. No fundo, até que fiquei feliz por tio Raymond ter feito tudo que fez. Isso me deu outra desculpa legítima para pegar minha irmã e deixar essa parte de nossa vida para trás, e para sempre.

Acariciei as costas de Livie, tentando atenuar sua culpa.

– Papai ficaria feliz de estarmos em segurança. Fim de papo.

Na tarde seguinte eu estava na lavanderia quando Storm desceu a escada aos saltos, sorrindo, mas de olhos abatidos. Livie levou Mia ao parque depois da escola de novo e eu estava considerando seriamente dar um tapão em sua cabeça por recusar o dinheiro.

— Tanner vai arrancar as cuecas pela cabeça por causa disso aqui. — Storm esfrega o pé na mancha verde e pegajosa deixada pelo meu detergente. Baixo a cabeça, me lembrando em silêncio de voltar e limpar o chão. A imagem de Tanner usando qualquer roupa íntima faz a bile subir a minha garganta.

Continuo em silêncio, arrumando minhas roupas, até que percebo Storm parada ali, me olhando. É evidente que ela quer falar comigo, mas não deve saber por onde começar.

— Há quanto tempo você mora aqui? — pergunto por fim.

Acho que minha voz a assusta, porque ela dá um pulo e começa a jogar as camisetinhas e calcinhas de Mia na máquina.

— Ah, três anos, eu acho. É um prédio muito seguro, mas eu ainda não fiquei aqui embaixo à noite.

Suas palavras fazem me lembrar de Trent e dos sentimentos indesejados que ele despertou em mim sem esforço nenhum. Estamos aqui há várias semanas e não encontrei com ele de novo desde o primeiro dia. Se eu cavasse bem fundo, se me importasse de prestar atenção no que estou tentando enterrar, teria uma ideia da decepção que sinto por isso ter acontecido. Mas rapidamente esmago meus pensamentos com um martelo e os jogo no fundo poço com todos os outros sentimentos indesejados.

— Como são os outros moradores do prédio?

Ela dá de ombros.

— Muita gente entra e sai. Aluguel barato, então, temos muitos universitários. Eles têm sido legais, especialmente com a Mia. A sra. Potterage, do terceiro andar, ajuda a cuidar dela depois da escola e quando estou no trabalho. Ah — ela aponta o dedo para mim —, evite o 2B como a peste. É do Pete Pervertido.

Jogo minha cabeça para trás com um gemido.

— Incrível. Nenhum prédio é completo sem um morador pervertido.

— Ah, e um cara novo se mudou para o seu lado. No 1D.

Não consigo controlar o calor que sobe pelo meu pescoço.

— É, o Trent — digo despreocupadamente enquanto ligo a máquina. Até ouvir o nome dele em voz alta é excitante. Trent. Trent. Trent. *Para com isso, Kace.*

— Bom, não falei com esse Trent, mas eu o vi e... é uma coisa.

— Suas sobrancelhas se arqueiam sugestivamente.

Que ótimo. Minha linda vizinha Barbie acha Trent um gato. Só o que ela precisa fazer é ajeitar a blusa e o terá de joelhos. Percebo que meus dentes estão dolorosamente cerrados e me concentro em relaxar os músculos. *Ela pode tê-lo junto com todos os problemas que ele trouxer. Por que você se importa, Kace?*

Fechando a porta da máquina com um baque e apertando o botão para ligar, Storm suspira longamente, soprando a franja comprida da cara.

— Vai ficar algum tempo aqui? — Ela olha o jornal e a caneta que eu trouxe comigo. — Pode pegar minha roupa quando acabar? Quer dizer, se você estiver aqui e não for incômodo demais.

Olho para ela de novo, sua pele repuxada e as linhas arroxeadas marcando os olhos azuis bonitos e vejo o quanto ela está cansada. Uma mãe jovem e solteira, com uma filha de 5 anos, que trabalha seis dias na semana, até as três da madrugada, toda noite.

— Tá, não tem problema. — *Isso parece o que uma pessoa normal e legal faria, digo a mim mesma. Livie vai ficar orgulhosa.*

— Tem certeza? Não quero ser invasiva.

Noto que ela está mordendo o lábio e os ombros estão contraídos, e me ocorre que está nervosa. Pedir minha ajuda parece exigir uma tonelada de coragem e ela deve estar desesperada para isso. Perceber isso me dá vontade de bater a cabeça na parede. Claramente, eu não me esforcei muito para ser acessível, como prometi a Livie. E Storm é legal. Genuinamente legal.

— Ora, senhora, para mim seria uma honra lavar suas calçolas — digo num sotaque falso e arrastado do sul, pegando o jornal para me abanar.

Sua cara se ilumina de surpresa e ela ri. Ela abre a boca para responder, mas não sai nada. Eu, com senso de humor, a confundi. *Que droga, Livie tem razão. Eu sou uma antipática de primeira.*

Acrescento rapidamente:

— Além disso, eu estou te devendo pela semana passada. É o mínimo que posso fazer depois de te fazer ouvir Hannah nas alturas... a mais suja de todas as armas. — Sorrio e não é um sorriso forçado.

— Vou continuar vendo a seção de empregos, então posso muito bem fazer isso neste paraíso.

Ela franze o cenho.

— A Starbucks não está dando certo? — Livie deve ter dito a ela, porque não fui eu que falei.

— Está tudo bem, mas pagam muito mal. Se eu quisesse viver de latas de Spam e de raspar manchas azuis do pão pelo resto da vida, estava tudo certo.

Ela assente, pensando.

— Vocês deviam ir jantar na minha casa esta noite. — Abro a boca para recusar sua caridade, mas, antes que eu consiga falar, ela acrescenta: — Meus agradecimentos por Livie cuidar de Mia hoje.

— Há algo naquele tom, uma mistura de coragem forçada e autoridade que me faz fechar a boca. — Vou começar a cozinhar agora. Terei terminado quando a máquina aqui acabar.

— E... — Ela alterna o peso nos pés, meio hesitante, como se não tivesse certeza se devia dizer o que lhe passa pela cabeça. — ... Você sabe preparar drinques?

— Hum... — Pisco rapidamente para a repentina mudança de assunto. — Não é meio cedo para isso?

Ela sorri, cintilando seus dentes perfeitos.

– Tipo martínis e Long Islands?
– Sirvo uma dose de tequila de matar – proponho com desânimo.
– Bom, posso falar com meu chefe e ver se ele contrata você, se estiver interessada. Sou barwoman numa boate. A grana é boa. Tipo, muito boa. – Seus olhos se arregalam com essas últimas palavras.
– Barwoman, é?
Ela sorri.
– E aí, o que você acha?
Será que posso lidar com isso? Não digo nada, tentando me imaginar atrás de um balcão de bar. O filme termina comigo quebrando uma garrafa e batendo na cabeça de um cliente abusado.
– Mas eu preciso te avisar. – Ela hesita. – É uma boate de adultos.
Sinto o franzido enrugar minha testa.
– De adultos tipo...
– Strippers.
– Ah... – *É claro*. Dou uma olhada em mim mesma. – É, eu sou do tipo que fica-vestida-em-público.
As mãos de Storm rejeitam minhas palavras.
– Não, não se preocupe. Você não teria de fazer strip. Eu te garanto.
Eu? Trabalhar numa boate de strip?
– Acha que serve para mim, Storm?
– Você consegue ficar cercada de sexo, bebidas e um monte de dinheiro?
Dou de ombros.
– Parece minha adolescência, a não ser pelo dinheiro.
– Pode aprender a sorrir um pouquinho mais? – pergunta ela com um riso nervoso.
Abro para ela meu melhor sorriso falso.

Ela assente, aprovando.

– Ótimo. Acho que vai se dar bem no bar. Você tem um visual que agrada a eles.

Dou um risinho sarcástico.

– Que visual? O visual acabo-de-sair-de-um-ônibus-de-Michigan-e-farei-qualquer-coisa-por-dinheiro-para-não-ter-de-comer-Spam?

Os cantos de seus olhos se enrugam quando ela ri.

– Pense nisso e me deixe falar com meu chefe. É uma grana *boa mesmo*. Você nunca mais teria de comer Spam. Nunca. – Com essa, ela sobe a escada aos saltos.

Penso nisso. Penso nisso pela meia hora seguinte enquanto olho as roupas de Storm e Mia rodando em círculos. Penso nisso enquanto o tempo passa e coloco as roupas na secadora, começando duas cargas novas. Penso nisso enquanto arrumo e dobro a roupa limpa em pilhas organizadas e recarrego o cesto, sem prestar muita atenção nas roupas mínimas da pilha de Storm. Tipo uma camisetinha preta que parece uma mistura de sutiã esportivo com lantejoulas e um animal selvagem mutilado. Levanto a peça. Ela serve bebidas ou o próprio corpo nisso? Isso explicaria seus peitos ridículos. Nossa! Talvez eu esteja fazendo amizade com uma stripper. Isso é esquisito. Depois percebo que estou analisando a calcinha da garota. Isso é mais esquisito ainda.

– Me diga onde vai usar isso para que eu possa testemunhar. – Sua voz grave me assusta de novo.

Ofego enquanto vira a cabeça e vejo Trent andando na minha direção com um saco de roupa suja pendurado no ombro. Minha respiração para ao vê-lo, em especial aquelas covinhas marcadas que ele mostra descaradamente. Já faz mais de duas semanas que eu o encontrei aqui, e vê-lo acende de imediato um fogo dentro de mim.

De novo na lavanderia? Quais são as chances? Respiro fundo, me obrigando a relaxar. Desta vez estou mais preparada. *Não vou agir como uma avoada. Não vou deixar que seu rosto bonito me desarme. Não vou...*

– Ora, ora. O Espreitador da Lavanderia ataca novamente.

Trent sorri com ironia enquanto seus olhos percorrem meu corpo, parando por um momento para avaliar a tatuagem na minha coxa, antes de voltarem rapidamente ao meu rosto. Quando seus olhos chegam ali, minha pulsação está acelerada e acho que eu talvez precise trocar de calcinha. *Mas que droga! Lá vamos nós de novo.*

– Segundo round – resmungo antes que consiga me conter.

Sua sobrancelha se arqueia em surpresa enquanto ele se aproxima da lavadora aberta.

Procuro não ficar babando pelo seu corpo delineado através da camiseta branca apertada, enquanto o vejo largar um jogo de lençóis brancos na máquina.

– Você lava muito seus lençóis – observo com frieza, pensando ser um comentário muito inocente.

As mãos de Trent param por um segundo e ele continua, rindo e balançando a cabeça, mas sem dizer nada. Nem precisa. Percebi o que minha observação podia implicar e gemi, reprimindo o impulso de bater na minha testa, minha cara ficando ainda mais quente. Qualquer vantagem que eu pensasse ter quando ele entrou se dissolveu em um poço de tesão a meus pés.

Tenho certeza de que os lençóis dele estão em constante trabalho. Ele deve ter namorada. Alguém como ele *tem de* ter namorada. Ou uma série de amigas para transar. Seja como for, agora quero me enfiar num buraco e me esconder até que ele vá embora.

– O que posso dizer? Miami é quente sem ar-condicionado – propõe ele depois de um momento, tentando atenuar a estranheza. É isso que eu me forço a pensar, até que ele solta: – Mesmo sem roupa, eu acordo fervendo.

Trent dorme pelado. Minha boca seca enquanto foco sem controle em seu corpo de novo. Do outro lado da parede de minha sala de estar tem esse deus, numa cama, deitado nu. Embora eu julgasse impossível, minha pulsação se acelera ainda mais.

Abro a boca para mudar de assunto, mas não consigo pronunciar nada coerente. As palavras nadam em minha cabeça, formando um vozerio sem sentido. Não consigo pensar numa única resposta remotamente inteligente. Eu, que posso contar piadas grosseiras e esmagar o saco de qualquer arrogante com a melhor delas, estou perplexa. Ele acaba de transpor tranquilamente o meu escudo defensivo apenas com lençóis e sua imagem de pelado.

E aquelas malditas covinhas.

Vejo os músculos de seus ombros se mexerem enquanto ele coloca detergente na máquina. Quem poderia imaginar que lavar roupa seria sexy? Quando ele se vira para mim e pisca, dou um pulo.

– Está tudo bem com você? – pergunta ele.

Concordo com a cabeça e procuro soltar um som afirmativo, mas sai parecendo um gato estrangulado e sei que estou a ponto de perder a cabeça.

Ele bate a tampa da máquina e coloca moedas para ligá-la, depois se vira para mim, curvando-se.

– Para ser franco, vi você passando pelo meu apartamento com a roupa para lavar e peguei a primeira coisa que vi na frente.

Peraí... O que ele está dizendo? Sacudo a cabeça para me livrar da névoa mental. *Acho que ele está me dizendo algo importante.*

Ele sorri e passa a mão pelo cabelo desgrenhado. *Eu quero fazer isso também*, penso, flexionando involuntariamente os dedos. *Por favor, me deixe fazer isso.* Na realidade, quero fazer todo tipo de coisas com ele. Bem ali, naquele porão sujo. Em cima da máquina de lavar. No chão. Em qualquer lugar. Contenho o impulso de me atirar nele como um animal selvagem. Que inferno, agora mesmo estou ofegante como um deles.

— E aí, o que as pessoas fazem para se divertir por aqui? – pergunta ele, recostando-se um pouco para me dar espaço, como se pudesse ver que estou prestes a desmaiar com sua proximidade.

— Hum... – Levo um momento para achar minha voz. E minha inteligência. – Encontros em lavanderias? – Minhas palavras saem trêmulas. *Que porcaria... Qual é o meu problema?*

Ele ri, seu olhar deslizando para os meus lábios. A sensação de seus olhos ali me faz vomitar palavras que meu cérebro ainda não aprovou.

— Não sei. Acabo de me mudar para cá. Ainda não me diverti nada. – *Aimeudeus, Kacey. Cale a boca! Só cale a boca! Agora você parece uma lesada e uma mané!*

Com um sorriso torto, ele se encosta na máquina e cruza os braços fortes. Depois me olha fixamente. Aquela encarada dura uma eternidade, até que o suor começa a escorrer pelas minhas costas.

— Bom, precisamos mudar isso, não acha?

— Hein? – reajo, o calor aquecendo minha virilha. Ele efetivamente tirou minha capa de titânio de novo. Ele a jogou em outro planeta, onde não tenho esperança de encontrá-la. Estou nua e vulnerável e seus olhos estão cravados em meu íntimo.

Seu corpo desliza pela máquina até que ele se encosta em mim, seu quadril cutucando o meu, o braço estendido no canto oposto da máquina na minha frente, realmente invadido todo o meu espaço pessoal.

— Mudar o fato de que você não se diverte nada – murmura ele. Prendo a respiração. Sinto como se ele enfiasse a mão dentro do meu corpo e pegasse meu coração batendo. Será que ele tem alguma ideia do que faz comigo? Eu sou assim tão na cara?

Seu indicador se ergue e corre pela minha têmpora, descendo pelo meu rosto, e sua mão segura meu queixo. Ele roça meu lábio inferior com o polegar enquanto fico boquiaberta para ele. Não consigo me mexer. Nem um músculo. Seu toque tem o poder de me paralisar.

– Você é tão bonita.

Meus nervos estão em contradição. Sentir a ponta de seus dedos em meu lábio é tão bom, ao mesmo tempo em que aquela voz está gritando, *Não! Pare! Perigo!*

– Você também – ouço-me sussurrar e de imediato xingo a traidora dentro de mim.

Não. Deixe. Isto. Acontecer.

Ele se curva para mais perto, e ainda mais, até que seu hálito acaricia minha boca. Estou petrificada. Juro que ele vai me beijar. Juro que vou deixar que me beije.

Mas então ele ergue o corpo, como se lembrasse de alguma coisa. Dando um pigarro, diz com uma piscadela:

– A gente se vê, Kacey. – Ele se vira e desaparece na escada, suas pernas compridas subindo dois degraus de cada vez.

– É-é. Cl-claro – gaguejo, recostando-me na máquina para me apoiar enquanto minhas pernas viram gelatina. Tenho certeza de que estou a dois segundos de me derreter em uma poça no piso de concreto. Contenho o impulso de ir atrás dele. *Um... dois... três...* Luto para me livrar da tensão desagradável que toma furtivamente meu corpo. Curvando-me, encosto o rosto na máquina, minha pele quente em alívio por sentir o metal frio.

Ele é um pegador dos bons. Em geral eu sou igualmente boa em rejeitá-los. Sendo uma mulher numa academia dominada por homens, lidei com aqueles egomaníacos excitados da O'Malley's todo dia. *Segura meu saco para mim... Me domina...* Os comentários eram intermináveis e nada criativos. Então, quando eles concluíram que eu devia ser lésbica porque não baixei o short para nenhum deles, os comentários idiotas se multiplicaram por dez.

Nunca tive problemas para resistir ao mais gostoso deles. Nenhum deles rompeu esse muro magistral de autopreservação que construí em torno de mim. Eu gostava de trocar golpes com eles. Adorava bater nos joelhos deles. Mas eles nunca despertaram nenhum interesse em mim, físico ou o que fosse.

Mas Trent... Tem algo diferente nele e não preciso pensar muito para enxergar. Algo no modo como ele domina um ambiente, como olha para mim, como se já tivesse identificado e pudesse desarmar cada um de meus mecanismos de defesa sem esforço nenhum, como se ele visse através deles o desastre que espreita por trás.

E ele quer isso.

– Merda de sedutor – resmungo ao correr para a pia. Um jato de água apaga temporariamente as chamas em meu peito. Ele fala manso. Ah, tão manso. De um jeito muito mais sofisticado que os babacas com quem estou acostumada a lidar. "Você é tão bonita", repito, fazendo, em seguida, uma imitação severa e sacana de mim mesma dizendo, "Você também". Tenho certeza de que ele diz isso para todas. Cuidado, ele vai se encontrar com Storm e dizer exatamente a mesma coisa. *Ah, meu Deus.* Minhas entranhas se contraem, meus punhos se fecham com tanta força que os nós dos dedos ficam brancos. O que vai acontecer quando ele conhecer Storm? Ele vai se apaixonar por ela, é isso que vai acontecer. Ele é homem. Que homem não se apaixonaria pela Doce Barbie Stripper? E serei apenas aquela doida de pedra do 1C e terei de vê-los namorando no sofá, e ouvi-los tendo um sexo selvagem de stripper do outro lado da parede do meu quarto, e vou querer arrancar os braços de Storm. *Droga.* Abro a água fria e jogo em meu rosto de novo. Logo agora esse cara criou fissuras permanentes em meu traje de sanidade cuidadosamente construído e não sei como lutar contra isso, me proteger, mantê-lo afastado.

Manter todos eles longe.

Noventa e nove por cento de mim sabe que preciso mantê-lo à distância de um braço. Não tem sentido pensar em deixar que chegue perto. Ele vai dar uma olhada em minhas merdas e vai fugir, deixando uma confusão ainda maior para trás. Ainda assim, enquanto olho a máquina de lavar onde ele estava agora mesmo, onde seus lençóis rodam, penso seriamente em roubá-los e deixar um bilhete "Vem buscar" no lugar. *Não.* Com raiva, enfio as mãos nos meus cabelos, agarrando a nuca como se ela fosse explodir. Preciso ficar longe dele. Ele vai estragar tudo que me esforcei tanto para colocar no lugar.

De repente, não consigo ficar nem mais um segundo na lavanderia.

Mia e Livie estão sentadas de pernas cruzadas na sala de estar com um tabuleiro de *Chutes and Ladders* entre elas. Uma Storm recém-saída do banho joga uma tigela de espaguete em uma panela de água fervente.

– Espero que você não se importe com vitela em seu molho – disse ela enquanto eu entro sem bater. Imagino que já passamos da fase de bater na porta. Eu acabei de pegar suas calcinhas, afinal de contas.

– Seria ótimo. Suas roupas estão todas aqui.

Por sobre o ombro, ela olha chocada o cesto.

– Você dobrou minhas calcinhas pra mim?

– Hum... Não?

Virando-se um pouco mais para ver minha cara, o cabelo ainda molhado da água da torneira, ela franze a testa.

– O que houve com você? – Como explicar que eu tomei um minibanho frio na lavanderia porque a droga do vizinho cheio de charme me encurralou? Não posso.

– Foi uma reedição de *Comboio do terror*, de Stephen King. A máquina de lavar ganhou vida e me atacou. A lavanderia e eu não estamos nos falando.

– Nunca li esse livro – diz Storm ao mesmo tempo em que ouço um gritinho assustado.

– Não me surpreende – resmungo enquanto vou para a cozinha, percebendo um olhar de ódio de Livie por assustar Mia. Nosso pai nos fez assistir a todos os filmes da época dele como forma de manter os clássicos vivos. Na maior parte do tempo, ninguém da minha geração tinha a menor ideia do que eu falava.

Storm se vira para mim exibindo um avental que diz, *Como está o molho? Alguém viu meu Band-Aid?*, e um largo sorriso.

– Ei, então eu falei com meu chefe. O emprego é seu, se você quiser.

– Storm! – Meus olhos ficam esbugalhados.

Suas mechas louras e compridas se balançam enquanto ela vira a cabeça para trás e meu choque aparentemente a diverte. Não sei dizer se ela está feliz por me dar a notícia. Tenho a impressão de que ela genuinamente *quer* nos ajudar e por nenhum outro motivo além de ser uma pessoa legal.

– Ainda não decidi. – *Mentira, sim, você decidiu.* Uma boa grana é uma boa grana e desde que não tenha de tirar a roupa, posso ficar no meio de um circo de vaginas.

– Que emprego é esse? – Livie se intromete, sua curiosidade aguçada.

– Um emprego comigo, onde trabalho – explica Storm.

– Minha mãe ganha dinheiro pra dar bebida pras pessoas num restaurante. Assim ó! – Mia se coloca de pé e corre para pegar um copo vazio na bancada. – Gostaria de um copo de limonada, senhora? – Ela o carrega até Livie com o maior cuidado e se curva.

– Ora, obrigada, gentil garçonete – derrama-se Livie teatralmente e passa a tomar a bebida imaginária como se tivesse acabado de atravessar o deserto do Saara, terminando com uma piscadela para Mia. Mas, quando se vira para mim, sua testa está franzida de inquietação. – Servindo mais do que limonada, devo concluir?

Concordo com a cabeça, baixando os olhos para me concentrar em rearrumar os talheres na mesa antes de olhar sua expressão preocupada de novo. Ela chupa o lábio inferior, tentando impedir ao máximo que ele trema e sei o que ela está pensando. Livie tem medo de que eu vá cair de cabeça naquele lugar sombrio onde a tequila flui e as ficadas de uma noite são frequentes. Embora eu tenha prometido a ela umas cem vezes que essa fase acabou, ela ainda morre de medo de me perder dela de novo. Não posso culpá-la.

Por isso fico surpresa com suas palavras seguintes.

– Você deve aceitar, Kacey.

Inclino a cabeça e penso no que ela disse.

Ela dá de ombros.

– Se você serve as bebidas é porque pode descartá-las, né?

– É. – Concordo lentamente com a cabeça, processando essa lógica. Livie sempre encontra o lado positivo de tudo. Olho rapidamente para Storm e a vejo atentamente concentrada em mexer o molho de tomate. Sei que ela deve ter ouvido isso. Ela deve estar se perguntando que demônios essas duas vizinhas guardam no armário. Como sempre, ela tem a decência de não fofocar.

– E as gorjetas são boas, pelo que soube – acrescenta Livie. – Talvez eu possa arrumar uma identidade falsa e conseguir emprego lá também!

– Não! – gritamos Storm e eu em uníssono, e partilhamos um olhar silencioso. O olhar que diz que é bom para nós, mas não para Livie. Ela merece muito mais que isso.

– Mamãe? Vai trabalhar hoje de noite? – A vozinha de Mia trina, impedindo outras perguntas de Livie.

Storm sorri com tristeza para a filha.

– Sim, ursinha. – Deve ser difícil deixar a filha por seis noites seguidas.

– Posso ficar com a Livie? Por favor, mamãe? – Mia junta as mãos como se rezasse.

– Ah, não sei, Mia. Acho que você já monopolizou muito o tempo da Livie hoje, não acha?

– Mas, nããããão... mãe! – Mia geme e bate pé pela sala, em círculos, lembrando a todos que ela *só tem* 5 anos. Para bufando, abraçando a si mesma, e fecha a cara. – Não gosto da sra. Potterage!

– Ela é uma senhora boazinha, Mia – diz Storm com um suspiro, como se já tivesse dito isso umas cem vezes. Ela se curva e cochicha para mim: – Não culpo a coitadinha. Potterage fuma feito uma chaminé. Mas em geral posso depender dela por pelo menos quatro noites por semana.

– Eu não me importo em nada – intromete-se Livie fazendo carinho nas costas de Mia.

– Tá vendo, mãe? A Livie disse que sim!

Storm se encolhe.

– Tem certeza?

– Claro que sim. Na verdade, ficaria muito feliz em cuidar dela toda noite, se você quiser – diz Livie com total seriedade.

– Ah, Livie. Eu trabalho seis dias na semana. É pedir muito de uma garota de 15 anos. Você merece sair e se divertir, ou o que fazem as meninas de 15 anos hoje em dia.

Livie já está balançando a cabeça.

– Não, não é, e eu não me importo. – Ela aperta a bochecha de Mia, tão cativada pela criança quanto Mia é por ela. – Eu adoraria.

Há uma longa pausa e Storm engole em seco, refletindo.

– Terá de deixar que eu pague por seu tempo. Sem discussões.
A mão de Livie se agita com desprezo.

– Tá, tudo bem. Tanto faz. Ela vai dormir na maior parte do tempo mesmo e Kacey estará trabalhando com você, não é? Assim, pelo menos eu não fico sozinha.

As três se viraram para mim cheias de esperança.
Solto um suspiro alto.

– Só bebidas, né? Não vou servir nada... Nada mais.

Os olhos de Storm cintilam.

– A não ser que você queira.

– E não preciso usar nada que mostre demais?

– Bom...

Jogo minha cabeça para trás e a balanço de um lado a outro.

– Lá vamos nós.

– Eu só ia dizer que você vai ganhar mais dinheiro se estiver decotada do que se vestir como uma mórmon. Muito mais dinheiro. Eu mostraria um pedacinho da pele, se estivesse no seu lugar.

Suspiro de novo.

– E posso desistir, se não gostar? Sem ressentimentos?

– Claro que sim, Kacey. Sem ressentimentos – afirma Storm, erguendo uma colher de pau na frente do rosto como se fizesse um juramento.

Paro por tempo suficiente para fazer Storm se encolher.

– Tudo bem.

– Ótimo! – Storm joga os braços bronzeados em mim, sem saber que o contato provoca uma revolução em minhas entranhas e faz a voz em minha cabeça gritar. Ela se afasta com igual rapidez e volta à sua panela de molho, me dando a oportunidade de soltar o ar. – Você começa esta noite, por falar nisso.

– Esta noite! Que divertido. – Não consigo evitar o sarcasmo na voz enquanto sinto meu estômago se contrair, destruindo meu apetite. Abraço meu próprio corpo com força, reconhecendo que uma boate cheia de gente nova significa apertos de mão e perguntas sobre merdas pessoais que não são da conta de ninguém. Não estou preparada para isso. Não estou pronta... *Um... dois... três... quatro...* Quando chego a dez, estou em pânico.

Fase três

RESISTÊNCIA

QUATRO

O sol já havia se posto quando paramos o jipe de Storm no Penny's Palace. Storm nem mesmo colocou o treco na vaga e eu já estava descendo. Quando ela contorna para se encontrar comigo do meu lado, me olha com um misto de surpresa e preocupação. Mas não comenta nada.

Mas faz uma observação sobre eu puxar a saia preta e curta que peguei emprestada com ela.

– Pare de mexer nisso. – Ela dá um tapa na minha mão. – Eu nunca teria pensado que você é do tipo nervosa.

– Para você, é fácil falar. Não é sua bunda que está aparecendo. Nem acredito que concordei em usar esse Band-Aid. Quando eu me abaixar, vou mostrar minhas partes para todo mundo.

Storm ri.

– É claro que você devia usar esse Band-Aid. Mostra as pernas incríveis que você tem.

– Está mostrando mais do que minhas pernas – resmungo, dando outro puxão para cobrir a base de minha tatuagem. Não tenho vergonha disso; só não quero chamar mais atenção do que o necessário para mim.

– Meu Deus do céu! Para quem banca a durona, você é muito fresca, né?

Ela tem razão. Acho que simplesmente estou pouco à vontade aqui e isto está me fazendo questionar tudo. Se fosse a academia, eu não teria problema nenhum com shorts mínimos apertados na bunda. Mas ali não é a academia e eu não vou poder chutar as coisas no trabalho.

Inclino a cabeça de lado e olho para Storm.

– Por acaso você acaba de me chamar de fresca?

Ela não perde um segundo.

– E por acaso você disse "minhas partes"? Ei, essa é uma boate para adultos, e não uma creche.

– Vou tentar me lembrar disso. – Rio ao nos aproximarmos da sólida porta de metal preto com um olho mágico minúsculo.

– Você está ótima, Kacey. É sério. – Procuro não me retrair quando ela dá um tapinha no meu ombro.

No fundo, tenho de confessar que estou mesmo. Junto com a minissaia, uso uma camiseta listrada cinza carvão e várias joias de prata, cortesia da coleção de Storm. Ela também me ajudou com o cabelo e a maquiagem. Estou mais do que decente. Ao lado de Storm, não estou tão impressionante, com seu vestido turquesa, pele bronzeada e curvas de boneca Barbie, mas estou decente. Decente o bastante para me pegar passando lentamente na frente do apartamento 1D ao sair de casa, na esperança de ver a cara de Trent na janela. Depois percebi o que estava fazendo e corri o resto do caminho até o jipe de Storm, com a voz em minha cabeça me dando uma bronca por todo o percurso.

Storm bate na porta pesada quatro vezes. Ela se abre e minhas entranhas se reviram. Não é muita gente que ainda consegue me intimidar, mas aquele gigante de cabelo preto e músculos imensos que enche a porta, tão largo quanto alto... Não tenho vergonha de me encolher de medo. Ao olhar para ele, eu não ficaria surpresa se ele nunca tivesse sorrido um dia em toda a sua vida. Certamente nunca foi um neném fofinho. Tenho certeza de que simplesmente se materializou do nada no animal diante de mim.

– Este é o Nate. Ele é o chefe da segurança e braço direito de Cain. Oi, Nate! Essa é minha amiga, Kacey. – Storm não espera que ele responda. Simplesmente passa por ele, com a mão dando um leve soco em seu abdome sólido.

– Oi – diz ele. A única palavra retumba fundo em mim, sua voz parecendo um trovão, e eu respondo com a cabeça, momentaneamente muda.

Ele recua um passo para me dar mais espaço.

– Entre, por favor.

Forçando uma empolgação que não sinto, ergo o queixo e entro. Storm me leva por um corredor estreito ladeado de caixas de bebida alcoólica e barris prateados, com um leve cheiro de levedura de cerveja. Lembranças sombrias surgem com o cheiro. Lembranças de boates, doses de tequila tomadas na barriga dos homens e carreiras de pó branco em mesas de cantos escuros. Rapidamente as espremo de volta em seu lugar. No passado.

– Aqui ficam os camarins das dançarinas... – O indicador de Storm aponta duas portas fechadas. – Eu não entraria aí, a não ser que você queira ver as "partes" das meninas. – Com um riso de provocação, ela continua pelo corredor.

Passamos por um louro imenso de ombros largos usando camiseta preta apertada e calça preta. A julgar pela roupa, sem dúvida nenhuma é outro segurança, mas não parece tão apavorante como Nate. É bonito daquele jeito "eu sou do Wisconsin e jogo futebol americano". Ele me lembra Billy...

– Kacey, esse é o Ben – Storm nos apresenta.

– Oi, Kacey. – Ele sorri e e inclina a cabeça como se de repente me reconhecesse. – Ei, você não estava na Breaking Point outro dia?

Olho para ele. Não me lembro dele, mas não presto mesmo atenção nos caras de lá.

– Talvez. Acabo de me matricular.

Ele assente devagar.

– É, era você mesmo. – Seus olhos se fixam descaradamente no meu corpo. – Você é incrível. Você compete?

Desprezo o elogio.

– Não, é só por prazer. – A verdade é que eu adoraria competir, mas é perigoso demais para mim, por causa das minhas lesões. Um golpe no lugar errado provocaria danos graves a todo o trabalho de recomposição que aqueles cirurgiões fizeram anos atrás no meu corpo. Mas não vou dizer nada disso a Ben.

– Primeira noite no Penny's? – pergunta ele, apoiando o braço no batente da porta.

– É.

Um olhar safado me percorre de novo.

– Só no bar – acrescento, cruzando os braços, destacando o "só".

Sua atenção se volta para o meu rosto e ele sorri.

– Sim, já ouvi essa antes.

– E vai ouvir de novo de mim sempre que você perguntar – rebato friamente. Que babaca pretensioso! Ele precisa de um bom chute na cabeça para arrancar esse sorrisinho da boca. Talvez eu lhe peça para lutar comigo da próxima vez que estiver na academia.

Storm me leva, passando por ele, chamando por sobre o ombro.

– Te vejo depois, Ben. – Ela bate numa porta com uma placa que diz *Chefe*. Tem a caricatura de uma mulher nua sentada de pernas abertas e uma calcinha de renda preta pregada ao lado dela. *Muito adequado!*

– E aqui é o escritório de Cain. Não se preocupe. Você vai se dar bem aqui – sussurra ela ao abrir a porta. Arqueio uma sobrancelha quando ela vira as costas. Ela pensa que me *conhece*. Pensa que vou me dar bem com silicone, birita, xoxotas ou sei lá como devo chamar. Estou me perguntando melhor até que ponto Storm é inteligente.

– Entra! – grita uma voz dura e minhas costas ficam tensas.

Ali dentro há uma sala pequena com prateleiras do chão ao teto nas quatro paredes, contendo mais garrafas de bebida. Toneladas e mais toneladas de bebida. Na parede do fundo há algo que parece um experimento de química esquisito – um monte de garrafas de bebida de cabeça para baixo com uma confusão de mangueiras saindo do gargalo e entrando pelo chão. Meu nariz sente no ar um leve cheiro de fumaça de cigarro, cedro e uísque.

– Isso é o que chamam de *well* – explica Storm aos sussurros.
– É a estação do bar, por onde sai toda a bebida barata. Ele controla o quanto sai. Você aperta um botão atrás do balcão e ele te dá uma dose. Aperta duas vezes, duas doses... Não é um bicho de sete cabeças.

– Então, não vou fazer minhas cenas favoritas de *Cocktail*? – murmuro, me imaginando girando garrafas como um bastão.

Storm ri.

– Você até pode, mas será com as garrafas caras das prateleiras, e elas custam muito quando você as quebra.

O homem de cabelo preto penteado para trás e camisa azul-marinho está sentado a uma enorme mesa de mogno, de costas para nós. Cain, suponho. Está ao telefone com o que parece o distribuidor de cerveja. Pelo modo como grita "sim" e "não", eu diria que ele não está satisfeito. Bate o fone no gancho e gira, e eu me preparo para uma conversa aflitiva.

Mas então os olhos cor de café caem em Storm e se aquecem de imediato. Ele é jovem – talvez no início dos 30 anos – com feições atraentes e um ótimo senso de estilo. Sem dúvida nenhuma é bonito pelos padrões normais. Ainda assim, é dono de uma boate de strip e isso, na minha terra, equivale a desprezível.

– Oi, Anjo. – Ele fala arrastado, olhando Storm de cima a baixo lentamente. O cabelo da minha nuca fica arrepiado. Eu não vou gostar desse sujeito. Nem. Um. Pouco.

Storm ignora o olhar sacana. Ou talvez goste. Para falar com franqueza, eu não sei. Não a conheço tão bem assim.

– Oi, Cain. – Ela vira a cabeça para mim. – Esta é minha amiga, Kacey. Para o emprego no bar, sabe?

Meu estômago aperta enquanto aqueles olhos escuros passam a me avaliar, mas sua observação só dura meio segundo. Ele dispara da cadeira e dá a volta na mesa, estendendo a mão com um ar profissional.

– Oi, Kacey. Eu sou Cain, dono do Penny's. É um prazer conhecê-la.

E é aqui que minha pequena fobia torna a vida tão complicada. Não posso me livrar do aperto de mão do chefe quando ele a estende para mim. Não, a não ser que eu dê o fora daqui agora mesmo, mas, assim, perco o emprego. Um emprego que nem sei se quero, mas ainda assim é um emprego. Minha única alternativa real é cerrar os dentes e torcer para não desmaiar por causa de uma crise de ansiedade quando os dedos dele envolverem os meus, me empurrando de volta àquele lugar escuro do qual estou sempre tentando escapar.

Olho para ele, olho sua mão, olho para Storm. Mas, sobretudo, ouço a voz de Livie dizendo, *Tente*.

Estendo a mão...

Pontos pretos enchem minha visão enquanto seus ossos, músculos e cartilagens envolvem minha mão e a apertam. Minha outra mão apalpa às cegas o ar, procurando apoio, e encontro o cotovelo de Storm. Seguro-me nele. Vou desmaiar. Vou cair aqui mesmo nesse chão e ter uma convulsão feito uma idiota. Nate, o segurança animal, vai me arrastar para fora enquanto Cain grita "Valeu, mas não, obrigado, é louca", e depois estarei de volta à Starbucks e Livie vai ter de comer ração de gato e...

– Storm me falou muito de você.

Com um sobressalto, percebo que Cain soltou minha mão. Meus pulmões desinflam.

– Ela falou? – digo numa voz trêmula, olhando de relance para Storm.

Ele sorri calorosamente.

– Sim. Disse que você a tem ajudado muito. Que você é inteligente e precisa de emprego. E que você é tremendamente bonita. Isso eu posso ver agora, em primeira mão.

Engasgo, minha língua perdida no fundo da garganta.

– Já trabalhou num estabelecimento para adultos?

– Hum... não, senhor – respondo e rezo a Deus em silêncio para que Storm não tenha lhe dito o contrário. Não sei por quê, mas de repente descubro que *quero* impressionar Cain. Ele tem um ar de autoridade, como se fosse muito mais velho e mais sensato do que sugere sua aparência, como se fosse um homem carinhoso e não o dono inescrupuloso de boate de strip.

Minha resposta não parece incomodá-lo.

– Uma de minhas bartenders está grávida. Nós dois concordamos que uma boate para cavalheiros não é o melhor lugar para ela, então... Quantas noites você pode trabalhar?

Olho para Storm e dou de ombros.

– Todas?

A cabeça de Cain cai para trás enquanto ele dá uma gargalhada sincera, revelando uma tatuagem abaixo da orelha esquerda. Diz "Penny". Ela deve ser alguém muito especial, se ele deu o nome dela à boate e tatuou nele mesmo.

– Não entregue toda sua vida, meu bem. Cinco ou seis noites servirão. – Agora seus olhos percorrem meus braços, passando pela cicatriz branca e sinuosa no lado externo de meu ombro e brigo comigo mesma em silêncio por não tê-la coberto. Eles provavel-

mente fazem cara feia para mulheres desfiguradas que trabalham em boates para adultos. – Você tem corpo de lutadora – diz ele.
– Não para brigar. Só para ficar em forma – respondo rapidamente.
Ele assente devagar. Isso parece impressioná-lo.
– Ótimo. Gosto de uma mulher que sabe se cuidar. – Ele volta para trás de sua mesa, dizendo: – Você vai treinar a Kacey, não é, Storm?
Storm sorri de orelha a orelha.
– Sim, Cain.
Ele a olha novamente e vejo o que é verdadeiramente esse olhar. Adoração, e não sensualidade animalesca. Como se ele a venerasse. Pergunto-me se eles já dormiram juntos. Pergunto-me se ele dorme com todas as funcionárias. Tenho certeza de que pode dormir, se quiser. Será que vai tentar dormir comigo? Não tenho tempo para pensar nisso porque Storm está me rebocando porta afora.
– Vem. Vamos abrir logo. Preciso que você fique à vontade.

A noite passa num borrão. Storm e eu trabalhamos juntas no bar principal – Storm com as bebidas mais complicadas, eu na cerveja e nas doses puras, enquanto ela me ensina os fundamentos. O lugar não é nada como eu esperava. É enorme, tem três andares no meio, com um teto baixo cercando o perímetro, permitindo reservados elegantes para os bares, mesas de tampo alto, preto e reluzente, e um corredor para as salas VIP. Ao que parece, Cain é rigoroso com o que acontece lá atrás. Nada de ilegal, ele diz a todas as meninas. "Eu não vou lá atrás", diz Storm com uma expressão séria de quem diz, "não vá lá também, Kacey".

Em um palco elevado no meio, as meninas dançam. O tempo todo sempre há três dançando, cada uma delas com seu próprio palco pequeno se projetando do principal, para acomodar um grupo de homens babando na fila da frente. Uma luz azul brilha em todo o espaço, criando um ambiente místico. O resto do lugar é escuro, o ar pesado de bebida, testosterona e desejo. A música ressoa pelo meu corpo, a batida guiando cada movimento das dançarinas no palco.

Storm e eu brincamos e batemos papo despreocupadamente enquanto servimos e começo a relaxar perto dela. O lugar é movimentado, mas as pessoas não estão subindo umas por cima das outras no bar para pegar uma bebida como nas boates que eu frequentava. Ela me apresenta a três meninas e garante que vou gostar delas: Ginger, Layla e Penelope. São lindas de morrer, risonhas e simpáticas. Todo mundo aqui parece ser lindo, risonho e simpático, e acabo me perguntando pela centésima vez por que Storm acha que eu me encaixo aqui. Mas não digo nada, assentindo para todas elas, tratando de ocupar as duas mãos e assim evitar qualquer contato físico. Ninguém parece perceber.

Ouço um monte de comentários "garota nova" dos clientes que claramente são assíduos, mas os ignoro. Fico de cabeça baixa e trabalho arduamente para que Cain não tenha motivo algum para me dar outras atribuições, como dançarina de lap dance e apoio ao cliente nas salas VIP. Recebo os pedidos, sirvo as bebidas, pego o dinheiro sem tocar na mão de ninguém. Nessa ordem. Ainda assim, sinto os olhos em mim – vagando pelas minhas curvas, me avaliando, mesmo com muita carne para olhar neste lugar. Imbecis.

O bar é minha fortaleza. Estou segura atrás dessa meia-parede.

– E aí, como está indo até agora? – pergunta Storm durante um intervalo de dois minutos, tarde da noite. – Acha que consegue ser barwoman em uma boate de strip seis noites por semana?

Dou de ombros.

– Acho, não é grande coisa. Só um monte de peitos e bundas, e eu evito o palco, então não vejo... – Minha atenção vaga para o palco, onde uma asiática com apenas um fio dental prateado passa a perna pelo próprio pescoço. – Isso! – Jogo a cabeça para lá. – Como a garota consegue fazer isso?

– Essa é a Cherry. Ela faz hot yoga.

Reviro os olhos.

– Não, eu não quis dizer como. Quis dizer... *como pode?!*

– Todo mundo tem seu preço. – É a única resposta de Storm enquanto ela serve outra rodada de Jim Beam.

– Acho que sim – resmungo, me perguntando em silêncio se Storm já deu seu preço.

– Tá legal, então agora você está familiarizada com o bar, Kacey – diz Storm –, e pode começar a sorrir a qualquer hora. Você sabe que se você sorrir para os clientes, é provável que as gorjetas sejam maiores, né?

Sorrio com ironia.

– Por que eles me dariam mais dinheiro se eu sorrir, quando podem guardar para a pessoa que monta na perna deles? São burros?

– Confie em mim. – Ela suspira com paciência, voltando a servir o cliente, falando por sobre o ombro: – Você é o brinquedo ruivo novo e está obrigando os caras a usar a imaginação.

Que ótimo. Era isso que eu queria ser. O sonho erótico de um sujeito qualquer.

Para provar que ela estava errada, ofereço aos três clientes seguintes o maior sorriso que minha cara pode suportar sem se dividir ao meio. Até pisco para um deles. E, veja só, as gorjetas dobram. *Hum. Talvez ela tenha razão.* Quem dera que sorrir não fosse tão cansativo.

Um caubói de meia-idade com um chapéu enorme e jeans Wrangler se curva sobre o bar, com a boca torcida como se estivesse mascando um pedaço de palha, mas não tem nada ali.

– Você é mesmo uma linda visão, toda musculosa e natural – diz ele enquanto seu olhar se demora por tempo demais em meu decote. Ora essa, não sei. Eu pareço um menino de 10 anos perto de todas as outras mulheres deste lugar. Quando ele ri com sarcasmo, vejo que seus dentes são manchados de um marrom amarelado de tantos anos mascando tabaco.

Engulo minha repulsa e forço um sorriso.

– O que posso servir ao senhor esta noite?

– Que tal um Tom Collins e um show privê?

– Saindo um Tom Collins. Tô fora de shows privês. – Mantenho o sorriso, mas meu nível de irritação aumenta. Estou ansiosa para me livrar do sujeito. Quando deslizo a bebida pelo balcão até ele e estendo a mão para a nota de vinte dólares, sua pata se fecha em meu braço, seus dedos grosseiros e rudes. Ele se curva e eu sinto um bafo de tabaco velho e bebida em seu hálito.

– Que tal você fazer um intervalo agora e me mostrar essa sua bundinha dura?

– Sou apenas uma barwoman aqui, senhor – forço a fala entre dentes, meu corpo assumindo o modo defensivo. – Há muitas meninas aqui que podem dar o que o senhor quer. – Para todo lado onde olho, vejo bundas, mamilos e coisa pior. Pratiquei muito esporte no colégio, então já vi minha parcela de corpos pelados em chuveiros. Caramba, rotulei a Jenny de "Exibicionista de Grand Rapids" porque ela não tinha escrúpulos em tirar a roupa na minha frente. Mas este lugar é diferente. Elas ficam zanzando, anunciando a mercadoria. *Vendendo* seus corpos.

– Eu tenho dinheiro! Pode dizer seu preço.

– O senhor não tem o suficiente, acredite em mim – rosno de volta, mas sei que ele não me ouve, a outra mão desaparecendo abaixo do balcão, provavelmente para ajeitar a ereção crescente. Tenho vontade de vomitar. Imagino que ele será rude quando finalmente encurralar uma mulher coitada, desesperada e evidentemente cega. – Eu iria embora, no seu lugar... senhor.

De minha visão periférica, vejo os corpos imensos de Nate e Ben vindo me salvar. A ideia deles me resgatando me incomoda. Não preciso que eles me protejam. Eu não preciso mais. E eu quero machucar esse cara.

Eu meio que me curvo e dou um pulo para enganchar a mão livre no pescoço suado do caubói. Empurro para baixo com força e rápido. Ele grunhe quando sua cara bate no balcão. Eu a seguro ali, meus dedos forçando a base de seu pescoço. Meu coração martela nas costelas enquanto o sangue dispara aos meus ouvidos. Isso é bom. Sinto-me viva.

– Agora você gosta dessa bundinha dura? – sibilo.

As mãos de Nate batem nos ombros dele e ouço seu ronco grave acima da música enquanto ele arrasta o caubói dali, sangrando por causa de um corte no lábio inferior.

– Você terá de ir embora agora, senhor. – O cara também tem uma marca vermelha na testa que sem dúvida nenhuma vai virar um hematoma amanhã. Mas ele não resiste. Duvido que até o Incrível Hulk resistisse a Nate.

Ben fica por ali.

– Você está bem?

– Estou ótima – garanto a ele enquanto Storm chega perto de mim com uma expressão preocupada. Observo Nate com atenção e cruzo um olhar com Cain, sentado a uma mesa na lateral. Uma náusea me toma. Ele deve ter visto toda a cena se desenrolar. De repente ele talvez não queira que os clientes tenham suas cabeças socadas no balcão. Talvez eu tenha acabado de conseguir minha demissão.

Cain me mostra o polegar para cima e solto um enorme suspiro de alívio.

– Eu te disse para sorrir, e não para se meter numa briga de bar.

– Storm brinca, me cutucando nas costelas.

– Ele queria um show particular – explico, com a adrenalina ainda bombeando pelo corpo. – Em vez disso, eu lhe dei um público.

Ben se curva, com os cotovelos no balcão e um sorriso impressionado na cara.

– Você sabe mesmo se cuidar.

– Fui criada por lobos. Tive de brigar pela comida.

Ele joga a cabeça para trás numa gargalhada gutural.

– Desculpe se enchi seu saco antes. É que estou acostumado a ver meninas bonitas e novinhas entrarem aqui e saírem cansadas e acabadas. Detesto isso.

– Bom, então, é seu dia de sorte. Eu já sou uma acabada. – Olho-o de cima a baixo. – E talvez você não devesse trabalhar em uma boate de strip.

– É, é o que me dizem. Mas a grana é muito boa e estou guardando para a Faculdade de Direito. – Ele percebe minhas sobrancelhas erguidas e seu sorriso aumenta. – Não esperava por essa, hein?

– Você não tem uma vibe de advogado.

Ben vira o corpo e coloca os cotovelos no balcão para ficar de frente para a multidão enquanto fala comigo.

– E aí, eu soube que você acaba de se mudar pra cá.

– É. – Estou ocupada limpando o balcão e empilhando copos recém-lavados.

– Você fala pra caramba, não é?

— Nós, as meninas totalmente vestidas, temos de fazer um esforço a mais para merecer nosso dinheiro.

Ele ergue a cabeça e me olha.

— Muito justo. Escute... Da próxima vez que for à academia e eu estiver lá, me procure. Podemos fazer alguns rounds. — Ele se afasta, sem esperar pela minha resposta.

Ah, sim, farei alguns rounds com você, mas provavelmente não do tipo que seu cérebro de piroca está propondo. Acompanho seus movimentos, prestes a gritar, "É isso aí, doutor advogado!", mas as palavras morrem nos meus lábios porque vejo Trent sentado a uma mesa da mesma altura que o balcão.

E ele não está olhando o pretzel no palco. Está olhando para mim.

Veja só. Olhando para mim.

Trent está aqui e olha para mim.

— Mas que inferno... — murmuro para ninguém em particular, baixando a cabeça. Não posso lidar com ele e o que ele faz comigo agora. Aqui. Esta noite. *Merda!*

Sinto alguém se aproximar do balcão e levanto a cabeça com cuidado. É Nate, graças a Deus. Já terminou de expulsar o caubói.

— Esse cara está incomodando você, Kacey?

Engulo em seco.

— Não. — Sim, mas não pelos motivos que você pensa.

— Tem certeza? — Ele vira o corpo imenso para verificar a mesa. Trent ainda está ali, recostando o corpo longilíneo na cadeira, bebendo em seu canudinho, com a atenção agora em Cherry. — Ele está ali há meia hora. De olho em você.

— Foi? — digo num gritinho e depois rapidamente acrescento em tom normal: — É meu vizinho. Está tudo bem.

Os olhos escuros de Nate vagam pelo resto do salão, sem dúvida procurando homens grudentos que ele possa jogar porta afora.

– Diga se ele te incomodar, está bem, Kacey?

Como não respondo, ele me olha novamente, com a voz de trovão um pouco mais branda.

– Está bem?

Concordo.

– Tá, pode deixar, Nate.

Com um gesto ríspido de cabeça, ele volta a seu posto como uma sentinela. Uma sentinela que pode arrancar as pernas de um sujeito se ele espirrar forte demais.

– Mas o que foi *isso*? – Storm chega de mansinho atrás de mim.

– Ah, nada. – Minha voz ainda está trêmula e não consigo fazer a língua funcionar direito. Arrisco olhar de novo para Trent. Ele está encostado na mesa, brincando com o canudo, enquanto a Barbie mediterrânea, Bella, acho que é esse o nome, esfrega seu corpo muito pouco vestido na coxa dele. Olho enquanto ela gesticula para a sala VIP, sua mão deslizando afetuosamente pela nuca dele.

– Você tá legal? Parece que está tentando estrangular alguém.

– Ela tem razão, percebo, quando noto minhas mãos torcendo o pano de prato como se fosse um pescoço. *É o pescoço de alguém.* De Bella...

– É, eu estou bem. – Jogo o pano no balcão e arrisco outra espiada em Trent, no exato segundo em que seus lindos olhos azuis encaram os meus. Dou um salto. Ele abre aquele sorriso provocante que arranca minhas defesas, me deixando tão nua quanto as dançarinas no palco. Por que ele me afeta tanto? É tão irritante!

– Hum, isso não é um "nada", Kacey. Está olhando aquele cara? Quem é ele? – Ela se curva sobre meu ombro para entrar no campo de visão. – Não é aquele que...

Levanto a mão para afastar gentilmente seu rosto.

– Vira pra lá! Agora ele sabe que estamos falando dele.

Storm se dobra de rir.

— Kacey tem uma paixonite – cantarola. – Nosso vizinho está comendo você com os olhos. Vá falar com ele.

— Não! – rosno em resposta, lançando para ela o meu melhor olhar assassino.

Ela baixa cabeça e se ocupa limpando os copos do bar. Sei que ela ficou magoada com a grosseria na minha voz. A culpa de imediato cresce dentro de mim. *Mas que droga, Kacey!*

Luto para ignorar a mesa de Trent, mas ela parece buscar minha atenção. É impossível não olhar. No fim da noite, estou exausta e irritada pelas ondas sísmicas de ciúme que se quebram dentro de mim enquanto strippers desfilam pela sua mesa, tocando nele, rindo, uma delas montando em seu colo para conversar. Meu único alívio é ver que Trent rejeita educadamente todas elas.

Colocando a mão na bolsa, que está entre nós no console, Storm joga um envelope grosso no meu colo.

Sem pensar muito, abro e folheio as notas.

— Puta merda! Aqui deve ter tipo...

— Eu te disse! – Ela cantarola, acrescentando com uma piscadinha: – Agora imagine o que você ganharia se subisse no palco.

Devem ter uns quinhentos dólares ali! Tranquilo!

— Você está trabalhando no Penny's há... quatro anos, não foi o que disse? Por que ainda está morando na Jackson Drive? Podia ter comprado uma casa!

Ela suspira.

— Fui casada por um ano com o pai da Mia. Tive de alegar falência depois que o deixei porque ele fez dívidas demais. Nenhum banco vai me dar uma hipoteca agora.

— Parece que ele é um verdadeiro... babaca. – Eu me remexo no banco do carro, sentindo-me pouco à vontade. Storm está compartilhando sua vida particular e naturalmente ergo minhas defesas. As pessoas esperam uma recíproca quando contam da sua vida.

– Você não sabe nem a metade da história – murmura ela, sua voz falhando. – No início não foi assim tão ruim. Eu tinha 16 anos quando conheci Damon. Engravidei e ele entrou nas drogas. A gente precisava muito de dinheiro, então comecei a trabalhar para o Cain depois que Mia nasceu. Damon disse que eu tinha que colocar esses aqui se quisesse ganhar algum dinheiro de verdade. – Ela aponta para os peitos. – É claro que fui idiota por concordar. – Uma rara amargura tempera suas palavras. – Doeu pra caramba. Só por isso eu não voltei e pedi uma redução. Eu juro, as coisas que as mulheres fazem quando estão cegas pelo amor...

– Então, quando foi que você finalmente decidiu deixá-lo? – pergunto antes que eu consiga me conter.

– Na segunda vez que ele me deu uma surra.

Ela diz isso com tanta tranquilidade que penso ter ouvido mal.

– Ah... Eu sinto muito, Storm. – E sinto mesmo. A ideia de alguém batendo em Storm me deixa logo na defensiva.

– Na primeira vez, eu menti para todo mundo. Contei que tinha esbarrado numa parede. – Ela bufa. – Eles não engoliram, mas me deixaram viver iludida. Mas, na segunda vez... – Ela solta o ar pesadamente. – Vim trabalhar com o lábio inchado e o nariz ensanguentado. Cain e Nate me levaram direto para casa e ficaram comigo enquanto eu guardava minhas coisas e de Mia. Damon entrou assim que saíamos pela porta. Nate deu uma dura nele. Avisou que, se chegasse perto de mim ou de Mia de novo, ia fazê-lo mijar por um canudinho. E você já viu o Nate. – Storm me dá um olhar arregalado. – Ele pode mesmo fazer isso. – Ela entra na vaga na frente de nosso prédio e desliga o jipe.

– Cain me arrumou o apartamento e estou aqui desde então, guardando todo meu dinheiro até ter o suficiente para comprar uma casa à vista. Se tudo correr bem, vou sair desse mundo de boates para sempre daqui a dois ou três anos. – Ela acrescenta, em voz baixa: – E então meus pais não precisarão mais ter vergonha de mim.

– Nem me fale. Meus pais estariam se revirando na cova se soubessem onde estou trabalhando... – Minha voz cai num silêncio envergonhado, e me repreendo mentalmente por trazê-los à tona.

– Ei, Kacey? – Lá está de volta aquela voz cautelosa e nervosa de Storm e meus ombros se retraem. Sei exatamente o que vem por aí. – Olha, eu entendi algumas coisas... Seus pais morreram, acho que tem alguma coisa a ver com álcool... Você tem muitas cicatrizes. Não gosta que as pessoas peguem nas suas mãos...

Não deixo que ela termine. Abro a porta e saio correndo.

Concluo que Storm é muito inteligente. A porra de uma cabeçuda.

CINCO

— Ar-condicionado! – digo, gemendo, tirando os lençóis do meu corpo suado. *Precisamos de uma maldita cortina de verdade*, penso comigo mesma ao olhar os farrapos finos pendurados na frente da janela. Não servem para impedir que o sol entre no quarto. Não temos ar-condicionado desde antes da morte dos meus pais. Tia Darla não aceitava pagar por ar frio quando há crianças passando fome no mundo. Ou maridos viciados em jogo. Agora que moramos em Miami, não sei como não é ilegal privar os inquilinos de ar-condicionado.

Livie e Mia estão na cozinha, cantarolando "Pop Goes the Weasel" enquanto esvaziam um saco de papel pardo com mantimentos.

– Boa-tarde! – canta Livie quando me vê.

– Boa-tarde! – Mia faz eco.

Olho o relógio. Quase uma hora. Elas têm razão. *É mesmo* de tarde. Eu não dormia até tão tarde há uma eternidade.

– Comprei comida. Tem dinheiro na bancada ali. – O queixo de Livie me aponta uma pequena pilha de notas. – Tive de brigar com Storm para ela me pagar metade do que queria.

Abro um sorriso. Storm jura que encontrou seus anjos. Eu tenho certeza de que encontramos o nosso. Preciso deixar de besteira em relação a ela, decido, imediatamente. Não sei como, mas sei que tenho de fazer isso. Vou até minha bolsa, pego o massudo envelope de dinheiro e jogo-o na mesa.

– Bam! Pegue isso!

– Mas que m... – os olhos arregalados de Livie saem da pilha de dinheiro para a cara curiosa de Mia – ... maravilha! Você só serviu bebidas... não é?

Então Livie deduziu tudo sozinha. Ergo a cabeça e semicerro os olhos, parando para dar efeito, como se estivesse imersa em pensamentos.

– Defina servir bebidas. – Rio enquanto pego um suco de laranja na geladeira e bebo direto da garrafa, sentindo-a me fuzilar pelas costas com os olhos. – Estou brincando! Sim, só bebidas. E um sanduíche de merda para um abusado de sorte. – Mia levanta a testa e eu estremeço, murmurando "desculpe" a uma Livie de cara feia. Meu palavrão rapidamente é esquecido, enquanto ela folheia o maço de notas com o polegar.

– Caramba.

– Pois é, não é? – Sei que tenho um sorriso idiota na cara e não ligo. Aquilo pode dar certo. Podemos sobreviver. Talvez não tenhamos de comer ração de gato.

Livie levanta os olhos com um sorriso misterioso.

– Que foi?

Ela para.

– Nada, é só que eu... você está eufórica. – Ela morde uma cenoura baby. – É legal.

Mia a imita, torcendo o nariz como um coelho enquanto mastiga.

– É legal – a menininha repete como um papagaio.

Roubo uma do saco, estalo um beijo gigantesco na testa de Livie e vou rebolando para o banheiro.

– Estarei no chuveiro enquanto você conta todo o nosso dinheiro. E me lembre de telefonar para a Starbucks e me demitir, tá bem? – De jeito nenhum vou voltar ao salário mínimo. Nem morta.

* * *

Não ligo se não tem pressão. Não ligo que a água tenha um cheiro estranho de cloro. Simplesmente fecho os olhos e passo uma camada grossa de xampu em meu couro cabeludo, respirando sua fragrância de rosas. Pela primeira vez, desde que fugi no meio da noite com Livie, acho que posso dar conta. Posso cuidar de nós duas. Já tenho idade suficiente, força suficiente, dinheiro suficiente. Meus problemas não vão nos impedir. Tudo vai ficar bem. Vamos sair dessa saudáveis, fortes e...

Um barulho estranho me arranca de meus devaneios. Abrindo um pouco uma pálpebra, vejo listras vermelhas, pretas e brancas enroscadas no cano acima do chuveiro. Dois olhinhos brilhantes me fitam atentamente.

Preciso de um segundo inteiro para gritar. Depois que grito, não consigo parar. Cambaleando para trás, bato na parede oposta. Não sei como consigo ficar de pé, mas consigo. A cobra não se mexe. Fica exatamente no mesmo lugar, balançando a cauda e me olhando, como se decidisse como encaixaria suas mandíbulas na minha cabeça e me engoliria inteira. Continuo gritando enquanto ouço a voz em pânico de Livie atrás da porta, mas não registro. Suas batidas não são registradas.

Nada é registrado.

De repente há um estalo alto e o barulho de madeira se lascando.

– Kacey! – Livie grita enquanto braços fortes me tiram dali. Uma toalha rapidamente cai em cima de mim e sou conduzida para fora do banheiro, até meu quarto.

– Odeio cobras. Odeio cobras. Merda! Odeio cobras! – repito sem parar para ninguém e para todo mundo. A mão ajeita meu cabelo. Logo meu coração volta ao ritmo quase normal e paro de tremer, conseguindo me concentrar no que há ao redor.

Na testa franzida de Trent e nos pontinhos turquesa de suas íris.

Estou em seus braços.

Nua e sentada no colo de Trent, nos braços dele.

Meu batimento cardíaco volta a um nível perigoso enquanto absorvo a situação. Sua camisa está ensopada e coberta com meu xampu. Sinto a pele quente de seus braços nas minhas costas nuas e embaixo dos meus joelhos enquanto ele me abraça apertado. Todas as partes íntimas estão completamente fora de vista e cobertas pela toalha, mas ainda me sinto nua.

Livie entra de rompante, com os olhos em brasa.

– Quem você pensa que é para invadir nosso apartamento?! – grita ela, com a cara vermelha como meu cabelo, parecendo prestes a meter as unhas na cara de Trent.

– Trent. Esse é o Trent – respondo. – Está tudo bem, Livie. Tem... Tem uma cascavel no chuveiro. – Estremeço involuntariamente. – Tire Mia daqui antes que a cobra a morda. E traga o Tanner aqui. Agora, Livie!

A atenção de Livie passa de mim para Trent e volta a mim, vagando para minha cama. Ela não quer me deixar, mas enfim decide por alguma coisa e concorda, fechando a porta depois de passar.

Trent me segura firme contra ele até que sinto os músculos duros de seu peito pressionados no meu braço.

– Você está bem? – sussurra ele, a boca tão perto que seu lábio inferior roça minha orelha. Estremeço de novo.

– Estou ótima – sussurro, acrescentando: – Tirando o fato de quase ter morrido.

– Ouvi você gritar da minha casa. Pensei que alguém estivesse te matando.

– Não era alguém. Era *uma coisa*! Você viu? – Um braço meu se abre, gesticulando para o banheiro, enquanto o outro se atrapalha para manter a toalha cobrindo os peitos. – Eu estava a dois segundos de ser devorada viva!

Trent começa a rir – um som suave e bonito que vibra pelo meu corpo e me aquece por dentro.

– Acho que é o Lenny. A cobra de estimação do 2B. Vi um baixinho careca procurando nos arbustos da área comum hoje de manhã, chamando o nome dele.

– *De estimação?* – digo alto enquanto me sento reta. – Aquela devoradora de gente é *o bicho de estimação* de alguém? Não existe nenhuma lei contra ter cascavéis?

Os olhos azuis de Trent correm pelo meu rosto enquanto ele sorri ironicamente, e encaram meus lábios.

– É como se fosse uma cobra coral. Pelo que eu sei, a única coisa que vai comer é um camundongo. – Ele agora está tão perto de mim que seu hálito faz carícias em meu rosto. Com o corpo apertado no dele, sinto seu coração bater acelerado no meu ombro, rivalizando com o meu. Ele sente isso também. Eu não sou a única. Ele ergue a mão para segurar meu queixo. – Ninguém vai te machucar, Kacey.

Não sei se é o estresse da situação, ou essa ardência fervilhando na minha barriga que explode sempre que Trent está por perto, ou uma fera interior e irreprimível que foi contida por tempo demais, mas toda a situação vai do apavorante ao tremendamente excitante numa fração de segundo.

Não consigo evitar.

Engulo a boca de Trent, minha mão em punho na sua camisa, arrancando vários botões sem nenhum esforço enquanto me jogo em cima dele. Há um segundo de resistência – só um segundo em que sua boca e o corpo não respondem –, mas ele relaxa rapidamente. Seu braço desliza pelos meus joelhos para me segurar de lado, queimando minha pele nua. É ele quem aprofunda o beijo, enfiando a língua na minha boca, a mão acariciando meu cabelo coberto de xampu, agarrando com força mechas na nuca. Ele força minha cabeça para trás enquanto a língua entra em contato com a minha, sua boca doce e fresca. Ele é forte, isso eu posso sentir. Se eu quisesse, não acho que conseguiria lutar com ele. Mas eu não quero. Nem um pouco.

Sem romper a ligação com minha boca, de algum modo Trent consegue me colocar de costas e agora está montado em mim na cama, nossos corpos colados, o lado interno das minhas coxas enlaçando seus quadris enquanto seus braços ainda seguram todo o peso do meu corpo. Não sei o que está acontecendo, o que estou fazendo, porque perdi o raciocínio, mas sei que não quero parar. Cada fibra do meu corpo deseja isso.

Deseja Trent.

Sinto que respirei pela primeira vez depois de ficar embaixo da água durante anos.

Infelizmente, tudo para. Abruptamente. Ele me solta e se afasta, ofegante, me olhando de cima em choque. Seus olhos jamais deixam os meus, sem se afastar nem por um segundo. Se eles se afastassem, veriam que minha toalha tinha escorregado e eu estava totalmente nua embaixo dele. De corpo e alma.

– Não foi por isso que tirei você do chuveiro – sussurra ele.

Engulo em seco, procurando minha voz. A que eu encontro é rouca.

– Não, mas funcionou muito bem para você, não foi?

Ele me abre aquele sorriso torto que faz meu corpo esquentar como se alguém tivesse acendido um maçarico na minha direção. Logo em seguida seus olhos esfriam, analisando o meu rosto.

– Não é cansativo? – A ponta do seu polegar acaricia suavemente meu pescoço.

– O quê?

– Manter as pessoas afastadas.

– Eu não faço isso – nego rapidamente, minha voz falhando e me traindo enquanto suas palavras esmurram minhas entranhas. Como é possível que ele veja o que não quero, o que me esforço tanto para esconder? Ele encontra um jeito de entrar. Como um invasor, ele adentrou meu espaço, abriu uma brecha na segurança e deslizou para dentro para pegar o que não ofereci a ele.

O fogo que é capaz de despertar meu corpo continua a arder, só que agora descubro a necessidade de lutar com as chamas que me consomem.

– Não quero isso. Eu não quero você. – As palavras saem amargas da minha boca porque sei que não estou sendo sincera. *Eu quero isso. Eu quero você, Trent.*

Trent toma meus lábios e meu corpo traiçoeiro se curva para a frente, expondo minha mentira. Ele mantém as mãos em cada lado da minha cabeça, segurando meu travesseiro com força, como se tentasse manter o controle. Eu, por outro lado, perdi todo o controle, percebo, enquanto meus dedos deslizam por baixo de sua camisa para arranhar as costas, minhas pernas envolvendo seu corpo.

– Você não quer isso, Kacey? – Ele grunhe no meu ouvido, pressionando sua ereção contra mim.

– Não... – sussurro, roçando os lábios no seu pescoço. Depois começo a rir sozinha, da minha teimosia. Como devo parecer ridícula agora, meu corpo se contorcendo contra o dele. Aquela risadinha serve de salva-vidas. Eu me seguro nele e deixo que me puxe de volta para a superfície. Afastando a boca do pescoço de Trent, rosno: – Saia.

Ele dá três beijinhos no queixo e roça os nós dos dedos suavemente pelo meu rosto.

– Tudo bem, Kacey. – Ele sai de cima de mim e se levanta. Respiro fundo enquanto seus olhos percorrem meu corpo de um jeito ávido e sombrio. Dura só um segundo, mas me faz sentir um desejo profundo entre as pernas. Ele se vira e vai até a porta. – Vou aguentar a bronca do Tanner pelas portas.

– Portas? – *No plural?*

Ele ainda não se virou.

– É. Sua porta da frente e a do banheiro. Se ele quiser despejar alguém, terá de ser eu.

E então ele se foi.

Mas que droga! Esse cara é a definição para contradição. Oscila entre o bonzinho e o bad boy com tanta fluidez, que parece natural. Seria mais fácil se ele fosse um galinha de carteirinha, mas aqui está ele, arrebentando portas para me salvar de cobras. Mas eu mesma oscilo entre cretina e agressora sexual e volto a ser cretina em três segundos. Acho que não sou muito menos contraditória.

Quando finalmente saio do quarto quinze minutos depois, nosso apartamento foi invadido. Livie está na cozinha, ao lado de uma Storm sexy e descabelada com uma criança de 5 anos chorando nos braços. Claramente meus gritos arrancaram Storm de seu sono profundo, porque ela não usa nada além de uma camiseta e uma calcinha.

Um policial está interrogando um careca baixinho com a dita cuja enroscada no pulso. Estremeço. Lenny, suponho. Trent tem razão. Agora que vejo o animal, não é tão grande como pensei no início. Ainda assim, cruzo os braços, me protegendo, sentindo aqueles olhinhos brilhantes me avaliarem.

Tanner rodeia a porta arrombada, coçando a nuca como se estivesse confuso com as lascas. Tenho de admitir que fico bastante impressionada. Trent é um sujeito grande, mas não teria apostado que ele quebraria não só uma, mas duas portas para me salvar.

Trent está parado em silêncio ao lado de Tanner, com as mãos nos bolsos de trás, olhando a bagunça. Sua camisa está meio aberta, onde eu arranquei os botões, ensopada e grudada no peito esculpido. Mesmo com tanta gente, aquela visão deixa minha boca seca.

Storm é a primeira a correr para mim depois de entregar Mia a Livie. Ela joga os braços em volta do meu pescoço. Ainda me encolho, mas não é tão ruim como na primeira vez em que ela fez isso.

– Você está bem? – Se eu ter fugido de seu carro na noite anterior a incomoda, não sei dizer.

Por sobre o ombro dela, vejo o policial e o baixinho careca arregalando os olhos, fixados na bunda de Storm. O policial, pelo menos, tem a decência de ficar sem graça e desviar o olhar até um ponto gasto no chão de linóleo. Mas o sorriso do careca só se alarga.

– Vou ficar melhor depois que der um murro no nariz daquele sujeito – digo num tom alto o suficiente para que ele me ouça. Ele vira a cara, pego em flagrante.

– Aquele é o Pete Pervertido – cochicha ela, encolhendo-se enquanto estica o tecido da blusa para cobrir o traseiro exposto. É inútil. A blusa é muito curta e sua calcinha revela demais. – Volto logo. – Ela sai correndo.

Tanner olha o amontoado de lascas.

– Ah, oi, Kerry.

Kerry? Minhas sobrancelhas se arqueiam.

– Oi... Larry! Como é que vai?

Livie tenta abafar o riso com a mão. No início Tanner fica confuso, mas depois um sorriso cheio de dentes se alarga em seu rosto.

– Kacey. – Ele se corrige. – Desculpe... Kacey.

O policial toma notas pacientemente em um bloco enquanto repassamos o incidente. Depois eu o pego lançando olhares a uma Storm já de volta e totalmente vestida. Quando terminamos, ele dá um adesivo de distintivo de xerife a Mia, o que a faz sorrir de orelha a orelha. Pete Pervertido se desculpa várias vezes e coloca Lenny em sua gaiola, jurando ao severo Tanner que terá atenção e cuidará para que a gaiola fique bem fechada. O policial me pergunta se quero dar queixa de Trent, e eu olho para ele, chocada, como se um braço saísse de sua bunda.

Quando o policial vai embora – não antes de abrir um sorriso longo e apreciativo para Storm –, Tanner e Trent ainda estão olhando as duas portas quebradas.

– Entendo que foi uma emergência, mas... hum... Preciso que isto seja consertado e o Perv... – Tanner dá um pigarro – ... o Peter vai demorar um pouco para conseguir dinheiro. Duvido que essas meninas tenham seguro... – Tanner pega a carteira no bolso de trás.

– Eu tenho, hum, umas cem pratas para oferecer.

Meu queixo cai. *Como é?* Estou esperando uma bronca e uma ordem de despejo e ali está Tanner, se oferecendo para pagar pela nossa porta? Livie, Storm e eu trocamos um olhar de choque. Antes que eu consiga pronunciar alguma palavra, porém, Trent entrega a Tanner um bolinho de dinheiro da sua carteira.

– Tome. Isto deve cobrir tudo. – Tanner aceita com um gesto de cabeça e sai sem dizer mais nada, deixando todos nós sem fala.

Trent se aproxima de Livie e estende a mão.

– Oi, meu nome é Trent. Não fomos apresentados ainda.

A fúria de Livie não está mais ali, deixando-a envergonhada e tão desajeitada quanto uma menina de 12 anos excitadinha. Ela aperta a mão dele rapidamente antes de se retrair, como se pudesse engravidar com o toque, seus olhos evitando a todo custo a camisa entreaberta e aquele lindo corpo bronzeado. Sorrio comigo mesma. Minha Livie tão pura.

Em seguida, Trent se apresenta a Storm. Ela cora com doçura e sinto uma pontada indesejada de ciúme. Quando ele vai falar com Mia, escondida atrás das pernas da mãe, pego a piscadela exagerada de aprovação de Storm. Reviro os olhos.

– E você deve ser a princesa Mia. Ouvi falar de você.

Os lábios dela fazem um beicinho e ela se afasta um pouquinho mais atrás da proteção de Storm.

– Ouviu? – Ele assente. – Bom, eu ouço falar da princesa Mia que gosta de sorvete. Deve ser você, né?

Ela concorda devagar com a cabeça e sussurra.

– Ouviu isso, mamãe? As pessoas sabem que sou uma princesa! Todo mundo ri. Todo mundo, menos eu. Estou ocupada demais travando uma batalha interna que me manda resistir aos encantos dele. É tudo encenação. Ele não é bom para mim. Na verdade, isso não é tudo, preciso admitir.

O problema é que eu sei que ele é bom *demais* para mim.

Trent para na minha frente.

– Você vai ficar bem?

Sempre muito preocupado comigo. Concordo com a cabeça, meus braços se cruzando no peito enquanto olho meu roupão, me remexendo sem jeito sob seu olhar atento, relembrando seu corpo apertado contra o meu. E ele me puxando do boxe, completamente nua e encolhida.

Fico completamente envergonhada.

Não sei se Trent percebe meu constrangimento, mas ele dá um passo para trás, passando os dedos pelo cabelo.

– Bom, vejo vocês por aí. – Ele pisca para mim. – Precisa tirar todo esse xampu. Espero que *o meu* banho não seja tão movimentado.

– É... – murmuro, me sentindo idiota, olhando seu corpo se afastar, rapidamente tramando como posso plantar alguma coisa no seu banheiro para ter uma desculpa para arrombar sua porta e entrar para salvá-lo. *Não uma cobra. Parece que ele não tem medo de cobras. Talvez um crocodilo. É, existem muitos na Flórida. Só uma ida rápida ao Everglades. Encontro um, pego, trago para cá...*

– Kacey?

Volto ao presente subitamente ao ouvir a voz de Storm. Sua sobrancelha está arqueada e ela olha para mim, sorrindo com malícia. Evidentemente não ouvi a pergunta.

– O quê?

Trent está parado pouco além do buraco na porta, esperando.

– Acho que Trent adoraria jantar conosco para agradecermos.
– Vejo o brilho em seus olhos. Ela está bancando a casamenteira.
Não gosto disso.
Trent não vai querer essa confusão.
– Faça como quiser. Estarei na academia – respondo e meu tom é uma brisa do Ártico, congelando qualquer alegria na sala. Eu me viro e volto para o meu quarto antes que alguém tenha a oportunidade de falar.
Como eu me odeio.

A Breaking Point está mais sossegada do que de costume para um final de tarde, mas, por mim, tudo bem. A história da cobra ainda me deixa balançada pelo nervosismo. E por Trent. Preciso de minha rotina tranquila e suave. Rapidamente me alongo e me preparo para começar a socar o saco.
– Ei, Ruiva! – A voz de Ben explode de trás.
Droga! Eu me viro e o pego olhando a minha bunda.
– Ben.
Ele vem até mim e segura o saco.
– Precisa de um olheiro?
– Acho que arrumei um, não é? – resmungo. Mas então seu sorriso irônico me faz rir por algum motivo, liberando a tensão de meu corpo. – Sabe o que está fazendo?
Ele dá de ombros.
– Acho que você pode me ensinar. – Depois ele abre aquele sorriso de novo e acrescenta: – Prefiro ficar no controle, mas, para você, eu posso...
Ben está soltando uma série de indiretas e eu paro de escutar. Só para lhe dar uma lição, surpreendo-o com uma voadora. Ele grunhe quando o saco de pancada bate em seu quadril.

– Considere isso sua primeira aula. Cale a boca. Não fale comigo quando eu estiver treinando.

Pelos quinze minutos seguintes, despejo socos e pontapés no saco e Ben faz um trabalho meio decente se defendendo do impacto. Se ele está falando, não ouço. Estou concentrada na sequência de golpes, batendo sem parar, liberando toda aquela raiva a cada golpe.

Três idiotas ficam bêbados uma noite.
Três assassinos tiram minha vida de mim.
Um. Dois. Três.

Finalmente esgotada, me curvo para a frente e apoio as mãos nos joelhos para recuperar o fôlego.

– Meu Deus, Kace. – Ergo a cabeça e vejo o assombro na cara de Ben. – Nunca vi ninguém tão completamente sintonizada durante os rounds. Você parecia Ivan Drago. É aquele russo que...

Eu o interrompo, citando a frase de *Rocky IV* com um falso sotaque russo.

– Se ele morrer, morreu. – Outro dos filmes preferidos do meu pai.

Ben concorda com a cabeça, suas sobrancelhas arqueadas de surpresa.

– Você conhece essa.

– Quem não conhece? – Não consigo deixar de rir de novo. Logo nós dois estamos rindo e eu estou pensando que, afinal, Ben não é um babaca arrogante.

É quando uma figura alta passa por nós e atinge meus escudos de defesa com uma marreta.

Trent.

Paro de rir, e qualquer vestígio de tranquilidade desaparece. Pegando a garrafa de água, tento não deixar Ben ver minha reação e dou um longo gole, enquanto observo Trent, que deixa suas coisas no chão ao lado de um *speed bag* e tira a camiseta pelo colarinho.

Mas que merda ele está fazendo aqui? Na minha academia? Essa é a minha... Porra... A água escorre pelo meu queixo e enxugo com o braço, tentando ao máximo não babar pelo seu corpo definido, coberto apenas por uma camiseta sem manga. Ele fica de costas para mim, sem olhar para o meu lado, e começa a socar o *speed bag* com uma precisão que me surpreende. Como se ele fosse bem treinado.

Olho por um momento, hipnotizada e um tanto decepcionada por ele não me reconhecer, embora eu não mereça sua atenção.

Talvez ele não saiba que estou aqui.

Duvido disso.

Curvas pretas despontam da lateral de sua camiseta. Qualquer que seja a tatuagem, cobre as costas de uma omoplata a outra. Eu adoraria tirar aquela camiseta e examinar a tatuagem enquanto ele está deitado na minha cama.

– Acho que já vi esse cara no Penny's – observa Ben. Então ele me pegou encarando Trent. Que ótimo.

– Você tem uma queda por ele? – provoco com frieza.

– Não, mas ouvi dizer que *alguém* tem. – Não me passa despercebido o tom sugestivo em sua voz.

Storm filha da puta!

– Ele é meu vizinho. Só isso.

– Tem certeza?

– Tenho, não sinto nada por *ninguém*. E isso inclui você. – Dou um golpe no saco de areia.

Ele sorri.

– Não vai até lá dar um "oi" pro seu vizinho, então?

Respondo com uma voadora. Ben finalmente capta a mensagem, abaixando-se para segurar o saco. Não volta a falar em Trent.

Faço o máximo para completar um segundo round, mas minha cabeça não está mais ali e tudo por causa daquele gato do outro lado da sala, esmurrando um saco de pancadas. Por mais que me esforce para não olhar, descubro que toda hora lanço olhares na direção dele.

Desta última vez, pego Trent enxugando o suor da testa com a barra da camiseta, puxando-a para cima e revelando uma barriga tanquinho perfeita. Respiro fundo, temporariamente paralisada, meu batimento cardíaco chegando ao teto, olhando...
Alguma coisa forte bate na minha bunda.
– Ai! – grito, viro o corpo e vejo Ben com uma toalha e um sorriso diabólico.
– Você bateu na minha bunda com a sua toalha? – rosno.
Minha raiva não o abala. Mas meu soco em suas costelas, sim. Ele se curva de dor, gemendo.
– Espero que tenha valido a pena, idiota. – Eu me abaixo para pegar minhas coisas. Quando me levanto, encontro o olhar de Trent. Seu rosto é inexpressivo, mas os olhos... Mesmo dessa distância, vejo um mundo de determinação, mágoa e raiva neles.
Ele sabia que eu estava aqui. Ele sabia o tempo todo.
Depois de uma encarada longa, Trent me dá as costas, e recomeça a esmurrar o saco. De repente sinto que o saco de pancada sou eu, que alguém está me esmurrando com culpa. E dor. Eu o magoei.
Para mim, já basta.
Vou para o vestiário feminino sem falar com Ben. Fico meia hora sentada no banco de madeira – ali é um microcalabouço escuro com dois boxes e uma salinha para se alongar – e me esforço para enterrar todas essas emoções indesejadas que tentam sair à força. Por que ele tem de estar aqui? Por que nesta academia? Ele está me perseguindo? Na realidade, sei que esta é a única academia especializada deste lado de Miami, assim, se ele é um lutador profissional, faz sentido que tenha acabado aqui. Ainda assim...
Estou acostumada a ter as coisas sob controle. Eu luto para ficar entorpecida. É assim que consigo passar por cada dia e tem fun-

cionado bem. Até agora. Mas Trent entrou de mansinho na minha vida e não consigo me concentrar. Meu corpo está enlouquecendo. Travo uma batalha com o impulso de afastá-lo e puxá-lo para perto; e penso nele com frequência demais. E pensar nele acende um desejo que não sinto desde meu último encontro mais de dois anos atrás. Só que agora é mil vezes mais forte, mais cheio de vontade. Eu me balanço no banco, apoiando a testa nas mãos. *Eu não quero isso. Não quero isso. Não quero isso...*

Ouço uma batida leve na porta. A esperança jorra como água por uma represa rompida e percebo que quero que seja Trent. Não consigo evitar. Eu quero. Quero ele. *Por favor, que seja...*

Um Ben com cara preocupada está parado do outro lado da porta, me enchendo de decepção.

– Está tudo bem? Me desculpe. Devo ter batido em você mais forte do que deveria, mas você estava com a cabeça longe.

Não respondo, a adrenalina correndo pelos meus braços e pernas, meu coração disparado, a frustração aumentando. Olho para seu rosto e vejo um cara meigo e sincero. Um cara que pode se tornar atraente. Certa ou errada, destrutiva ou não, agarro Ben pela camisa e o puxo para o vestiário. Ele não resiste, mas, pelos seus movimentos lentos, não parece ter muita certeza do que está acontecendo. Eu o empurro para o boxe e tranco a porta às minhas costas.

– Tire a roupa. Não toque nas minhas mãos.

– Hum... – Sei que não era isso que Ben esperava. Merda, não era o que *eu* esperava. Mas preciso me livrar do problema que Trent virou e transar por transar com alguém deve ajudar.

Como Ben não se mexe, agarro sua camisa e o puxo para me beijar. Ele finalmente entende. Suas mãos puxam minha camiseta enquanto ele me traz para junto, sua língua deslizando até minha boca. Seu beijo é doce, mas não parece do... *Pare, Kacey. Você está fazendo isso para esquecer Trent.*

Basta seu nome para explodirem fogos de artifício dentro do meu corpo.

— Kacey. — Ben geme, suas mãos deslizando pelos meus ombros, indo até meus peitos para apertá-los. Ele para apenas para tirar minha camiseta pela cabeça e cobre minha boca com um beijo mais uma vez. É um espaço apertado, mas ele sabe o que fazer, me erguendo para o banquinho encostado na parede para que eu fique mais alta que ele. — Não achei que você estivesse a fim de mim.

— Pare de falar — ordeno enquanto tiro o short e a calcinha. Ele coloca a mão na parte interna da minha coxa, e a desliza para cima. Mais em cima. Até parar exatamente onde eu quero que ela esteja.

Eu me curvo para trás e fecho os olhos.

E imagino Trent fazendo isso.

Ben não perde tempo, caindo de joelhos para colocar a boca onde estava a mão.

— Meu Deus, você é doce — ele geme. Por um segundo imagino uma mordaça em sua boca para impedir que fale. Mas assim ele não seria útil. E ele de fato *é* útil para mim neste momento. Certa ou errada, já faz tanto tempo que permiti algo assim ou mesmo desejei isto. Eu me curvo para trás e relaxo, recebendo de Ben o que preciso.

Tudo está indo muito bem.

Mas então, ele precisa estragar tudo. Ben faz exatamente o que eu digo para não fazer. Desliza sua mão na minha.

Sinto o choque imediato, como se mergulhasse em água gelada depois de ficar em uma banheira quente por uma hora. Todo o prazer se esvai e afasto seu rosto de mim, sem vontade de sentir sua boca e seu toque.

— Mas que droga, Ben. Saia. Agora.

— Que foi? — Há perplexidade em seu rosto e ele me olha como se eu tivesse acabado de confessar um homicídio triplo enquanto bato uma tigela de massa de bolo.

– Você tocou nas minhas mãos. Eu te disse para não fazer isso. Vá embora.

Ele ainda não se mexe, um sorriso incrédulo na cara.

– Você está falando sério?

Eu me curvo para a frente, abro a tranca e empurro Ben para fora do boxe com a ereção mais visível que vejo há algum tempo. Com ele do lado de fora, tranco a porta de novo e desabo no chão, abraçando os joelhos junto ao corpo.

No fim das contas, isso não ajudou em nada.

Na verdade, só piorou tudo umas mil vezes.

A náusea se agita dentro de mim. Como pude ser tão egoísta? Agora Ben vai me odiar. Além disso, agora que o clima de sexo intenso acabou, estou muito constrangida por ter feito isso com ele. Eu *nunca* me sentia culpada pelas minhas conquistas. E... Solto um suspiro alto. *E se Trent souber disso? Aimeudeus!* Apoio a testa nos joelhos.

Eu me importo. Me importo com o que Trent pensa. Me importo se isso o incomoda. Eu simplesmente... me importo. E não adianta o que eu faça, não vou conseguir me livrar disso. Não com sexo casual, ou sendo uma cretina, ou com qualquer das dezenas de métodos cruéis que uso para tentar afastá-lo. De algum modo ele conseguiu deslizar um dedo por baixo de minha capa de titânio e me tocar de um jeito que ninguém jamais tocou.

SEIS

A oferta da noite no Penny's são duas doses da bebida barata pelo preço de uma, então o lugar está fervendo. Eu e Storm nos mexemos a noite toda a ponto de meu corpo ficar coberto por uma fina camada de suor. Cain conseguiu encontrar um gêmeo de Nate – outro brutamonte imenso e moreno – para jogar os clientes importunos demais no meio-fio num piscar de olhos. Na realidade, o lugar tem quase tantos seguranças quanto dançarinas hoje à noite. Inclusive Ben. Ele não me disse duas palavras em três dias, desde aquela tarde na academia, e para mim tudo bem. Prefiro viver essa vergonha sem o lembrete constante.

Cain se recosta no balcão enquanto sirvo as doses de vodca.

– O que está achando do Penny's, Kacey? – pergunta ele mais alto que a música.

Respondo assentindo com um sorriso.

– É ótimo, Cain. A grana é mesmo boa.

– Que bom. Economizando para a faculdade, espero.

– É. – *Só que não deve ser para mim.*

– E o que você gostaria de fazer?

Paro, decidindo como vou responder essa pergunta. Escolho a sinceridade em vez de uma observação metida a besta. Afinal, ele é meu chefe.

– Não sei bem. Não tenho muito rumo atualmente. – Por algum motivo, a pergunta de Cain não me incomoda. Não parece invasiva. – Estou mais preocupada em levar minha irmã mais nova para a Faculdade de Medicina.

— Ah, sim. O famoso anjo de cabelos pretos que Storm elogiou.

— Os olhos astutos de Cain se estreitam. — Você dá duro aqui e é bem-vinda porque precisa do emprego, mas trate de encontrar logo o seu rumo. Pode fazer mais do que servir bebidas. Conseguir um bom emprego. — Ele dá um tapinha no balcão e sai, e fico encarando suas costas.

— Qual é a história dele? — pergunto a Storm.

— Como assim?

— Bom, acho que ele pode ser uma das pessoas mais interessantes que já conheci. Nada a ver com um dono de boate de strip. Eu nem o vi apertar uma bunda qualquer. Ele faz questão de cumprimentar. Agora está me estimulando a não trabalhar aqui porque eu sou boa demais para o lugar.

Ela sorri.

— É, ele é mesmo especial. Teve uma criação difícil. — Ela pega a garrafa de Jack Daniel's na minha frente. — E por falar em Trent...

Como é? A súbita mudança de assunto me faz virar. Com um sorriso presunçoso, Storm aponta com o queixo para uma mesa não muito longe de nós. Lá está Trent. Ele apareceu nas últimas três noites, às onze horas, sozinho. Não se aproxima de mim; só pede suas bebidas e fica sentado a uma distância segura. Mas sei que está me olhando. Minha pele formiga sob seu olhar. Aquilo começa a me dar nos nervos.

— Kace. — Storm se curva para mim. — Posso te fazer uma pergunta?

— Não. — Pego uma faca e uma lima e começo a cortar em oito partes.

Ela para.

— Por que você continua o ignorando? Ele vem aqui toda noite para ver você.

– É, numa boate de strip. Toda noite. Sozinho. É isso que a gente chama de maluco.
– Ele nem olha as dançarinas, Kace. E eu já vi você olhando para ele a noite toda também.
– Não olhei! – retruco rápido demais, com a voz estridente. Eu tentei não olhar, digo a mim mesma. Pelo visto, fui um tremendo fracasso.

Ela me ignora.
– Acho que Trent gosta *mesmo* de você e ele parece ser um cara legal. Não há nada de errado em pelo menos ir falar com ele. Sei que no fundo você não é má pessoa.

Reprimo a culpa que incha dentro de mim. *Sim, eu sou, Storm. Sou má. E faço isso de propósito. É mais seguro assim. Para todo mundo.*
– Não estou interessada. – Cerro o queixo e continuo cortando.

Ela solta um longo suspiro.
– Eu achava mesmo que você diria isso. Então, vou chamá-lo para sair, porque ele é *ótimo*.

Meu queixo cai enquanto fixo meu olhar no rosto de Storm e tenho certeza de que possuo um brilho assassino neles. Como ela pode me trair desse jeito? E se diz minha amiga?
– Ha! Te peguei! – Storm ergue o dedo. – Eu sabia. Confesse. Confesse que você quer ir até lá e falar com aquela delícia. – Ela se afasta com um sorriso provocador, cantarolando: – Trent e Kacey, sentados numa árvore se beijando...
– Para com isso. – Meu rosto está fervendo. Procuro ignorar Storm, Trent e o sempre imenso Nate enquanto um cliente vem pedir uma bebida. – Dois uísques sours saindo agora mesmo! – Anuncio, batendo dois copos no balcão. Não tenho ideia do que entra num uísque sour e duvido que esse cara queira que eu experimente. Ergo uma sobrancelha para Storm, na expectativa.

Ela reage cruzando os braços.

– Só se você for falar com ele.

Faço beicinho.

– Tá legal – sibilo. – Depois. Agora pode me ajudar com as bebidas antes que eu envenene este nobre cavalheiro?

Com um sorriso vitorioso, Storm serve as duas bebidas e as desliza pelo balcão.

– Essa história da mulher linda vinda do sul é só encenação, né? Seu sorriso se transforma em um beicinho inocente.

– Não sei o que está tentando dizer – ela fala arrastado, abanando-se com o pano de prato.

De algum modo, sorrio, vencida pela sua provocação ou pelo seu estado de espírito animado.

– Aleluia! Vejam só! A srta. Kacey está sorrindo de novo! – Ela encosta as costas da mão na testa. – Não é uma visão abençoada?

Storm se encolhe quando um pedaço de lima que jogo em seus peitos a atinge com força. Mas depois eu franzo a testa.

– Deves ensinar-me e grande serei.

Storm me dá um empurrão brincalhão e volta a servir o próximo cliente, enquanto um nervosismo súbito explode dentro de mim. *Ah, meu Deus, com o que foi que concordei?* Coloco as mãos na barriga. *Um... dois... três...* Eu me concentro em colocar o ar para dentro e para fora. Não estou acostumada com essa sensação. É medonha, estressante e, se eu a aceitar, revigorante. Eu me curvo para guardar a faca na gaveta e me levanto para ir até a saída do bar.

Aquelas covinhas marcadas surgem na minha frente.

– Parece que não consigo uma bebida nesta mesa sem ser assediado – Trent resmunga com um sorriso torto, se recostando. – Não sei por quê.

Puxo o ar lentamente, trêmula. *Não amoleça perto dele, Kacey. Pelo menos uma vez!*

– Algumas pessoas acham você muito... assediável – respondo enquanto minhas entranhas viram líquido. *Meu Deus! Até meus mamilos estão endurecendo.* Pior, se Trent olhar para baixo poderá ver os dois através dessa roupa de cetim preto e fino.

– Essa palavra existe? – Seus olhos faíscam e tenho de controlar a respiração enquanto meu coração começa a bater nas costelas. Agora que aceitei que o filho da puta me afeta independentemente da minha vontade, ele fica ainda mais gostoso do que antes. *Respire, Kace.*

– E aí, mais algum probleminha com cobras? – pergunta ele. Se minha crueldade outro dia o incomodou, ele já esqueceu ou sequer se importou. Enfim, é um alívio.

– Não, o super-homem Tanner está cuidando disso. – Na realidade, Tanner se transformou em meu mini-herói. Enquanto eu tomava banho na casa de Storm e ia para a academia naquele dia, ele protegeu nosso apartamento como um cão de guarda barrigudo e zeloso, sem sair até que as portas estivessem no lugar e novas trancas fossem instaladas. E depois Storm soube pela rádio fofoca do prédio que Tanner foi à casa do Pete Pervertido e deu uma bronca nele, ameaçando dar um laço em suas bolas se houvesse outro incidente como aquele. Tanner está se saindo uma pedra preciosa coberta de lama.

Trent coloca seu copo vazio no balcão.

– Então, você poderia assediar... hum... me servir uma bebida?

Olho para as limas diante de mim enquanto tento recuperar a compostura. Ele está dando mole para mim. Não lembro como fazer isso. Não sei se são as pessoas ou a música ao nosso redor, ou por Storm estar certa e ele *ser mesmo* uma delícia, mas de repente sinto o impulso de tentar.

– Depende. Tem identidade?

Ele apoia os cotovelos no balcão enquanto se curva para a frente, franzindo o cenho de brincadeira.

– Para tomar um club soda?

Isso me pega desprevenida. Ele fica sentado numa boate de strip a noite toda e nem está *bebendo*? Rapidamente respiro e dou de ombros.

– Como quiser. – Pego a faca novamente na gaveta e começo a cortar uma lima, meus movimentos concentrados e lentos para eu não decepar os dedos trêmulos.

– Teimosa – eu o ouço murmurar enquanto ele passa a identidade pelo balcão. Com um sorriso curioso, eu a pego. É meio difícil ler naquela luz fraca, então forço os olhos, como se tentasse compreender.

– Trent Emerson, um metro e noventa. – Meu olhar desliza pelo seu tronco lindo e definido, parando na altura do cinto. – É, deve ser isso mesmo. Olhos azuis. – Nem mesmo preciso olhar para saber, mas olho assim mesmo, encarando intensamente até sentir meu rosto quente. – Nascido em 31 de dezembro? – Duas semanas depois do meu aniversário.

Ele sorri.

– Quase um bebê do Ano-Novo.

– Em 1987. Isso te dá quase 25 anos? – Cinco anos mais velho do que eu. *Não é tão velho*. Mas se a identidade dele dissesse 1887 e ele tivesse essa aparência, acho que eu não daria a mínima.

– Creio que é idade suficiente para um club soda. – Ele sorri, estendendo a mão. Devolvo a identidade prontamente. Mas antes noto seu endereço em Rochester.

– Você está muito longe do estado de Nova York – digo enquanto deslizo o copo pelo balcão e deixo que ele o pegue.

– Eu precisava de uma mudança.

– E não precisamos todos? – Sirvo sua bebida. Pela minha visão periférica, noto seus olhos se demorando no meu ombro e viro o corpo, constrangida. Tenho certeza de que todas as cicatrizes lhe dão nojo. Mas ele já viu algumas delas. Quer dizer, *todas* elas. Esse cara me viu nua. Muitos homens me viram nua e eu não me importei. Mas Trent me vendo nua? Minha mão começa a tremer.

– Está se sentindo melhor esta noite, Kace?

Levo um susto com a voz, o sangue fugindo de meu rosto enquanto Ben se encosta ao meu lado no balcão com um sorriso malicioso. Ele estende a mão.

– Oi, meu nome é Ben. Vi você na academia outro dia, enquanto eu treinava com a Kacey. – O modo como ele diz "treinava" faz minha boca ficar seca.

– Trent. – Trent é bem cordial, mas noto que ele empina o corpo e não sorri. Ele é alto. Maior do que Ben, até, mas não tão parrudo.

– E aí, você veio ver alguém aqui esta noite, Trent? E na noite passada? E antes de ontem? Não pode ser pelas dançarinas, porque você ficou ocupado dando uma olhada em Kacey o tempo todo.

– Ben! – grito, querendo que minhas pupilas lançassem adagas venenosas para esfaquear sua língua.

Ele me ignora.

– É, a Kacey fala de você o tempo todo. Ela não cala a boca. Já está ficando chato.

Bato a bebida no balcão com a mão trêmula, enquanto mentalmente arranco a língua de Ben e a enfio pelo seu rabo para mostrá-lo o quão merda ele é.

– Duvido muito disso. – Com uma leve risada, Trent pega seu copo e se afasta, com um estranho sorriso no rosto. – É melhor deixar você voltar ao trabalho. Obrigado pela bebida.

Assim que ele se vira, minha mão agarra o bíceps de Ben para segurar seu músculo e torcê-lo.

Ele grita e pula para trás, mas logo sorri enquanto esfrega onde ficou dolorido.

– Mas o que foi isso?

Ele se curva para perto.

– A vida é curta demais para fazer este seu jogo idiota, Kace. Vocês estão a fim um do outro, então pare de enrolar.

– Você devia cuidar da sua própria vida, Ben.

Ele se curva para mais perto ainda, até que seu rosto fica a centímetros do meu.

– Eu cuidaria, se você não tivesse me arrastado para o meio disso. *Literalmente.* E depois me expulsado. *Literalmente.* – Uma pausa. – Ele magoou você?

Balanço a cabeça, sabendo exatamente aonde ele quer chegar.

– Então, arrume ajuda para os seus problemas e vai fundo. – Ele sorri com malícia. – Além disso, eu te devo uma. Você me deu a pior crise de dor no saco que tive na vida. Teu nome artístico devia ser Bolas Roxas. – Um olhar devasso vagou pelo meu peito e subiu.

– Mas preciso dizer que valeu a pena. Me deu muitas fantasias para quando eu estiver sozinho.

Jogo um pano nele enquanto ele se afasta, rolando de rir.

Quem dera fosse assim tão simples, Ben.

À meia-noite, Trent ainda está lá, bebericando seu club soda e Storm me cerca como uma hiena próxima a uma carcaça.

– Vá falar com ele de novo.

– Não.

– Por que você está se fazendo de difícil, Kacey?

– Porque sou uma pessoa difícil. – Limpo o balcão enquanto resmungo em voz baixa: – De qualquer jeito, não pode acontecer.

– E por que não?

Balanço a cabeça com a testa franzida.
— Simplesmente não pode. Ele não merece ser expulso de um boxe num vestiário.
— O quê?! — ouço Storm exclamar, mas não presto atenção. Não preciso que Ben e Storm me estimulem. Meus próprios impulsos internos já estão brigando com minha força de vontade. Eu quero muito falar com Trent. Ficar ao lado dele. Beijá-lo... Qualquer argumento que tenha me ajudado a bloquear os sentimentos e facilitar minha vida nos últimos anos se perdeu totalmente, e fui inundada por milhares de desejos e emoções com que não sei lidar.
— Ele é... bom demais. E legal.
— E você é legal também. Pelo menos uma vez pare de tentar ser uma cretina. — Storm acrescenta essa última parte como se não tivesse intenção de falar em voz alta. Numa fração de segundos, vejo seus olhos arregalados.
— Muito boa essa, Storm. — Eu a elogio com sinceridade.
Ela mostra a língua para mim.
— Ele fica sentado em uma boate de strip a noite toda, esperando por você.
— Oh, que horror — murmuro enquanto aponto o palco, onde Skyla e Candy estão se esfregando.
— De quem vocês estão falando? — Uma deusa grega com peitos que competem com os de Storm pergunta enquanto coloca bebidas em sua bandeja.
— Mesa 32 — diz Storm.
Revirando os olhos, ela verifica.
— Esse cara é gay.
— Então, o que ele está fazendo no Penny's, Pepper? — pergunta Storm num tom meigo.
Pepper. Pshhhh! Que nome idiota.
Pepper dá de ombros tranquilamente.

– A China deu um duro danado pra convencê-lo a uma dança particular por metade do preço, e ele não caiu nessa. Mas ele ficou olhando para o Ben.

Mordi a língua antes de explicar que ele não *caiu* porque não gosta de putas de rabo sujo. Não sei quem é essa China, mas quero arrancar suas tripas. Também não gosto muito de Pepper. *Eu devia andar por ali e mijar em volta da mesa dele para assegurar meus direitos. Peraí... Como é? Meu Deus, Kacey.*

– Ele só está esperando o show particular da Kacey mais tarde – diz Storm e se vira. Observo os olhos semicerrados de Pepper enquanto ela analisa o que deve encarar como uma competição por dinheiro. Não sei o que se passa na cabeça dela. Duvido que possa ser grande coisa. Olho feio para ela e a garota se afasta quando Storm volta.

– Toma. – Storm coloca um copo cheio na minha mão. – Vá falar com ele de novo. Você precisa mesmo de um intervalo.

– Tá legal – sibilo. – Mas, quando voltarmos, precisamos discutir meu nome artístico. Talvez algo como "Sal", "Pirulito" ou "Romã".

– Soube que "Bolas Roxas" pode combinar melhor – Storm solta com uma piscadela irônica.

Respiro fundo, apontando incisivamente meu dedo para ela, depois indo à procura de Ben no meio da multidão, pronta para decepar sua língua.

– Fica fria, ele só queria saber se você estava bem – cochicha ela, sugerindo que a brincadeira acabou. – Eu não julgo. Seu segredo está seguro comigo, sua malvada. – Vou para a saída do bar quando Storm grita: – Ei! Que tal "A Malvada" como nome artístico?

Eu a ignoro, inspirando ar profundamente enquanto levanto o painel do balcão e passo. Procuro não puxar muito o vestido, mas ainda assim eu o ajeito. *Caramba, confesse, Kacey. Trent intimida você*. Só olhá-lo empoleirado em sua cadeira, recostado na mesa, já provoca palpitações no meu estômago. Quando fica evidente que estou indo na direção dele, noto que ele se senta mais reto, como se também estivesse meio ansioso. Isso me dá um pouquinho de alívio.

Coloco o club soda na mesa com um leve sorriso.

– Quais são as chances de você ainda estar por aqui?

– Pois é. – Ele me abre um sorriso irônico em resposta.

– Um cara se muda para uma cidade nova e passa toda noite na boate de strip local. Sozinho.

Trent não demora nada a responder.

– E encontra duas de suas vizinhas trabalhando no bar.

Pego seu copo vazio.

– Storm me convenceu de que será uma experiência que transformará minha vida.

Seu olhar percorre o palco sugestivamente e observo uma leve reprovação.

– Acho que depende do que você está fazendo aqui.

– Aquilo ali, não – disparo rapidamente. – Fico vestida o tempo todo. É obrigatório. – Mordo o lábio. *Meio ansiosa demais para esclarecer, Kacey.*

Trent olha meu rosto por um momento, depois assente.

– Que bom.

Não posso deixar de perceber os lábios de Trent e como continuam um pouco entreabertos depois que ele fala, além de parecerem macios.

– Hum... – Balanço a cabeça, tentando organizar meus pensamentos. – Você não está pegando pesado hoje, pelo que vejo.

Ele olha longa e duramente a bebida. Outro leve sorriso.

– É, é melhor eu me cuidar. Fico louco quando bebo essa merda sem parar. – Ele toma um gole e pergunta: – E aí, por que você veio para Miami?

– Mudança de ares? – Repito seu argumento anterior, rezando para que ele não me pressione com nenhuma pergunta pessoal. Naquele momento, acho que eu cantaria feito um canário. Qualquer coisa para ele continuar falando comigo. Felizmente, Trent não me pressiona.

– Já mudou de ideia, meu bem? – Uma voz sedutora pergunta atrás de mim, nos interrompendo. Eu me viro e dou de cara com uma ruiva falsa se aproximando. Tem altura suficiente para apoiar os peitos gigantes na mesa de Trent. Vejo as garras vermelhas correrem pelo braço musculoso dele. Essa deve ser a China.

Parte de mim quer girar o corpo e dar com o salto do meu sapato na cabeça dela. No kickboxing, chamamos isso de chute rodado. Aqui, chama-se "como ser demitida por ter um ciúme louco". De jeito nenhum Cain me mostraria um sinal de positivo neste caso.

Outra parte está curiosa para saber como Trent vai reagir a esse "assédio". Depois do desfile constante na primeira noite, as coisas ficaram bem mais tranquilas. Imagino que, assim como Pepper, as outras mulheres acreditam que ele esteja esperando que Ben comece a jogar no outro time.

Para minha agradável surpresa, Trent tira o braço da mesa e se ajeita na cadeira de forma que seu corpo se vira para mim.

– Estou bem, obrigado.

Com um leve beicinho, ela ronrona.

– Tem certeza? Vai se arrepender disso. Eu sou muito divertida.

Os olhos dele se fixam no meu rosto e ele não tenta esconder o brilho em seu olhar.

– Só vou me arrepender se deixar minha companhia atual. Acho que ela pode me divertir por uma vida inteira.

Meu coração perde o ritmo e minha respiração para. Se eu tinha alguma dúvida do interesse de Trent, ela é esmagada com seu olhar, com suas palavras. Não noto a cara feia de China, que certamente está arrancando mentalmente a pele dos meus ossos naquele exato momento. Não percebo quando ela se afasta. Não percebo nada em volta de mim. De repente Trent e eu somos as únicas pessoas no bar e sinto de novo aquele mesmo impulso incontrolável do dia em que ele me salvou da cobra.

Cerro os punhos e os mantenho colados ao lado do corpo. Preciso me controlar. Não tenho alternativa. Não posso me atirar nele como uma louca cheia de hormônios, exatamente como me sinto agora. Dou um pigarro, tentando demonstrar frieza.

– Tem certeza? Porque o máximo que você vai conseguir de mim são club sodas.

– Por mim, tudo bem – ele sussurra. – Por enquanto. – Ele morde o lábio inferior e a temperatura no salão imediatamente aumenta uns vinte graus. O Penny's se transformou em uma sauna e minha mente perdeu o foco enquanto eu luto para continuar de pé.

Mas me mantenho firme e olho fixamente para Trent enquanto a voz áspera do mestre de cerimônias surge no microfone. "Cavalheiros..." A próxima dançarina está a caminho. Aprendi a ignorar essa voz, e não tenho problemas em fazer isso agora que estou absorvida pela presença de Trent. Até que ouço:

"... Uma apresentação especial nesta noite... Storm!"

– Só pode ser sacanagem! – Viro o corpo, olho o bar e encontro Ginger e Penelope atrás do balcão. A atenção e expectativa de todos estão no palco, enquanto um brilho verde e místico paira sobre ele, como se a plateia esperasse por uma apresentação transformadora. Não vai ser outra garota nua em uma boate de strip. Vai ser a *minha amiga* nua. – AimeuDeus. Isso vai ser muito esquisito. Ela nem me avisou! – Só percebo que estou andando para trás quando esbarro na coxa de Trent.

– Você não precisa olhar, sabia? – sussurra ele em meu ouvido.

A batida lenta de uma música dançante começa a soar pela boate e um refletor se ergue acima do palco, iluminando o corpo feminino muito pouco vestido, sentado em um aro prateado suspenso. Não consigo virar o rosto, mesmo que eu quisesse. Storm está com um biquíni de lantejoulas que não deixa espaço para a imaginação. Quando a música acelera, ela se joga para trás, cada músculo de seu braço tensionado enquanto ela se pendura por uma das mãos. Sem nenhum esforço visível, ela dobra as pernas para trás e desliza tranquilamente o corpo pelo aro, assumindo outra pose impressionante. O ritmo da música se acelera e ela estende as pernas, ganhando velocidade, até que o aro se balança como um pêndulo. De repente ela está pendurada pelos braços, girando e girando, o cabelo flutuando pelo ar, o corpo se contorcendo e mergulhando em variadas poses impressionantes. Ela parece uma daquelas pessoas do Cirque du Soleil – linda, equilibrada, fazendo coisas que eu jamais pensei ser humanamente possíveis.

– Nossa. – Ouço meu próprio murmúrio, hipnotizada.

Storm é uma acrobata.

O fiapo de tecido que cobre seus peitos voa dali de algum jeito.

Storm é uma acrobata stripper.

Algo roça meus dedos e eu me retraio. Viro a cabeça e vejo a mão de Trent no joelho, a ponta de seus dedos a um centímetro da minha mão. Tão perto. Perto demais, mas não a afasto. Algo bem no fundo me estimula a avançar. Eu me pergunto se há alguma chance... *E se*... Puxando o ar, olho seu rosto e vejo um mundo de calma e possibilidades. Pela primeira vez em quatro anos, a ideia da mão de alguém cobrindo a minha não me faz afundar.

E percebo que quero que Trent me toque.

Mas Trent não se mexe. Ele me olha, mas não pressiona. É como se ele soubesse que esse é um caminho complicado para mim. Como ele sabe? Storm deve ter dito a ele. Mantendo meu foco naqueles lindos olhos azuis, obrigo minha mão a ficar mais próxima. Meus dedos tremem e aquela voz grita para que eu pare. Ela grita que isto é um erro; que as ondas estão esperando para arrebentar na minha cabeça e me afogar.

Afasto a voz.

E lentamente, muito de leve, a ponta do meu dedo roça seu indicador.

Ele ainda não mexe a mão. Continua completamente imóvel, como se esperasse minha iniciativa.

Engolindo em seco, deixo toda a minha mão deslizar sob a dele. Ouço Trent puxar o ar com força enquanto ele respira com dificuldade, cerrando o queixo. Seus olhos estão fixos nos meus e são indecifráveis. Por fim, ele move a mão e cobre a minha, seus dedos deslizando gentilmente entre os meus. Sem forçar, sem pressa.

O rugido alto de aprovação explode na plateia, mas eu mal ouço com o coração batendo nos meus ouvidos. *Um... dois... três...* Começo a respirar dez vezes, curtinho.

Não consigo conter a euforia que cresce dentro de mim.

O toque de Trent é cheio de vida.

Tenho certeza de que ouço vidro se quebrando por perto, mas estou perplexa demais para registrar alguma coisa.

– Está tudo bem? – sussurra ele, as sobrancelhas franzidas. Antes que eu possa processar sua pergunta, sua mão é arrancada da minha enquanto um par de luvas gigantescas toca em seus ombros, rompendo o calor entre nós.

– Precisa ir embora, senhor – troveja a voz de Nate. – Não toque nas senhoras.

Minha visão periférica observa algo se movendo atrás de mim. Baixando os olhos, vejo um ajudante varrendo os cacos do copo vazio de Trent. Acho que escorregou da minha outra mão.

— Está tudo bem? — pergunta Trent de novo com seriedade, como se soubesse que talvez não esteja nada bem segurar minha mão. Como se fosse um medo perfeitamente normal. Como se eu não fosse uma louca.

Por mais que eu tente, não consigo abrir a boca ou mexer a língua. De repente sou uma estátua. Petrificada.

— Kacey!

Nate arranca Trent dali e o joga pela porta e não faço nada além de vê-lo se afastar, aquele olhar suplicante e intenso cravado no meu rosto até ele desaparecer.

Enquanto volto ao bar em choque, tudo parece se desfocar. As paredes, as pessoas, as dançarinas, minhas pernas. Murmuro um pedido de desculpas a Ginger por tirar mais de quinze minutos de intervalo. Ela despreza o pedido com um sorriso enquanto serve bebida a alguém. Eu me viro com rigidez e vejo uma índia americana no centro do palco, fazendo uma espécie de dança da chuva com uma fantasia mínima de plumas. Não vejo Storm em lugar algum.

O mundo segue em frente, sem saber dessa mudança significativa no meu minúsculo universo.

Fase quatro

ACEITAÇÃO

SETE

— E aí, o que achou? – Storm interrompe o silêncio no caminho de volta para casa.

Franzo a testa, sem entender a pergunta. Meus pensamentos ainda estão presos em Trent, na sensação de sua mão... Em mim, de pé ali feito uma idiota, sem dizer nada. Estou tão nervosa por causa de Trent e daquele momento tão importante que, pela primeira vez, não me abalo em estar no espaço apertado do jipe de Storm. Ele segurou a minha mão. Trent segurou a minha mão e eu não me afoguei.

Noto os pequenos punhos de Storm segurando o volante, e ela olha para tudo, menos para mim. Está nervosa.

– O que achei do quê? – pergunto devagar.
– Do... meu show?

Ah! Tá.

– Não sei como esses seus peitos não atrapalham seu equilíbrio.

Ela joga a cabeça para trás e ri.

– Preciso me acostumar com eles, acredite em mim.
– É sério, foi a coisa mais incrível que vi na vida. Mas o que você está fazendo em uma boate de strip? Devia estar no Cirque du Soleil ou uma merda dessas.

Vejo certa tristeza em seu riso.

– Não é um estilo de vida que eu possa ter. Significa treinar o dia todo e me apresentar toda noite. Não posso fazer isso tendo que cuidar de Mia.

– Por que esse foi o primeiro show que eu vi?
– Não posso fazer isso toda noite. Já é bem difícil ficar de pé e malhar um pouco todo dia.

Hum. Storm malha. Eu não sabia.

– Por que não me contou?

Ela dá de ombros.

– Todo mundo tem seus segredos.

Meus olhos vagam para a janela.

– Bom, foi um jeito fantástico de revelar um segredo.

Ela ri, concordando. Há uma pausa.

– Como foi seu papinho com Trent?

– Ah, mudou a minha vida. – Seu toque ainda se demora em meus dedos e não consigo me livrar da súplica em sua voz. A vergonha crua se acomodou em meus ombros. Eu devia ter respondido. Em vez disso, deixei que Nate o expulsasse como se ele fosse um bêbado chato.

Detesto ser eu mesma neste exato momento.

Seguimos por mais alguns minutos sem falar nada. Em seguida, Storm rompe o silêncio com um ataque relâmpago.

– Kace, o que aconteceu com você? – Meu queixo se cerra de imediato, despreparado, mas ela prossegue. – Ainda não te conheço bem. Como eu me despi toda... literalmente... tinha esperanças de que você confiasse em mim e fizesse o mesmo.

– Você quer que eu fique girando num aro e tire meu sutiã? – brinquei, minha voz monótona. Sei que não foi o que ela quis dizer.

– Eu perguntei a Livie e ela não quis me contar. Disse que *você* precisava fazer isso – diz Storm em voz baixa, como se soubesse que não devia ter perguntado a Livie.

Minha coragem afunda no chão.

– Livie sabe muito bem que não deve contar meus segredos a ninguém.

– Você precisa começar a falar com alguém, Kacey. Só assim vai melhorar.
– Não vai melhorar, Storm. Ponto final. – *Não há como voltar dos mortos*. Procuro afastar a frieza da minha voz, mas não posso evitar. Está ali.
– Eu sou sua amiga, Kacey. Quer você goste ou não. Posso conhecer você só há poucas semanas, mas confiei em você. Confiei minha filha de 5 anos a sua irmã, convidei vocês para ir à minha casa e te arrumei um emprego. Sem falar que você dobrou a minha calcinha e me viu pelada.
– Tudo isso sem que eu tivesse te dado meu telefone. Ah, os homens de minha academia teriam orgulho de mim.

Paramos na vaga no lado de fora do prédio e minha mão se atrapalha com a maçaneta da porta. Agora que o jipe de Storm se transformou em uma lata de sardinhas para fazer confissões, é esmagador ficar dentro dele.

– O que estou tentando dizer é que não sou idiota. Não faço isso com todo mundo. Mas tem alguma coisa em você. Eu vi desde o primeiro dia. Parece que você está lutando contra si mesma. Sempre que escapa um pouquinho da verdadeira Kacey, você a soterra de volta. Você a encobre. – Sua voz é tão suave, mas faz com que eu comece a suar frio.

A verdadeira Kacey. Quem é ela? Só o que eu sei é que desde que me mudei para Miami, minhas defesas cuidadosamente erguidas foram atacadas de todos os lados. Até Mia e seu sorriso banguela conseguiram abrir caminho pelas rachaduras da minha armadura. Por mais que eu diga a mim mesma que não me importo, estou começando a descobrir meu coração batendo um pouco mais rápido e meus ombros ficando um pouco mais erguidos quando faço minha nova vizinha rir.

— Não precisa me contar tudo, Kace. Não de uma vez só. Por que não conta só um pouquinho todo dia?

Esfrego a testa enquanto procuro um jeito de sair dessa. Depois da última vez que eu me afastei, pensei que ela desistiria. Mas ela só estava me dando tempo. E se eu sair correndo deste carro agora mesmo? Talvez isso mude nossa amizade. Talvez ela desista de mim se eu sair correndo do carro de novo. Uma sensação de angústia me diz que isso vai me deixar mal. E a Livie. Vai magoá-la e não posso fazer isso. Ouço a voz de Livie na minha cabeça. *Tente.* Sei que preciso tentar. Por Livie.

— Quatro anos atrás, meus pais, meu namorado e minha melhor amiga morreram num acidente de carro provocado por bêbados.

Houve uma longa pausa. Nem mesmo precisei olhar para saber que as lágrimas escorriam pelo rosto de Storm. Gente chorando não me abala mais. Desliguei permanentemente essa chave sentimental.

— Sinto muito, Kacey.

Eu concordo balançando a cabeça. Todo mundo diz que sente muito com esse exato tom de arrependimento. Não sei por quê. Eles não eram os imbecis do outro carro.

— Você se lembra de alguma coisa do acidente?

— Não — minto. Storm não precisa ouvir que eu me lembro de cada momento enquanto fiquei aprisionada nas ferragens do Audi. Ela não precisa saber que eu ouvi o último suspiro da minha mãe, um ruído que me assombra todas as noites. Ou que ao meu lado o corpo estraçalhado da minha amiga Jenny fundiu-se com o carro e, do outro lado, minha mão ficou presa na do meu namorado, sentindo cada grau de temperatura cair enquanto o calor abandonava o corpo dele. Que eu tive de ficar sentada naquele carro, cercada pelos corpos daqueles que eu mais amava durante horas enquanto a equipe de emergência se esforçava para me tirar de lá. Eu não devia ter sobrevivido.

Não sei quem me deixou viver.

A voz suave de Storm me arranca de meus pensamentos.

– Você estava dirigindo?

Viro e a olho feio.

– Acha que estaria sentada aqui agora, se tivesse?

Ela se retrai.

– Desculpe. O que aconteceu com o motorista bêbado?

Dou de ombros com indiferença, olhando bem à frente de novo.

– Ele morreu. Tinha dois amigos no carro. Um morreu. Outro saiu andando. – Minhas palavras expressam amargura.

– Meu Deus, Kacey. – Ela funga. – Você fez terapia?

– O que é isso, a Inquisição espanhola? – vocifero.

– Me... Me desculpe. – O carro se enche do choro abafado de Storm. Embora ela tente contê-lo e ser forte, sei que ainda está chorando pelo jeito com que continua puxando o ar.

Minha raiva se transforma em culpa e mordo o lábio. Com força. O gosto acobreado de sangue reveste minha língua. Storm só está sendo gentil comigo e eu não passo de uma cretina com ela.

– Me desculpe, Storm – forço as palavras para fora. Embora eu seja sincera, ainda é difícil dizê-las.

Ela procura minha mão, mas, lembrando-se, coloca a palma no meu braço.

Basta esse pequeno gesto para derreter minhas defesas de gelo e começo a desabafar.

– Eu fiquei no hospital e na reabilitação por quase um ano. Os médicos me visitavam. Mas pararam um pouco depois desse tempo. Ao que parece, eles pensavam que drogas para zumbi e receitas espirituais resolveriam todos os meus problemas. Quando tive alta, minha tia insistiu que eu falasse com conselheiros de sua igreja. Eles sugeriram me colocar em um programa de reabilitação sério porque eu era uma jovem mulher despedaçada, cheia de fúria e ódio, que acabaria me prejudicando e a quem ficasse por perto, se continuasse solta. – Esta última parte é quase a reprodução fiel do que eles disseram. Minha tia respondeu deixando uma Bíblia na minha mesa de cabeceira. Na opinião dela, ler a Bíblia conserta tudo.

– Onde está a sua tia agora?

– Em Michigan, com seu marido nojento, que tentou abusar de Livie. – Silêncio. – É o que você queria ouvir, Storm? Que você tem uma louca ambulante morando ao seu lado?

Ela se vira para mim, enxugando as lágrimas com as palmas das mãos.

– Você não é louca, Kacey. Mas precisa de ajuda. Obrigada por me contar. Significa muito para mim. Um dia vai ficar mais fácil. Um dia esse ódio não vai mais aprisionar você. Você será livre. Será capaz de perdoar.

Sinto sutilmente minha cabeça assentindo. Não acredito em Storm. Nem em uma palavra.

A atmosfera do jipe ficou completamente insustentável. Eu me mostrei mais a Storm do que a qualquer outra pessoa e isso me esgotou.

– Veja só você... Acrobata Stripper à noite, Instigadora de Reflexões Profundas de... de madrugada.

Storm bufa.

– Prefiro só "acrobata". É que minhas roupas caem às vezes inesperadamente, sabe? – Ela toca meu braço. – Vamos. Já chega de revelações por essa noite. Para nós duas.

Agora que sobrevivi à conversa com Storm, meus pensamentos voltam a Trent com toda intensidade. Minha necessidade de sentir sua presença inebriante perto de mim suprime todos os meus outros desejos. Eu não lhe respondi. *Devia* ter respondido. Preciso dizer que estou mais do que bem. Que eu posso precisar dele.

Ouvimos um leve som de risos na área comum enquanto Storm e eu atravessamos a escuridão. Alguns universitários do prédio ainda estão acordados, festejando. Eu me pergunto como seria – ficar com os amigos, bebendo, tendo uma vida normal –, enquanto vamos para nossos apartamentos.

Uma silhueta passa pela cortina no 1D.

Eu tropeço, minha pulsação se acelerando. Depois, sem pensar, vou à porta e fico parada diante dela.

– Te vejo amanhã – ouço Storm chamar enquanto ela continua a andar e sei que ela está sorrindo.

Respirando fundo, invocando toda minha coragem, levanto a mão para bater, mas a porta se abre antes que os nós de meus dedos façam contato. Trent chega à soleira, sem camisa e inexpressivo, e minha boca seca de imediato. Sei que ele vai me mandar para o inferno. Espero por isso. Morro de medo de ouvir isso.

Mas ele não manda. Não diz nada. Espera por mim, percebo. Só há uma palavra que preciso dar a ele. *Sim*. Pode tornar tudo isso melhor. *Sim, Trent. Sim, está tudo bem*. Abro a boca e descubro que não consigo. Não consigo formar uma única palavra que mostre a ele a gravidade da situação.

Tensa, avanço um passo. Ele não recua. Só me olha, seu peito nu e esculpido e a calça caída nos quadris me provocando. Está mais gostoso do que nunca. Eu podia passar dias junto desse corpo. Pela primeira vez, espero poder.

Mas não é disso que preciso agora.

Estendo a mão cautelosamente, os músculos da minha barriga se torcendo em uma bola apertada, de repente em pânico que a sensação de antes tenha sido temporária e eu tenha perdido de novo a habilidade de sentir. Quando as pontas dos meus dedos roçam a mão dele e o calor se espalha por mim, o pavor evapora. O calor dele. A vida dele.

Fechando os olhos, deslizo mais a minha mão, passando meus dedos entre os dele e os enroscando. Meus lábios se separam em um leve ofegar quando sua mão aperta a minha. Mas ele não se aproxima. Não tenta nem diz nada. Ficamos parados ali, na porta, nossas mãos entrelaçadas, pelo que parece uma eternidade.

– Sim – finalmente sussurro, sem fôlego.

– Sim?

Estou vagamente consciente de que minha cabeça está concordando. Essa euforia é tão intensa que nada mais importa. Deixo que ele me puxe gentilmente. A porta se fecha a minhas costas e ele me guia suavemente pelo seu apartamento escuro com a mão na base das minhas costas. Passo pelo final do corredor, deito em sua cama, entre seus lençóis frios e frescos, cheirando a amaciante. Não vejo o corpo de Trent deslizar atrás de mim, apenas o sinto, a pressão de seu corpo no meu, dos pés ao ombro, sem jamais soltar a minha mão. Nem uma vez. Eu me aninho nele, extasiada com seu calor.

E naquela paz celestial, adormeço.

Um silvo...
Luzes fortes...
Sangue...
Estou ofegante.

Uma respiração lenta e ritmada ao meu lado ajuda a regular meu batimento cardíaco enquanto desperto de meu pesadelo. No início, suponho que seja Livie, mas então sinto minha mão na mão quente e grande de alguém – não é a mão de Livie.

Viro a cabeça e vejo o corpo perfeito de Trent, os músculos e ondas de seu peito, seu rosto relaxado e juvenil. Posso ficar deitada aqui e olhá-lo para sempre. Não quero sair. Nunca.

Por isso preciso ir.

Tiro minha mão cuidadosamente e saio do conforto da cama dele, fechando a porta suavemente ao sair do seu apartamento.

Livie espera por mim na cozinha, tomando o café da manhã antes de ir para a escola, os olhos arregalados de preocupação.

– Você ficou na casa do Trent? – Sua voz oscila entre a acusação e o assombro.

– Não aconteceu nada, Livie.

– *Nada?* – Ela me olha feio. É uma coisa que Livie sabe fazer. Olhar feio até você se encolher por andar mentindo.

– Eu segurei a mão dele – sussurrei por fim. A qualquer um de fora que ouvisse isso, daríamos a impressão de duas meninas de 9 anos. Mas, para Livie, que compreende o impacto disso, é muito importante.

Ela fica muda por um momento, soltando ruídos e meias palavras.

– Você... Você acha que pode acontecer mais do que isso? – pergunta ela por fim.

Dou de ombros com indiferença, mas o calor sobe ao meu rosto, entregando minha excitação.

– Você está vermelha! – Pego um cereal e jogo em sua cabeça. Ela se esquiva com habilidade, sorrindo. – Eu acho que sim. Acho que Trent pode finalmente trazer a Kacey de volta para mim.

Eu me pergunto se ela teria razão. Mas acabo de fugir do apartamento dele sem dizer nada, nem um bilhete. Talvez ele não goste disso. Uma onda de preocupação me incomoda, mas eu a reprimo.

Não tenho alternativa. Se eu ficasse, sei exatamente o que estaríamos fazendo agora e não seria pensar. Preciso de tempo para pensar e me adaptar a essa nova realidade.

Sinto a empolgação tomar conta de Livie. Por três anos, minha irmã mais nova me implorou para esquecer Billy e seguir em frente. O pior é que meu problema não era deixar meus sentimentos por Billy no passado. É claro que eu gostava dele. Se eu achava que ele era "o cara"? Jamais vou saber. Aos 16 anos, todo mundo é "o cara".

Não, meu problema é que, graças aos últimos momentos com ele, a simples ideia das minhas mãos segurando a mão de alguém me tortura, fazendo meu coração parar, meu estômago se apertar, minha visão embaçar, meus músculos se contraírem e o suor escorrer pelas minhas costas, tudo de uma só vez.

Até agora.

Agora foi diferente. Agora pareceu... bom de novo.

OITO

— Você está um arraso! – diz Mia com a voz arrastada, imitando a mãe e nos fazendo rir. Storm está preparando vitela à parmegiana e eu desfilo minhas roupas novas. Eu havia usado todo o guarda-roupa de Storm e precisava de algumas coisas, então passei a tarde no shopping comprando roupa. Deixei que Storm combinasse as peças. Não tenho a menor ideia de como me vestir direito para trabalhar em uma boate de strip, mesmo depois de semanas. De qualquer modo, este martírio me distraiu de pensar em Trent.

— Acho que vou usar isto hoje à noite – anuncio, aparecendo com um vestidinho verde-esmeralda solto e curto que deixa um ombro de fora e sapatos de salto alto.

— Ótima escolha! Pode colocar a mesa, Kace? – pergunta Storm enquanto se abaixa para olhar o forno.

— Você sabe que um dia vai ter que me deixar cozinhar, né? – Temos jantado no apartamento de Storm toda noite há semanas.

— Gosto de cozinhar.

— Talvez eu também goste – rebato, colocando os pratos na mesa, fazendo Livie bufar em desdém.

— Você esqueceu um prato – diz Storm dando uma olhada na mesa.

Franzo a testa.

— Hum, não? Quatro pessoas, quatro lugares.

— Precisamos de cinco – explica ela sem me olhar nos olhos.

— Storm?

Alguém bate na porta.

– *Storm?*

Mia se coloca de pé num salto e corre à porta, abrindo-a com uma mesura teatral.

Respiro fundo quando Trent entra e não consigo deixar de ficar boquiaberta. Ele está de jeans azul-escuro de novo, mas veste uma camisa branca, por fora da calça. Consigo deixar de olhá-lo apenas o suficiente para lançar a Storm um olhar de "vai me pagar por isso" e me viro de novo para ele. O nervosismo, a excitação e a culpa se agitam dentro de mim. Não sei por quê. Trent e eu ficamos de mãos dadas vendo minha amiga dançar nua. Trent me resgatou do comentado ataque da cobra, e depois fui para cima dele. Passei uma noite em sua cama com ele. Jantar com ele – e minha irmã e vizinhas – não se classifica como um encontro a dois que justifique tanto nervosismo. Mas aqui estou eu, prestes a desmaiar.

Mia se curva teatralmente.

– Bem-vindo, gentil senhor. A princesa Mia estava esperando por sua presença.

Até Mia sabia! Que diabinha.

Escondido atrás das costas, Trent tira um buquê de cinco rosas cor-de-rosa. Coloca-se sobre um joelho e o estende a Mia. Ouço o suspiro coletivo de todas as adultas do grupo, inclusive eu.

– Obrigado por me convidar – diz ele. Ela segura as flores com as mãos mínimas e olha para Trent com os olhos arregalados que não piscam. Seu rosto fica vermelho e sei que este é o momento em que Mia se apaixona por ele. Aquele estranho alto se tornou seu príncipe de uma vida inteira.

Mia se vira e corre para Storm.

– Mãe! Mãe! Olha o que esse moço me deu!

Trent dá uma piscadinha enquanto fecha a porta, diminuindo a distância entre nós.

– Você sumiu hoje de manhã – sussurra ele.

Isso é tão esquisito. Obrigada, Storm.

– Eu... Eu sei... Eu... – Estou prestes a pedir desculpas, mas ele pisca de novo.

– Está tudo bem. Imaginei que foi tudo meio demais, rápido demais. – Um dedo se engancha no meu, fazendo meus joelhos se dobrarem de tanta excitação.

Acho que vou me apaixonar por este homem.

O olhar de Trent analisa minha roupa e sinto o calor nele. Provavelmente o mesmo calor que emana do meu quando olho para ele.

– Você está... bonita.

Ainda estamos nos olhando sem jeito quando Livie dá um pigarro.

– O jantar está pronto.

O apartamento mínimo de Storm pulsa com uma sensação tranquila enquanto nós cinco devoramos a comida. De algum jeito relembram o vexame da cobra e eu viro alvo da piada de todos. Até Mia participa, mordiscando meu ombro como um monstro de mentirinha. Só que ela não tem dentes na frente, então mais parece apertar as gengivas. E durante esses momentos, não consigo parar de olhar para o rosto de Trent, e todas as vezes o vejo me olhando de volta.

Quando o jantar acaba e nos despedimos para que Storm e eu possamos trabalhar, cada fibra do meu ser anseia por Trent e não quero mais fingir o contrário.

– Quem é Penny? Obviamente alguém importante. – Gesticulo para a placa enquanto paramos na frente da boate.

Os dedos de Storm tamborilam no volante e seu sorriso de sempre falha.

– Penny era uma garota muito legal que conheceu um cara muito ruim. – Ela se vira para mim. – Cinco anos atrás, Cain tinha uma boate no centro. Era uma espelunca, se comparada com esse lugar. Penny era sua estrela principal. Soube que ela trazia homens de todo o estado, até do Alabama. Ela começou a namorar um cara e as coisas ficaram sérias. Ele a pediu em casamento. Todo mundo ficou feliz por ela. Ele vinha vê-la dançar às vezes. Dava beijinhos e abraços nela a noite toda. Vigiava um pouco. Sabe como é, uma coisa muito meiga. É claro que ele pediu que ela se demitisse depois do casamento. Ela concordou com isso. – A voz de Storm ficou sombria. – E então, aconteceu alguma coisa. Ninguém sabe exatamente o quê. Num segundo esse sujeito estava com o braço em volta de Penny, e a arrastou pelo pescoço para a sala dos fundos. Nate não conseguiu chegar lá a tempo. Encontrou a garota no chão com a cabeça rachada.

Pus a mão no pescoço.

– Eu sei. Horrível, né? Cain fechou aquele lugar. Fizeram uma investigação de homicídio. O cara foi condenado e parou na cadeia. Cain comprou este lugar e abriu com um novo nome, em homenagem a ela. – Saímos do carro e fomos para a porta dos fundos. – Por isso os seguranças são tão rigorosos com os clientes que tentam tocar na equipe. Não importa que o cara seja seu marido. Se ele tocar em você, está fora. Se tocar mais de uma vez, fica proibido de entrar para sempre.

– Hum... – Meus pensamentos voltaram à noite anterior, quando Nate expulsou Trent por segurar minha mão. Achei que Nate estava sendo um idiota. Agora eu quero abraçá-lo. Ou uma parte dele, uma vez que eu precisaria de uma escada e braços extensíveis para alcançar seu corpo de mamute.

Sigo a silhueta vestida de preto de Storm até a porta. Pouco antes de bater, ela se vira e sorri, como se pudesse ler meus pensamentos.

– Eles são gente muito boa, Kacey. Sei que é difícil de acreditar, mas é verdade. Cain sempre foi maravilhoso comigo. Ele me deixa servir no bar, prepara o palco e o equipamento para eu me apresentar de vez em quando, e é só. Sem obrigações, sem lap dances, nem nada privê. Os seguranças pegam minhas gorjetas do show, assim não tenho de engatinhar pelo chão, recolhendo o dinheiro. Todos eles cuidarão de você. Você vai ver.

Quando Trent aparece às onze e meia e se senta no bar, meu cérebro de imediato se esparrama. Saber que dormi na sua cama noite passada e jantamos juntos mais cedo não me ajuda a relaxar perto dele. Acho que me deixa ainda mais nervosa. *Um... dois... três... Ai!* Como sempre, o conselho da minha mãe não ajuda.

Eu me aproximo, tentando estabilizar meu batimento cardíaco enquanto vejo suas lindas feições. São realmente lindas. Ele podia enfeitar a capa de qualquer revista. E essa boca... Mordo o lábio, tentando não ficar agitada.

– Uísque triplo com gelo? – Mexo as sobrancelhas.

Ele me mostra aquelas covinhas que me desarmam.

– Suspenda o uísque e acrescente um refrigerante com gelo, e temos um acordo.

Sorrio enquanto preparo sua bebida e a deslizo para ele, a ponta de nossos dedos se roçando por um milissegundo. Com um olhar nervoso para Nate, vejo que seu foco está em toda parte e suspiro de alívio.

– Não se preocupe, conheço as regras nestes lugares.

– Frequenta muito? – acrescento com secura.

Ele balança a cabeça com um sorriso irônico.

– É protocolo padrão. Alguns lugares são mais rigorosos do que outros, mas são todos iguais. Não estou interessado em ser expulso de novo. Uma vez basta.

Sinto uma onda de culpa pelo que houve, sabendo que a responsabilidade foi minha. Mas a piscadinha de Trent dissolve essa sensação de imediato. Quero ficar e conversar com ele, mas tem uma turma de clientes esperando. Sou obrigada a deixá-lo com um dar de ombros decepcionado. Passo a hora seguinte servindo bebidas para os clientes enquanto meus nervos formigam sob a atenção exclusiva de Trent.

– Pena que aqui é tão movimentado – diz ele quando volto para perto.

– É, bom, alguns aqui precisam trabalhar para sobreviver – brinco e percebo que não tenho ideia do que ele faz. Não sei nada a seu respeito.

– E quando será sua próxima folga? – pergunta ele despreocupadamente, deslizando um descanso de copo pelo dedo indicador.

– Segunda-feira.

Trent se levanta e joga uma nota de vinte no balcão.

– Então, você está livre na segunda, digamos, lá pelas quatro?

– Talvez.

Seu sorriso se alarga.

– Ótimo. – Com uma piscadinha, ele se vira. Eu o vejo sair do bar, a frustração de sua saída me impactando.

Storm se aproxima.

– Mas o que foi isso?

Dou de ombros, a sensação demorada dos olhos dele ainda no meu corpo.

– Não sei bem. Acho que ele me convidou para sair. – Uma onda de adrenalina explode dentro de mim. É melhor que ele tenha me chamado mesmo para sair ou vou ficar na merda amanhã.

Storm aperta carinhosamente meu ombro e eu não estremeço. Sorrio para ela. Sorrio para o cara do outro lado do balcão que espera pela sua bebida. Cara, até abro um sorriso escancarado e pateta para Nate. Não tenho certeza, mas acho que vi o canto de sua boca se erguendo para cima por um segundo.

Sinto um raio me atingir no segundo em que acordo na segunda-feira de manhã. Não porque tive outro pesadelo.
Porque eu não tive.
Nos últimos quatro anos, isso *nunca* aconteceu. Não sei o que fazer com a sensação, mas me sinto... livre.
Depois lembro que tenho um encontro com Trent esta noite e esqueço todo o resto.

– Belas unhas – comenta Livie dois segundos depois de passar pela porta. Ela larga a mochila no sofá, seus olhos se arregalando de surpresa só por um segundo. Abro os dedos diante de mim, admirando o esmalte preto. – Onde você fez a mão? – Sua voz é ligeiramente mais alta do que o normal e sei que ela tenta não fazer estardalhaço.
Mas *há* motivo para estardalhaço.
Hoje deixei um completo estranho pegar nas minhas mãos. E não estremeci nem me encolhi.
É como se Trent tivesse desfeito minha maldição.
– Em um salão aqui na rua. Eles oferecem um especial para fazer duas mãos pelo preço de uma às quintas. A gente devia ir junto da próxima vez.
– Sei, e qual é o motivo disso? – Livie vai ao armário pegar um copo, marcando os passos como se fosse uma noiva andando pela nave central de uma igreja. Tenho vontade de rir. Ela está tentando ao máximo não dar um ataque.
– Ah, nada. – Espero até que ela vire a garrafa em seu copo. – Vou sair com Trent hoje à noite.

Ela levanta a cabeça de repente, encontra meus olhos e erra o copo, derramando água por todo o chão.
– Tipo... um encontro romântico?
Coloco o cabelo atrás da orelha.
– Talvez. Acho que você pode...
Os olhos de Livie faíscam de prazer.
– Aonde vocês vão?
Dou de ombros.
– Provavelmente à praia. Não é o que as pessoas fazem nos primeiros encontros? – Eu não tenho a menor ideia. Já tem muito tempo que não faço nada remotamente parecido com um encontro.

Há uma longa pausa enquanto Livie provavelmente tenta processar esta nova Kacey, aquela que sai para namorar e faz as unhas. Alguém que se importa com as pessoas.

– Olha, não sabemos muita coisa do Trent, né? – A cabeça dela se inclina com curiosidade. – O que ele faz pra viver?

Dou de ombros.

– Sei lá.

Uma sombra passa pelo rosto bonito de Livie. Espero pacientemente que ela morda o lábio por dois longos segundos antes de soltá-lo.

– E se ele for um psicopata que enfia filhotes de gato dentro de caixas eletrônicos?

– Um psicopata *gato* – eu a corrijo e ela faz cara feia para mim. – Sem essa, Livie. Não afastei você da Darla a tempo.

– Talvez você deva descobrir mais sobre Trent antes de concordar em sair com ele.

– Eu não concordei em sair com ele.

– O quê? – Ela se interrompe. – Bom, então...

Eu a interrompi.

– Não sabemos nada um do outro. Mais importante. Ele não sabe nada de *mim*. É assim que prefiro.

Seus lábios se fecham apertados.
- Ah, Livie, pare de agir como a única madura aqui.
- Alguém precisa ser. - Ela se abaixa para enxugar a água com um pano de prato. - Vou jantar na casa da Storm. Pode pelo menos telefonar para ela mais tarde e nos dizer se ele não enfiou *você* num caixa eletrônico? E precisamos ter celulares, se você vai começar a sair com homens estranhos.

Eu rio e concordo com a cabeça.

Ela para e me avalia com um leve sorriso.

- É bom ver você assim... de novo. A que horas acha que vai chegar em casa?

Dou uma piscadinha.

- Ah, Kacey - murmura ela, jogando o pano de prato na pia.

Às quatro horas em ponto, estou andando de um lado a outro na sala de estar como um urso enjaulado, usando a respiração para contar até dez, sem parar. Ondas de excitação, nervosismo e medo agitam minhas entranhas até que tenho certeza de que vou despejar o conteúdo do almoço naquele carpete horroroso.

Na mesma hora, soa uma batida suave na porta. Eu a abro e vejo Trent parado ali fora, de jeans, uma camisa xadrez azul e branca e óculos de aviador, recostado no batente com um braço sobre a cabeça. Uma leve camada de suor cobre meu corpo.

- Bela porta - diz ele, tirando os óculos escuros. Eu me pego olhando aqueles lindos olhos azuis por um tempinho longo demais, antes de produzir algum som.

Ele está sendo sacana. Gosto de sacanas.

- Obrigada. É nova. Tivemos de substituir depois que um maníaco ensandecido a arrombou. - Sorrio com malícia.

Ele me estende a mão para enganchar seu indicador no meu. A eletricidade se espalha pelos meus membros com aquele pequeno contato. Ele me puxa para fora, para seu peito, bem junto, e preciso levantar a cabeça para ver seu rosto.

– Fiquei sabendo. Que problema terrível. Eles conseguiram pegar o louco? – murmura ele, sorrindo.

Paro para respirar. Ele tem o cheiro do mar e das florestas. E de puro desejo.

– Da última vez que ouvi falar, ele estava zanzando por um estabelecimento para cavalheiros. É óbvio que tem problemas profundos. Acho que estão fechando o cerco. – Acrescento sem fôlego: – Acho que vão pegá-lo esta noite.

Trent joga a cabeça para trás e ri.

– Talvez peguem mesmo. – Ele passa o braço pelo meu ombro e me leva para o estacionamento. – Essa cor fica incrível em você – diz ele, olhando minha blusa verde-esmeralda. – Complementa muito bem o seu cabelo.

– Obrigada. – Sorrio, me elogiando em silêncio por comprá-la hoje, sabendo que a cor fica bonita com meu cabelo castanho-avermelhado e a pele marfim. As pessoas pensam que eu tinjo o cabelo para ficar tão escuro e brilhante, mas não faço isso. Acho que essa é a única sorte que eu tenho.

Trent me leva até uma Harley vermelha e laranja no estacionamento.

– Já andou numa destas? – Ele me estende um capacete e uma jaqueta de couro preto. *Então Trent é motoqueiro.* Examinando a moto, não sei como me sinto a respeito. Acho que ele pode ter ganhado alguns pontos no quesito bad boy gostoso.

Balanço a cabeça enquanto olho a moto com hesitação.

– Não há muita proteção entre mim e três toneladas de metal em movimento quando estou nisto – digo. *A quem estou enganando?*

Não estou em segurança sentada *dentro* de três toneladas de metal. Aprendi isso na própria pele.

Uma ponta de dedo gentil puxa meu queixo para cima, até que estou olhando nos olhos sinceros de Trent.

– Vou manter você em segurança, Kacey. É só se segurar em mim. Com força. – Deixo que ele coloque o capacete na minha cabeça e prenda gentilmente a alça no meu queixo, seus dedos habilidosos roçando minha pele de um jeito que provoca arrepios por todo meu corpo. Uma sombra de sorriso passa por seus lábios. – Ou você tem medo demais?

Agora ele está me desafiando. Como se soubesse que vou reagir a isso. Não posso deixar de reagir. Sou como um daqueles imbecis nos filmes que pisam no acelerador e tentam transpor um vão de 60 metros na estrada porque alguém disse a palavra *duvido*. Meu pai se divertiu horrores por minha causa exatamente por isso.

– Não tenho medo de nada – minto tranquilamente enquanto enfio os braços na jaqueta que Trent estende para mim. Subo atrás dele e me aproximo até minhas coxas abraçarem seus quadris. O calor explode pela metade inferior de meu corpo, mas faço o melhor que posso para ignorá-lo, abraçando o tronco de Trent.

– Nem um pouco? Nem mesmo meio nervosa? – Sua sobrancelha se ergue enquanto ele me olha por sobre o ombro. – Está tudo bem. Pode confessar. A maioria das garotas fica nervosa por andar de moto.

Uma pontada de ciúme faísca dentro de mim ao pensar nele com outra garota. Rapidamente eu a apago.

– Eu sou parecida com a maioria das garotas? – Minhas mãos deslizam pelo seu peito, acompanhando os contornos de seu corpo, meus dedos deslizando pela costura de sua camisa e roçando nas ondas suaves de músculos por baixo. Para ter mais efeito, eu me curvo para a frente e aperto os dentes em seu ombro.

O peito de Trent se empina com uma inspiração rápida enquanto suas mãos pegam as minhas e as tiram de dentro da sua camisa.

– Tudo bem, você venceu. Mas não faça isso enquanto eu estiver pilotando ou vamos acabar numa vala. – Ele olha de novo por sobre o ombro, acrescentando num tom baixo e solene: – É sério, Kacey. Não consigo lidar com isso.

Outra explosão de calor invade minhas coxas, mas acato sinceramente seu aviso e entrelaço os dedos em sua cintura, apertando meu corpo no dele.

– Aonde vamos?

O ronco baixo da moto de Trent é a única resposta que consigo e em seguida estamos em movimento.

Sem pensar, abraço apertado seu corpo enquanto costuramos pelo trânsito. Trent por acaso é um piloto cauteloso, passando bem ao largo de todos, obedecendo a todas as leis. Gosto disso. Eu me sinto segura com ele. E isso me mata de medo. Me dá vontade de saltar desta moto em movimento e correr para casa e me esconder debaixo das cobertas porque ele é simplesmente perfeito demais. Em vez disso, eu o aperto com força.

É só quando Trent entra na interestadual e vai para o sul que percebo que não vamos à praia. Ele está me levando para longe, para bem longe.

De muitas maneiras, acho que ele já levou.

– Minha irmã acha que você gosta de enfiar gatinhos em caixas eletrônicos – digo enquanto Trent desliga o motor em um estacionamento do Parque Nacional Everglades. – Sabe como é, tipo *Psicopata americano*.

Sua testa se franze.

– É mesmo? Pensei que ela gostasse de mim.

– Ah, a Livie gosta, eu sei disso. – Cuido para que minha voz pareça despreocupada enquanto desço da moto e tiro o capacete.

– Mas isso não significa que você não possa ser louco.

– Sei. – As pernas compridas de Trent giram pelo banco. – Que idade tem a Livie mesmo?

– Quinze.

– Essa é inteligente. – Vejo seu sorriso irônico enquanto ele apanha uma pequena sacola térmica no compartimento da moto.

– Vem. Vou levar você para o descampado escuro e isolado por ali. – Ele aponta com a cabeça para um monte de placas de caminhada, seus olhos azul-claros faiscando para mim, suas covinhas fundas. As placas incluem avisos de cuidado com a vida selvagem. Não posso deixar de me perguntar se eles também têm avisos para meninas idiotas que acompanham homens que mal conhecem até um pântano.

O sol começa a cair no horizonte enquanto descemos pela calçada pavimentada. A trilha parece bem conservada, mas é silenciosa. Ao avançarmos cada vez mais, enquanto o mistério se fecha em volta de nós e o ar fica mais denso e carregado do desconhecido, não posso deixar de me perguntar quais são os planos de Trent.

– Então, por que estamos no Everglades?

Ele dá de ombros, olhando para trás.

– Eu nunca vim. E você?

Balanço a cabeça, negando.

– Bom, moramos em Miami, então imaginei que deveríamos vir.

– Acho que esse é um bom motivo – murmuro enquanto seguimos a trilha, ladeada de uma relva alta envolta nas sombras do sol de final de dia. O lugar perfeito para se livrar de um corpo. – E aí, isso vai ser uma reencenação de um episódio de *CSI: Miami*? – eu pergunto. *Vou te matar por me deixar assustada, Livie!*

Trent para e se vira para me examinar com a testa franzida e um sorriso irônico.

– Está preocupada mesmo?

Dou de ombros.

– Acho que já vi esse episódio. O cara leva a garota para uma cabana remota no Everglades, faz o que quer com ela por alguns dias, depois deixa seu corpo para os crocodilos, e assim não fica prova nenhuma.

Ele abre a boca para responder, mas para como se pensasse.

– Bom, provavelmente só 24 horas. Tenho um prazo para cumprir no trabalho amanhã.

Viro a cabeça de lado.

– Sem essa, Kacey! – Ele solta uma gargalhada. – Eu nunca, jamais na vida vou enfiar um gatinho num caixa eletrônico! Aliás, eu prefiro mais os cachorros.

Meus braços se cruzam, as sobrancelhas arqueadas.

– Você sabe que eu sei me defender muito bem, né?

Ele ri, os olhos azuis deslizando pelo meu corpo, provocando tremores em mim.

– Ah, pode acreditar. Sei que você pode. Deve poder me jogar no chão em menos de cinco segundos. – *Bem que eu queria.* – Vamos. – Ele pega meu cotovelo e me puxa para andarmos lado a lado. Por impulso, descruzo os braços e pego sua mão, levando-a até minha boca para beijar os nós de seus dedos.

A surpresa agradável brilha em seus olhos. Com um sorriso torto, ele troca de mão para poder me puxar para junto, passando o braço pelo meu ombro. Ele levanta minha mão e a segura em seu peito. Andamos assim em silêncio, permitindo que eu sinta seu coração bater. Está acelerado, firme e tremendamente vivo.

– E então, o que você quer saber?

– O quê? – Franzo a testa.

– Bom, você disse que Livie acha que você deveria saber mais sobre mim, então, o que quer saber? – Seu tom se abranda, seu rosto fica mais sóbrio, enquanto ele olha para a frente e sinto uma mudança em seu comportamento. Ele parece meio tenso, sugerindo que estamos tocando em um assunto que também não o deixa à vontade.

– Hum... – Quanto menos falarmos da vida do outro, melhor. Mas, no fundo, confesso que quero saber tudo sobre ele. Até o sabonete que ele usa no banho. – Bom, você já sabe como eu ganho a vida. O que você faz?

Seus ombros relaxam um pouco, como se ficasse aliviado com o assunto.

– Design gráfico.

– Sério? Um geek de computador? Eu nunca adivinharia. – Falando sério, olho seu corpo perfeito e *nunca mesmo* eu teria adivinhado. Ele sorri da minha gozação. – E para quem você trabalha?

– Para mim mesmo. É ótimo. Não preciso ir a lugar nenhum nem me subordino a ninguém, só aos meus clientes. Posso escolher e rejeitar se eu quiser, e é o que faço. Posso desenhar nu na minha sala o dia todo e ninguém tem a menor ideia.

– Isso é... hum... – Trent pega meu ombro e minha mão para me manter em pé quando tropeço nos meus próprios pés. Turbilhões de luz e sombra enchem minha visão com a imagem que Trent acaba de pintar. *Merda!* Pelo sorriso sacana dele, ele sabe que está dizendo coisas que me afetam. Decido que vou arrombar sua porta da frente um dia desses, com ou sem crocodilo. Também decido que preciso mudar de assunto antes que meu corpo desabe no chão e se debata como um peixe fora d'água.

– Onde você aprendeu a bater num saco de pancada?

Ele ri de novo.

– Eu pratiquei muito esporte no colégio e na faculdade. É bom para aliviar o estresse, só isso. – Seu polegar esfrega meu ombro enquanto andamos e meu coração incha.

– Seus pais são de Rochester? Os dois? – pergunto, chocando até a mim mesma. Agora que comecei a perguntar, parece que não consigo parar. Pior ainda, estou fazendo todas as perguntas que não posso responder sobre mim. – Desculpe – balanço a cabeça. – Eu... não é da minha...

O riso suave de Trent interrompe meus balbucios.

– Meu pai é de Manhattan, e minha mãe, de Rochester. Divorciados, é claro. – Ele dá a informação livremente, mas não posso deixar de notar seus ombros tensos, sugerindo que ele não se sente à vontade para falar nisso.

Mordo a língua e continuamos em silêncio.

– O que mais você quer saber, Kace? – Ele baixa os olhos para mim. – Pode me perguntar o que quiser.

– O que você quer me contar?

– Tudo.

Estou balançando a cabeça.

– Tenho certeza de que existem coisas que você prefere guardar para si mesmo.

– É, é difícil falar de algumas coisas. Mas eu contarei a você. – Sua mão aperta a minha. – Quero que você me conheça.

– Tá legal. – Minha voz é baixa e fraca e sinto que preciso colocar minhas cartas na mesa. – Então, sabe, não sou muito boa em falar de algumas coisas.

Eu o ouço soltar o ar suavemente.

– Isso eu notei. Pode pelo menos me dizer o que é proibido?

– Meu passado. Minha família.

O queixo de Trent se retesa, mas, depois de um instante, ele concorda.

— Essa é uma grande parte de você, Kacey. Mas, tudo bem. Só vamos falar dessas coisas quando você estiver pronta.

Levanto a cabeça e vejo os olhos azuis de Trent brilharem de sinceridade e me encho de tristeza. Nunca estarei pronta para falar dessas coisas. Nunca. Mas não digo isso. Só concordo com a cabeça e agradeço.

Ele me puxa para mais perto, seus lábios se separando enquanto plantam um beijo íntimo em minha testa.

Depois de percorrermos um longo passadiço de tábuas que se estende sobre a água – encontrando pelo caminho um pequeno grupo de guardas florestais patrulhando a área –, achamos um lugar para sentar em um muro de pedra. Trent abre a sacola térmica e me passa uma garrafa de água gelada. Só então percebo como estou sedenta, depois de me distrair tanto com ele.

— Eu queria muito ver um crocodilo. Depois podemos ir comer em algum lugar — promete ele.

— Seria perfeito, Trent. É sério. — E é mesmo. Totalmente perfeito. Estamos de frente para o pântano enquanto o sol dourado afunda no horizonte, pintando o céu em tons de rosa e púrpura. Os ruídos de suaves ondas na água e dos grasnidos de aves estranhas flutuam pelo ar. É praticamente o lugar mais pacífico em que já estive. É claro que qualquer lugar seria perfeito com Trent.

— É mesmo? — Ele coloca a mão na minha nuca, seus dedos se demorando pela gola de minha blusa, deslizando por dentro e roçando na minha pele. Eu estremeço.

— Com frio? — pergunta ele, me provocando.

Eu lhe ofereço um sorriso torto.

— Não. Distraída. Você vai me fazer engasgar com a água.

Ele baixa a cabeça concordando enquanto tira a mão, me deixando um pouquinho decepcionada. Isso rapidamente se transforma em preocupação.

– Olha! Viu aquilo? – A voz de Trent se eleva uma oitava e sua mão volta a meu ombro enquanto ele se curva para a frente. Ele estende o outro braço e aponta para uma cabeça comprida e estreita espiando da superfície da água a pouco mais de seis metros de nós.

Meu apetite some na hora.

– Aimeudeus. Ele está olhando pra gente?
– Talvez. É difícil saber.
– Esses bichos não se mexem com uma rapidez absurda? – Engulo em seco repetidamente, com certo pânico. Uma coisa é ver crocodilos trancados em um zoológico. Não há nenhuma parede nos separando ali.

– Não se preocupe. Pesquisei um pouco antes de a gente vir. Essa trilha é famosa para ver crocodilos de perto. E os guardas florestais estão sempre por perto.

– Se você diz – resmungo, notando como a boca de Trent está perto da minha. Tão perto que eu podia me inclinar um pouco e...

Meus lábios roçam o canto de sua boca, pegando-o de surpresa. Virando-se para mim, ele me olha com certo espanto. Mas dura só um instante e logo ele se inclina para cobrir minha boca com a sua. Ele me beija com ternura, suas mãos subindo até meu queixo para virar minha cabeça, o polegar pegando meu maxilar, enquanto ele puxa meus joelhos para perto com a outra mão. Minha respiração para enquanto sua língua percorre a borda dos meus lábios, antes de entrar na minha boca, abalando todo o meu corpo. Não consigo deixar de segurá-lo, meus dedos se acomodando nas curvas do seu peitoral.

Ele solta um grunhido leve ao se libertar. Seus bíceps se flexionam quando ele segura meu corpo no colo e enterra a cabeça no meu pescoço, mordiscando o lóbulo de minha orelha sem machucar. Minha mão desliza pelo seu pescoço, adorando a espessura e os músculos. Enquanto meu polegar acaricia seu pomo de adão e sua boca percorre todo o meu pescoço aos beijos, fecho os olhos e deixo que minha cabeça repouse na dele, leve e flutuando em sua presença, sob seu controle. O seu toque.

– Kace – sussurra Trent.

Solto um som estranho entre o gemido e o ruído.

– Está com medo?

Medo? Espiando com um olho só, olho o pântano e vejo nosso observador no mesmo lugar.

– Ele ainda não se mexeu, mas preciso dizer que provavelmente não consigo pilotar aquela moto na volta se você perder uma perna.

Trent dá uma gargalhada e sinto as vibrações em meus mamilos, de tão perto que ele está.

– Esta noite vai ser boa para mim. Ainda posso fazer o que quiser com você. A cabana fica por ali. – Sua cabeça aponta atrás de nós.

– Espero que você tenha colocado lençóis limpos pelo menos.

Com outra gargalhada, ele apoia a cabeça novamente no meu ombro enquanto fico num silêncio ansioso, observando o crocodilo se afastar para se juntar aos amigos. Com pouco esforço, em semanas, Trent rompeu minhas defesas e o medo, conquistando rapidamente um lugar fundamental na minha vida. E me ocorre o que ele queria saber. Eu tenho medo *disso*.

– Estou apavorada – sussurro. A princípio penso que ele não me ouviu. Mas ele se vira para olhar os contornos de meu rosto, as sobrancelhas unidas, e sei que ele me entendeu. – Eu... hum... eu... já faz algum tempo que não faço isso – continuo a dizer. *Eu nunca fiz isso. Nunca. Nada perto disso.* – E isso... – Ergo minha mão na dele. – Só isso já é muita coisa para mim.

Ele ergue a mão e a leva aos seus lábios. Depois dá um pigarro.

– Olha, Kacey. O que aconteceu no seu quarto naquele dia...

Sinto minha testa se franzir, procurando. *No meu quarto?*

– No dia da cobra em seu chuveiro?

Ah, sim. Meu coração dá um solavanco como se uma corrente de mil watts tivesse acabado de zunir por ali.

– Eu... hum. – Ele estende as pernas compridas, mas me segura firme em seu colo. – Estou tentando ao máximo não deixar que isso aconteça de novo. Por enquanto.

Ele deve ser capaz de perceber a decepção dentro de mim e me esmaga, porque rapidamente se explica, de olhos arregalados e sinceros.

– Não é que eu não queira isso ou você. – Seu pomo de adão sobe e desce enquanto ele engole em seco. – Pode acreditar, sei que você sabe exatamente o quanto eu quero isso agora mesmo.

Sorrio, me balançando em seu colo.

Ele ri, meu jeito abrandando seu tom sério. Mas ele continua rapidamente.

– Eu tenho dificuldade... uma grande dificuldade... de me controlar perto de você, Kacey. Você é incrivelmente atraente e eu sou homem. Você não precisa fazer muita coisa para acabar com a minha força de vontade. Mas acho que precisamos ir devagar. Sem ter pressa nenhuma. – Ele me lança um olhar sugestivo, indicando que compreende mais sobre mim do que contei a ele. – Acho que isso é importante, para nós dois.

Abro a boca para falar, mas ainda não sei como responder. Ele tem razão. Devagar é bom. Devagar é seguro. Mas, naquele momento, com a ponta de seus dedos de volta à minha blusa, sinto a excitação dele me atingindo e não quero ir devagar. Quero me acabar naquele fogo.

Permito a mim mesma um momento para respirar fundo e tentar estabilizar meu coração.

– Quem disse que eu quero *alguma coisa* com você? Você acha coisas demais.

– Talvez sim. – Com um sorriso torto, sua mão desliza pelas minhas costas, subindo aflitivamente devagar pela minha coluna, me deixando levemente ofegante.

– É, isso é mesmo ir devagar – resmungo.

– Estou supondo demais agora?

Balanço a cabeça de leve para que ele saiba que não está supondo nada. Eu aceitaria alegremente qualquer coisa de Trent. Lenta ou rapidamente.

Seus dedos se abrem enquanto deslizam pela minha pele nua, passando pelo meu tórax e roçando pelas várias cicatrizes. O polegar afaga de um lado a outro.

– Não dá para não notar que você tem algumas destas.

Estou acostumada a questionarem minhas cicatrizes. Aprendi a me safar tranquilamente.

– Ah, sim? Quando você viu essas?

Ele me abre um sorriso irônico.

– Pervertido. – Tento afastar meu constrangimento, mas sinto meu rosto ficar vermelho.

Ele fica sério.

– É dessa parte do seu passado que você não quer falar?

– Ataque de cobras canibais no chuveiro. É um problema recorrente que tenho.

Ele ri baixinho, mas a alegria não chega a seus olhos. Deslizando a mão por baixo da minha blusa, ele puxa a manga para cima e expõe a linha branca e fina em meu ombro. Curvando-se, seu lábio inferior a roça.

– Às vezes falar ajuda, Kace.

– Podemos, por favor, ficar só no aqui e agora? – peço suavemente, confusa com a reação conflitante do meu corpo, ao mesmo tempo tenso e relaxado com sua atenção. – Não quero estragar isso.
– Tá, por enquanto. – Ele ergue a cabeça e me olha de novo, colocando uma mecha do meu cabelo atrás de minha orelha. – Você não sorri muito.
– Eu sorrio muito. Das oito da noite até uma da manhã, de terça a domingo. Não sabia? Minhas gorjetas dobram.
Agora aparecem covinhas totalmente.
– Quero fazer você sorrir. De verdade. Sempre. Vamos a jantares, ao cinema, passear na praia. Vamos fazer voo livre, ou bungee jump, ou o que você quiser. O que fizer você sorrir e rir mais. – Seus dedos brincam com meu lábio inferior. – Me deixe fazer você sorrir.

Trent não faz o que quer comigo naquela noite. Na realidade, ele me trata como se eu fosse uma boneca de porcelana que está prestes a se espatifar. Em vez disso, ele fala. Fala, fala e fala. Eu ouço, na maior parte do tempo. Ele fala do Everglades, de como um ser humano pode manter as mandíbulas de um crocodilo fechadas com as próprias mãos e eu pergunto se ele é um daqueles malucos de *Jeopardy!*. Ele fala que Tanner não é mau sujeito e nosso prédio tem certo ar de *Melrose Place*, e eu rio. Não me lembro de *hibachis* enferrujados e mato murcho em *Melrose Place*. Ele sorri quando fala o nome de Mia e diz como ela é linda.

Ele fala e eu escuto o sussurrar baixo e sedutor de sua voz e, embora meus hormônios pretendam atacar e sequestrar meu cérebro, assumindo todo pensamento racional, me distraio com o pouquinho de vida que flui novamente pela minha alma.

* * *

Eu me alegro com a sensação dos meus braços em torno do corpo forte e quente de Trent durante a volta para casa, sem nenhuma necessidade de falar, desejando que a noite dure para sempre. Quando ele me acompanha até a porta do meu apartamento, sou derrubada pelo súbito tornado de emoções dentro de mim – alegria e decepção, excitação e medo, tudo convergindo, pronto para me fazer cair no chão. Também sinto um crescente constrangimento entre nós. Talvez porque eu deseje em silêncio que ele me convide para o seu apartamento, desanimada por saber que ele não vai fazer isso.

– Então, obrigada por me mostrar um crocodilo pela primeira vez e não ter feito o que queria comigo. – Estou ocupada procurando a chave na bolsa. – Ainda bem que estou com todos os braços e pernas e...

Os lábios macios de Trent interrompem minha conversa fiada. Seu braço me envolve, a mão roçando de leve a base das minhas costas enquanto a outra segura meu pescoço pela nuca. Ele me puxa para perto, sua boca trabalhando lentamente junto à minha, seus movimentos controlados, como se estivesse se contendo para não fazer o que quer. Sentir isso me provoca ondas de calor e nervoso. Meus braços perdem toda a força e caem de lado, minha bolsa e as chaves tombando no chão junto com eles.

Trent se afasta e se abaixa diante de mim para pegar minhas coisas. Quando volta a se levantar, me entrega tudo com um sorriso de desafio.

– Vai sobreviver?

Detesto que ele consiga me derrubar tão completamente e brinque com isso. *Filho da puta!* Mas adoro um desafio. Avanço um passo e aperto todo meu corpo contra o dele, do peito aos joelhos, encaixando a mão em suas costas para puxá-lo para mim, perto o bastante para senti-lo através do jeans. Ele não está insensível. Olho aquele rosto perfeito e sorrio com doçura.

– Nada que um banho longo e quente não possa consertar. Pronto. Sinto que ele fica mais duro.

Trent sorri, sem dúvida plenamente consciente do que estou aprontando. O que eu daria para saber no que está pensando agora!

– Você tem celular? – pergunta ele abruptamente.

Franzo a testa com a súbita mudança na conversa.

– Não, por quê?

Ele se afasta de mim e dá cinco passos gigantescos até a porta de seu apartamento. Passa a chave na fechadura.

– Porque às vezes eu não confio em mim mesmo perto de você por mais de um minuto. – Quando ele se vira para me olhar, é com uma expressão ardente. – Os torpedos são bons. São mais seguros.

– Vou comprar um logo – ronrono, acrescentando com uma falsa inocência: – Já vai embora? Você está bem?

– Vou ficar – ele diz por sobre o ombro e desaparece em seu apartamento, me deixando com a boca seca e o corpo em brasa.

Fase cinco

DEPENDÊNCIA

NOVE

Estou no shopping às nove horas da manhã de terça-feira para comprar dois celulares – um para Livie, outro para mim. Eles não são nada tecnológicos, mas posso digitar com facilidade e é só o que me importa, depois de ficar deitada na cama a noite toda sem pregar o olho, pensando em Trent.

Ao meio-dia, estou saindo do apartamento para ir à academia, quando esbarro nele. Com um sorriso, decido que posso mesmo adorar morar ao lado dele. Realmente posso.

– Como passou a noite? – pergunta Trent, entrando um passo em meu espaço pessoal. Noto que não me importo nem um pouco. Na verdade, eu floresço com Trent Emerson em meu espaço pessoal.

– Como se alguém tivesse colocado sonífero na minha bebida – minto, abrindo-lhe um sorriso cheio de dentes. – Estou indo para a academia. Interessado?

Olhos azuis fitam descaradamente minha camiseta preta.

– Preciso mesmo gastar alguma energia.

Meu coração acelera.

– Então, pegue suas coisas – digo, e fecho a boca antes que lhe ofereça um jeito melhor de gastar energia.

Com um sorriso, ele se curva para beijar meu rosto.

– Me dê dois minutos.

Espero na área comum, sem dúvida com um sorriso bobo na cara, enquanto Trent corre até seu apartamento. Quando ele sai, está de moletom e uma camiseta branca justa. Não consigo ver sua tatuagem, mas vejo cada músculo de seu peito esculpido e a barriga lisa. *Mas como vou fazer meus rounds tendo que olhar para isso?*

– Eu piloto? – propõe ele com um sorriso, como se pudesse ler minha mente.

Só o que consigo fazer é concordar com a cabeça.

– Precisa de ajuda com o saco? – pergunta Trent.

– Por aqui, Jeeves. – Vou para o local vago e jogo minhas coisas perto da parede ao lado. Começo a fazer alongamento, sentindo cada músculo se esticar e relaxar. Eu sempre fico admirada como evoluí quando estou prestes a malhar. Precisei de muito tempo até conseguir mexer o pé depois do acidente. Chegou num ponto em que meus músculos se atrofiaram tanto que tive certeza de que nunca mais andaria. Na época, eu nem me importava com isso.

Trent imita meu alongamento, seus braços se erguendo acima da cabeça, um braço dobrado, puxando o outro para alongar o tríceps. Sua camiseta levanta, expondo os contornos do abdome e o rastro escuro de pelos descendo abaixo do umbigo.

– Puta merda – resmungo baixinho, me virando para terminar o alongamento sem ver o deus atrás de mim.

– Ok. Pronta? – ouço Trent chamar. Ele balança os braços de um lado ao outro, batendo palmas quando entram em contato à frente do corpo. – Vamos mostrar a eles o que a gente tem!

– Tem alguma ideia de como segurar o saco de pancada?

– É claro. – Ele se encosta no saco, os braços envolvendo toda a circunferência num abraço.

Acho que Trent nunca segurou um saco de pancada.

– Eu disse "segurar", e não "trepar" com ele. Quer quebrar as costelas?

Ele abaixa os braços e se afasta do saco, gesticulando.
— Tá legal, então, espertinha. Me ensine.

Sorrio enquanto prendo o cabelo num rabo de cavalo, consciente da pequena plateia que se formou atrás de nós. Ben está no meio, com aquele sorriso malicioso na cara. Ainda quero arrancar aquele sorriso a tapas, embora ele esteja se mostrando um sujeito muito legal.

— Tudo bem, o que você precisa fazer... — Eu fico na frente de Trent e deslizo minhas mãos pelas dele. Começo explicando como ele precisa distribuir o peso do corpo e a melhor altura para posicionar as mãos, enquanto ainda estou chocada por não me incomodar em segurar as mãos dele. Na verdade, eu as seguraria feliz durante filmes, longas caminhadas na praia e qualquer coisa que precisasse dar as mãos. E tocá-lo de modo geral. — Coloque a perna aqui... — Meus dedos deslizam na sua coxa para reposicionar sua perna e sinto o músculo tensor quando ele se mexe. Pernas fortes e quentes. — E vire o corpo para esse lado. — Agora minhas mãos estão em sua cintura, segurando-o pelos quadris enquanto o viro ligeiramente. Noto que minha respiração se acelera. *Droga, como vou malhar com ele aqui?* — O mais importante é seu equilíbrio. Entendeu?

Ele assente enquanto tiro as mãos de má vontade e vou para o lado, me preparando para um chute.

— É sério? Você nunca fez isso junto com seus amigos?

Trent dá de ombros. Ele consegue ficar sério por mais três segundos antes de um sorriso irônico o trair.

— Já, milhares de vezes. Mas gostei de deixar você me apalpar.

Explode um coro alto de risos e gargalhadas. Então todos eles sabiam que Trent estava brincando comigo. Como todos sabiam e eu não tinha a menor ideia? Provavelmente porque eu estava ocupada demais babando pelo seu corpo para perceber seus movimentos treinados. De repente, me sentindo uma boba, dou um leve chute no saco. Tudo bem, talvez não tão leve. O saco voa para trás com o impacto e atinge Trent, fazendo-o grunhir de leve enquanto ele cambaleia para trás e se dobra, equilibrando-se com as mãos pouco acima dos joelhos.

– Pensei que você soubesse segurar um saco de pancada – resmungo, me aproximando. Não tenho resposta alguma. Com certa hesitação, coloco as mãos em suas costas enquanto mordo o lábio.

– Está tudo bem?

– Kace! Você tem mesmo algum problema com os sacos! – grita Ben com mãos em concha para que todo mundo consiga ouvir.

Fico vermelha, meus olhos cintilando para Ben enquanto me desculpo com Trent.

– Merda, desculpe. Pensei que pegaria no seu ombro.

Ele estica o pescoço para me olhar, ainda curvado.

– Se não está interessada em mim, é só dizer. Não precisa me estragar para todas as mulheres.

– Sou mais ação do que palavras. – Ainda bem que ele está brincando, mas ainda assim estremeço. Eu me agacho na frente de Trent e pergunto em voz baixa: – Você está bem? Sério?

– É, vou sobreviver. E por sobreviver, quero dizer me enroscar em posição fetal no meu sofá com um saco de gelo nas bolas pelo resto da noite.

– Eu seguro o gelo – ofereço num leve sussurro.

Quando ele vira a cabeça, vejo fogo em seus olhos e sorrio pela sua frustração, que combina com a minha. O sorriso é acompanhado por uma piscadinha.

– É só me dar um minuto. Vou ficar ali, melhorando.

Trent se encosta na parede, protegendo as partes doloridas do corpo enquanto me vê desferir uma série de chutes e socos, não muito concentrada. Quando termino, sinto que ele se aproxima atrás de mim. Dou um gritinho de surpresa quando ele me pega pelos quadris, puxando-me para ele, para todo ele.

– Quando você disse que seguraria o gelo...
– Pensei que você estivesse quase morto ali – respondo, sem fôlego. – *Isso* não parece fatal.
– Eu estava, mas você fica muito gostosa quando bate no saco do jeito certo. – Ele me puxa para si com força e eu grito. Não de dor. Não, de jeito nenhum de dor.
– Você não disse que queria ir devagar? – lembro a ele.

Ele ri sombriamente.

– É, eu também disse que tenho problemas quando você está por perto. – Ele se inclina e sussurra no meu ouvido: – E o que me diz? Estou pronto para mais alguns rounds com você.

Nada além de um som estrangulado escapa dos meus lábios. Não sei de onde veio esse lado de Trent. Deve ser de toda a testosterona no ar. Ou talvez este seja o verdadeiro Trent e ele seja perito em autocontrole. Ou ele está reivindicando seu território enquanto um bando de homens fica me olhando, inclusive Ben. Seja o que for, eu entregaria de boa vontade a plena posse de meu corpo para este Trent fazer o que bem quisesse.

Engulo em seco, tentando me concentrar no saco de areia que me provoca, enquanto toda a raiva descarregada na luta desaparece e surge uma nova emoção. Desejo. O desejo puro e desinibido por Trent. Estou a dois segundos de arrastá-lo para o vestiário feminino e arrancar sua camisa. Merda, estou pronta para pegá-lo ali mesmo, os espectadores que se danem.

Suas mãos deslizam pelos meus quadris, mas antes uma delas aperta minha bunda. Em seguida, ele assume a posição do outro lado do saco. Seu olhar escuro me deixa nervosa.

– Tudo bem. Desta vez estou pronto para você.

***

Trent devolve meu telefone com seu número salvo enquanto estamos de novo na porta do meu apartamento, os raios do sol da tarde batendo em nós. Qualquer calor que tenha queimado o ar na academia evaporou com um telefonema misterioso ao sairmos de lá. O Trent divertido e impetuoso sumiu. Este Trent parece agitado e distraído. Logo entendo por quê.

– Tenho de viajar esta noite, Kace. Trabalho e coisas da minha mãe. Não tenho alternativa. Se eu não aparecer, ela vai saber que não estou em Nova York. – Sua voz diminui e vejo seus olhos se arregalando por um momento, surpresos.

Franzo a testa. *Por que isso importa?* Antes que eu tenha a oportunidade de perguntar, ele se apressa em continuar.

– Só voltarei na sexta-feira, mas você terá notícias minhas, tudo bem?

Concordo com a cabeça, na esperança de mais um daqueles beijos ardentes. Isso, ou que ele me jogue em seu ombro no estilo homem das cavernas e me carregue para sua cama. Qualquer um dos dois serviria. Mas em vez disso, ganho um beijinho na testa. Com uma despedida inexpressiva e um cenho franzido, ele se vira e segue para o seu apartamento.

DEZ

Sirva bebidas.
Sorria.
Pegue o dinheiro.
Repito esse mantra a noite toda no Penny's. O lugar está abarrotado e sórdido como sempre, mas parece vazio e tedioso sem Trent ali.

É só quando volto para casa às três da manhã que meu telefone vibra no bolso, provocando um arrepio no meu corpo. Só duas pessoas poderiam estar ligando e uma delas está inconsciente no quarto ao lado.

Em Nova York. Cercado de arranha-céus. Saudade. Como foi sua noite?

Meu coração pula de alegria enquanto respondo.

Cheia de gente mostrando demais e propostas indecentes.

Não consigo me obrigar a acrescentar uma última parte. Que eu sinto loucamente a falta dele. Que nem acredito que desperdicei semanas o afastando de mim.

Um minuto inteiro e recebo sua resposta:

Alguma dessas pessoas mostrando demais era você?

Ainda não.

Deito na cama e descanso o telefone no peito, esperando pela resposta. Leva algum tempo antes de receber uma.

Um banho frio faz bem. Tenha bons sonhos. Boa-noite. Bjs

Cubro a boca enquanto rio alto, com medo de acordar Livie ou Mia, que está dormindo na nossa casa hoje. Coloco o telefone na mesa de cabeceira e levo algum tempo para dormir, minha mente em disparada, pensando em Trent.

Ficar três dias sem Trent é imprevisivelmente difícil. Trocamos algumas mensagens de madrugada. As coisas de trabalho e família que ele está fazendo durante o dia devem mantê-lo ocupado, porque os torpedos só começam depois da meia-noite. Quando chegam, quando sinto a vibração no bolso, parece que é Natal.

Eles são todos muito genéricos: "Oi, como está?" e "Sinto sua falta", e "Chutou o saco de alguém na academia esses dias?". Por várias vezes, me pego digitando algo um pouco mais insinuante, só para deletar antes de apertar "Enviar". Algo me diz que é cedo demais para mensagens com tom sexual, em especial porque ainda não passamos dos beijos.

Meu Deus, estou louca para irmos além dos beijos!

Trent volta hoje. Essa é a primeira coisa que penso quando acordo na sexta-feira. Não a carnificina, não o sangue, nem os farrapos infelizes que restaram da minha vida. Pela primeira vez, o primeiro pensamento que me vem à mente é o futuro e o que ele pode me trazer.

Apesar de um despertar tão perfeito, o dia tinha que terminar uma merda.

Eu não sabia que horas Trent ia chegar em Miami. Mandei algumas mensagens para descobrir, mas não tive resposta. Isso me deixou incrivelmente ansiosa. Imagens medonhas de aviões caindo infestaram meus pensamentos o dia todo e no meu turno no Penny's.

Então, quando Nate me levou do bar para a sala dos fundos onde Cain estendia o telefone para mim, meu estômago se apertou com força.

– É urgente – foi só o que ele disse, suas sobrancelhas unidas firmemente. Parei e olhei para Cain e o telefone preto, incapaz de criar coragem de encarar. Foi só quando ouvi o choro de criança do outro lado que saí do meu torpor e tirei o fone de suas mãos.

– Alô? – Minha voz tremia.

– Kacey! Tentei seu celular, mas você não atendia! – Mal consigo entender Livie com seu choro entrecortado e os gemidos de Mia. – Por favor, venha pra casa! Um louco está tentando arrombar a porta! Ele grita o nome de Mia! Acho que está drogado. Chamei a polícia! – É só o que consigo dela. Só do que eu preciso.

– Tranquem-se no banheiro. Estou indo agora, Livie. Fique aí! – desligo o telefone. Minhas palavras rolam em fragmentos curtos e ríspidos que não parecem vindos de mim. Digo para Cain, "É uma emergência. É Mia. A Mia de Storm. E minha irmã".

Cain já está pegando a chave do carro e um casaco.

– Nate... tire Storm do palco. Agora. E peça para Georgia e Lily cobrirem o bar. – Ele engancha o braço em mim, me puxando gentilmente. – Vamos resolver isso, está bem, Kacey?

Sinto que alguém me deu um chute na barriga. Minha cabeça se agita, enquanto uma torrente interna de gritos e gemidos assalta meus sentidos. Storm e eu estamos no Navigator de Cain e pegamos a via expressa em menos de trinta segundos. O corpo imenso de Nate enche o banco do carona. Storm, com nada mais do que o biquíni prateado de seu número de acrobacia, me faz as mesmas perguntas sem parar e só o que eu posso fazer é balançar a cabeça. *Respire*, ouço a voz da minha mãe. *Dez vezes, curtinho.* Sem parar. Não adianta. Nunca adianta nada, merda! Estou tremendo toda enquanto afundo cada vez mais no abismo escuro para onde vou quando as pessoas de quem eu gosto estão para morrer. Não vejo como vou sair disso. Estou me afogando.

Eu não suportaria perder Livie. Nem Mia.

Enfim, Storm para de me fazer perguntas. Em vez disso, segura minha mão em seu peito. Eu deixo, encontrando conforto em seu coração acelerado. Indica que não estou sozinha nessa.

Um circo de luzes da polícia e de ambulância nos recebe quando chegamos ao prédio. Nós quatro passamos correndo pelo portão aberto, por um Tanner ansioso, que fala com um policial, pela multidão de vizinhos curiosos, a caminho do apartamento de Storm, encontrando a porta meio pendurada nas dobradiças, quebrada em duas por socos, a cabeça de alguém, ou as duas coisas. Três policiais rodeiam um corpo masculino curvado. Não consigo ver seu rosto. Só o que vejo são tatuagens e algemas.

– Eu moro aqui – anuncia Storm enquanto passa rapidamente por eles e pela porta, sem lançar um olhar que seja ao sujeito. Eu a sigo e encontro Livie de olhos inchados no sofá, com Mia enroscada em seu colo, chupando o polegar e sufocando de soluços entrecortados, muito além do ponto do choro histérico. Um policial está de pé junto delas, revendo suas anotações. A luminária da mesa que fica ao lado da porta está em pedaços e a frigideira gigantesca de aço inox de Storm caída no chão ao lado de Livie.

Storm fica de joelhos na frente de Mia em um segundo.

– Ah, minha menina!

— Mamãe! — Dois braços mirrados voam para o pescoço de Storm. Storm pega Mia no colo, a abraça e começa a niná-la. As lágrimas escorrem pelo seu rosto enquanto ela cantarola uma cantiga.

— Ela não sofreu nada — garante o policial, suas palavras liberando o ar que eu estava prendendo. Corro até Livie, lançando os braços ao redor dela.

— Desculpe. Eu não queria deixar você em pânico. Foi tão assustador! — exclama ela.

Suas palavras mal são registradas. Estou ocupada demais apalpando seus braços e pernas, pegando seu queixo, girando a cabeça pra lá e pra cá, procurando ferimentos.

Livie ri, segurando minhas mãos e unindo-as nas dela.

— Eu estou bem. Eu peguei o cara de jeito.

— O quê? Como assim, você "pegou o cara de jeito"? — Balanço a cabeça, sem acreditar.

Livie dá de ombros.

— Ele meteu a cabeça pela porta, então bati nele com aquela frigideira enorme da Storm. Isso deixou o cara mais lento.

Como é? Olho a frigideira no chão. Olho minha irmã delicada de 15 anos. Olho a frigideira de novo. E então, seja por alívio, medo ou tristeza — provavelmente os três —, solto uma gargalhada. De repente nós duas estamos curvadas, caindo uma por cima da outra, rindo e bufando histericamente. Seguro minha barriga de dor, os músculos trabalhando como não faziam há muito tempo.

— Quem é o louco algemado? — sussurro entre as risadas.

O riso de Livie para de repente, seus olhos se arregalando expressivamente.

— O pai de Mia.

Ofego enquanto olho a porta arrombada e depois Mia e Storm, minha imaginação viajando. Ele queria pegar a filha.

— O que ele estava fazendo aqui? — Não consigo afastar o pavor da minha voz, minha vontade de rir desaparecendo. Ondas de medo me tomam com um novo tremor. Vacilo só de pensar que alguma coisa ruim podia acontecer a Mia. Ou a Storm, aliás.

Porque eu as amo.

Mia não é só a garota banguela de quem Livie cuida. Storm não é só minha vizinha stripper que me conseguiu um emprego. Por mais que eu me esforce para manter todo mundo longe de mim, assim como Trent, essas duas encontraram um jeito de entrar. Um jeito diferente, mas que inevitavelmente levou a algum lugar no meu coração. Um lugar que pensei estar paralisado e incapaz de sentir.

Livie envolve o próprio corpo com os braços e olha Mia e Storm, e vejo medo em seus olhos.

– Ainda bem que Trent apareceu.

Outro ofegar.

– Trent? – Eu fico de pé num salto e viro o corpo, meu coração pulando na garganta enquanto passo os olhos pelo apartamento. – Onde? Onde ele está?

– Aqui. – Eu me viro e o vejo passando pela porta principal. Corro e esbarro nele em segundos. Seus braços se estreitam em volta de mim, me protegendo com sua força. Ele enterra o rosto no meu cabelo e ficamos assim por um bom tempo antes de ele se afastar para apoiar a testa na minha. Minhas mãos deslizam do lado do seu corpo para suas costas, os dedos subindo para se cravarem em seus ombros e puxá-lo para mim. Seus músculos estão tensos junto ao meu corpo. Todo o medo, nervosismo e pavor do dia de repente se transformam em uma carência animalesca. Eu *preciso* abraçá-lo. Eu *preciso* de Trent. Ficamos assim, eu com o nariz apertado em seu peito, respirando a mistura maravilhosa de aromas amadeirados e marinhos.

– Senti sua falta – me ouço sussurrar, para minha surpresa. Kacey Cleary não admite dizer em voz alta que sente falta de alguém. Mas Trent parece algo valioso, que foi perdido e encontrado, então fico aliviada.

Trent se curva e beija minha mandíbula, perto da orelha.

— Também senti sua falta, garota — sussurra ele no meu ouvido, provocando arrepios dentro de mim.

— Com licença, senhor. Tem certeza de que não quer dar queixa? — pergunta uma voz.

— Tenho. É só um hematoma — responde Trent, sem me soltar, como se estivesse tão carente de mim quanto eu dele.

— Que hematoma? — Eu me afasto e vejo seu lábio inferior inchado. Minha mão vai até ali, mas ele a segura e afasta.

— Eu estou bem. É sério. Não é nada. E valeu cada segundo.

— Vou precisar fazer algumas perguntas a essa jovem. Você é guardiã dela? — Ouço o policial perguntar e imagino que esteja falando com Storm, então continuo olhando o rosto de Trent, incapaz de desviar os olhos. Ele está me olhando igualmente inabalável.

— Senhorita?

— Sim, ela é — ouço Livie dizer e volto a mim. Ele está falando comigo. Ao me virar, encontro o policial que me encara fixo atrás de mim. O franzido na minha testa lhe diz que eu o reconheço. O policial do dia da cobra.

Ele dá de ombros com indiferença.

— As senhoritas sem dúvida andam nos mantendo muito ocupados ultimamente. — Seu olhar vai até Storm, observando muito rapidamente seu corpo antes de voltar os olhos para o chão, enquanto ele passa a mão pelo cabelo louro e curto. É um cara de boa aparência, do tipo boneco Ken filhinho da mamãe. Ele está a fim da Storm. Isso é visível. Mas quem não é?

— Ninguém pode nos acusar de monotonia. — Sorrio comigo mesma. — Meu nome é Kacey. Esta é Storm, mas parece que você se lembra dela, policial...? — Vejo com um fascínio mórbido o sangue subir à linha do cabelo dele.

Ele dá um pigarro.

– Policial Ryder. Dan Ryder.

Storm está distraída, ainda abraçando forte a filha enquanto a balança nos quadris, com os olhos entreabertos e sonhadores.

Outro pigarro. Viramos e encontramos um segundo policial enfiando a cabeça pela porta.

– Se não há mais nada, precisamos levar este sujeito à delegacia para fichá-lo. – Sua atenção se volta para Storm e fica ali.

– Então, leve-o pra viatura. Agora!

O outro policial vê o olhar letal de Dan, grunhe e se manda. Dan diz numa voz suave para Storm:

– Eu procuraria outro lugar para passar a noite até que sua porta esteja consertada. Meu turno vai acabar daqui a algumas horas. Posso voltar e vigiar o lugar até de manhã, se você quiser.

Storm se liberta do feitiço e se vira para o policial Dan como se o visse pela primeira vez, os olhos faiscando.

– Ah, obrigada. Não temos muita coisa, mas eu me sentiria mais segura se alguém estivesse vigiando.

Dan ruboriza pela terceira vez e confesso que estou impressionada com ele, seus olhos fixos no rosto dela o tempo todo, quando até Gandhi teria dificuldade para não olhar seu corpo muito pouco vestido.

– Vou vigiar o lugar até você voltar – oferece Trent.

O policial Dan olha para Trent, para mim nos braços dele e provavelmente conclui que Trent não é concorrência. Ele assente.

– Eu agradeceria muito.

– Tem um lugar para passar a noite, anjo? – pergunta Cain, passando pela porta. Nate surge atrás dele.

– Ela pode ficar conosco – respondo antes que Storm tenha a chance de dizer qualquer palavra. Ela concorda em silêncio, sua mão ainda aninhando a cabeça de Mia, cujas pálpebras agora estão se fechando.

— Tudo bem, então. Tenho de voltar para fechar a boate. Vou colocar as gorjetas de vocês no meu cofre. Podem pegar amanhã – propõe Cain com um sorriso sincero, acrescentando: – Tirem a noite de amanhã de folga.

— Obrigada, Cain – me ouço dizendo. Storm tem razão. Eles realmente são boa gente. – Obrigada, Nate. – Recebo um grunhido em resposta. Mas então ele dá três passos de mamute para diminuir a distância entre ele e Storm. Como se visse uma pata de urso tocar um recém-nascido, eu me encolho enquanto a mão de Nate se estende e recobre a cabeça de Mia. No entanto, ele é gentil, acariciando-a levemente.

— Durma bem, Mia – troveja ele. Olhos azuis e sonolentos se voltam para Nate. Sei que ela está a dois segundos de gritar. Eu estaria. Mas vejo sua mãozinha se levantar para apertar um dedo dele, um gesto que puxa as cordinhas do meu coração. Depois disso, Cain e Nate vão embora.

— Vem, vamos colocar Mia na cama. – Livie passa os braços por Storm e a conduz gentilmente para a porta, justamente quando Tanner entra. – Agora não, Tanner – murmura Livie, levando-as ao apartamento vizinho.

Ele coça a cabeça daquele jeito de Tanner, mas concorda, dando um passo para o lado. Encosto a boca no peito de Trent de novo, desta vez para não rir. Eu não tinha notado antes, tão concentrada que estava em Livie e Mia, mas Tanner veste um pijama do Batman.

Tanner passa a mão por todo batente da porta e sei o que está pensando.

— Isso não foi culpa da Storm, Tanner – começo a dizer, com medo de que ele vá vomitar sua única e cobiçada regra. Aquilo sem dúvida nenhuma seria classificado como perturbação da paz. Mas ele despreza minhas palavras, resmungando.

— Nunca vi gente com uma falta de sorte tão grande com portas.

Trent me solta e dá um passo, tirando a carteira e outro maço de notas.

– Isto deve pagar tudo. Pode trazer aquele seu sujeito para consertar logo de manhã cedo?

– Não precisa fazer isso, Trent – digo enquanto a pata carnuda de Tanner envolve o dinheiro.

Ele volta para me abraçar de novo, balançando a cabeça com desdém.

– Resolvemos isso amanhã.

Tanner levanta a mão para agradecer, agitando o dinheiro, e vai para a porta.

O policial Dan o impede.

– Senhor, sugiro que fale com o proprietário do prédio sobre substituir imediatamente os portões principais e escolher um sistema melhor, dada a facilidade com que podem ser forçados, como foi demonstrado esta noite.

Tanner avalia o policial com olhos astutos.

– Concordo, seu guarda, mas o dono deste prédio é um muquirana com os bolsos mais apertados do que um... – Ele me olha e baixa a cabeça. – Ele é sovina, é só isso.

– Ajudaria se ele recebesse uma ordem formal do Departamento de Polícia e da prefeitura de Miami indicando que ele é passível de um processo de milhões de dólares se não providenciar segurança adequada a seus moradores?

As sobrancelhas de Tanner se arqueiam em surpresa.

– Você pode fazer isso? Quer dizer... – Ele dá um pigarro e aquele sorriso irônico se estica em sua cara. – Creio que isto o influenciaria, policial.

Dan assente rispidamente, com um sorriso mal disfarçado tocando os lábios.

– Ótimo. Vou pensar em alguma coisa e informo ao senhor logo de manhã cedo. – Virando-se para Trent, ele diz: – Posso terminar meu turno mais cedo. Você aguentaria até as quatro horas?

– Eu estarei aqui.

Com essa, o policial Dan se retira, abaixando-se um pouco para passar pela soleira. Tanner e seu pijama do Batman o seguem bem de perto, deixando Trent e a mim a sós.

Levanto os olhos para admirar o rosto estonteante de Trent.

– Parece que não vejo você há meses – murmuro, me levantando nas pontas dos pés para dar um beijo suave no lado não machucado de sua boca.

Sua mão acaricia meu rosto enquanto ele sorri para mim.

– Você deve estar cansada. Por que não vai dormir um pouco? Vou ficar e vigiar tudo.

Eu me esforço para esconder a decepção em meu rosto. Ficar perto dele é tão bom, tão certo, tão reconfortante. A adrenalina e a atração correm pelo meu corpo. A última coisa que sinto é cansaço. Mas também não quero parecer carente. Dou a ele meu melhor olhar desconfiado.

– E quem vai vigiar você para ter certeza de que não vai roubar nada?

– Eu? O cara que não para de comprar portas para garotas desconhecidas?

– Garotas desconhecidas! – Ofego, minhas mãos se cruzando no peito, fingindo horror. – Posso me ofender com isso. Além do mais, como vou saber que você não é um cleptomaníaco totalmente louco que usa salto alto e vai roubar as calcinhas de Storm e beber toda a mostarda?

Ele revira os olhos.

– Era ketchup e foi só uma vez. Não significou nada para mim, eu juro. – Ele ri enquanto seus braços se acomodam em meus ombros. Ele olha todo meu corpo antes de chegar ao meu rosto. – Eu realmente gosto bastante de roupa íntima feminina. Mas não em mim.

Luto para engolir com meu coração batendo na garganta, o sangue pulsando em meus tímpanos, esta eletricidade canalizada entre nós, despertando cada nervo de meu corpo. Mas então ele se afasta, dando três passos largos para trás, e suspira fundo. Sorrio comigo mesma. Pelo menos não sou a única que sente isso.

– Precisamos fazer alguma coisa com esta porta. A fita da polícia não impede exatamente os olhares dos fofoqueiros.

Outra onda de calor me toma. *O que os olhares fofoqueiros veriam?* Trent mexe nos armários até encontrar um cobertor velho.

– Espero que ela não se importe.

Ajudo Trent a prender o cobertor na abertura com muita fita, tachas e outras coisas adesivas que encontro nas gavetas da cozinha. Já passa de uma da manhã quando finalmente terminamos e minha onda de adrenalina está no fim, e me sinto exausta. Desabo na almofada.

– Não me sentei nem por dez minutos esta noite. – Trent se senta na ponta no sofá. Gentilmente levantando meus pés, ele tira primeiro um salto alto, depois o outro.

– Ai – gemi. – Você pode ficar. – Ele sorri, mas não diz nada enquanto suas mãos habilidosas esfregam a sola dos meus pés em movimentos circulares e suaves. Girando e girando, lenta e habilidosamente. Solto um gemido e recosto a cabeça, curtindo sua força e sua atenção exclusiva. – Tudo bem, você ganhou um desfile de calcinha. Vai. – Estico o braço preguiçosamente para o quarto de Storm. – Escolha sua arma. Storm tem uma bela coleção.

Trent ri.

– Depende de quem está desfilando.

Abro um olho e encontro brilho em seus olhos azul-claros. Mais uma vez, vejo a transformação do Trent cauteloso e responsável para aquele disposto a cuidar de mim, e não sei o que pensar disso, apenas que o desejo como ele está agora. Sua mão se move mais rapidamente, mais assertiva, sua respiração mais pesada. Em seguida, escorregam pelas minhas panturrilhas, e ele me puxa para si. Enquanto deslizo, meu vestido sobe pelo corpo, revelando mais da perna, até as coxas, justamente quando minha bunda encosta na lateral da coxa dele. Minhas pernas nuas agora estão estendidas sobre o colo dele. Uma de suas mãos pousa no lado interno da minha coxa, provocando excitação por todo meu o corpo. O indicador da outra mão sobe pelo lado interno da coxa direita – sobe, sobe, mais um pouco...

Ele para na minha tatuagem, no contorno da cicatriz, e acaricia a linha.

– Você fez a tatuagem para cobrir a cicatriz?

– Se eu fizesse isso, todo meu lado direito seria uma grande tatuagem – minto.

– Por que cinco corvos? – pergunta ele enquanto seus dedos percorrem as caudas.

– Por que não? – Rezo para que ele deixe por isso mesmo.

Mas ele não deixa.

– O que significam?

Como não respondo, ele fala.

– Por favor, me diga, Kacey.

– Você disse que eu não precisava fazer isso. – Minha voz fica amarga. Trent efetivamente jogou um balde de água fria no meu corpo, apagando o calor de um instante atrás.

Suas mãos deixam minha perna e sobem para esfregar a própria testa.

– Eu sei. Sei que disse isso. Desculpe. Só quero que você confie em mim, Kace.

– Não tem nada a ver com confiança.
– Então, tem a ver com o quê?
Olho o teto.
– O passado. Coisas de que não quero falar. Coisas que você me prometeu que não teríamos de discutir.

Suas mãos voltam para minha coxa, os olhos concentrados nela enquanto ele a aperta delicadamente.

– Sei que disse isso, mas preciso saber se você está bem, Kacey.
– Há uma pontada de alguma coisa em sua voz que não consigo identificar muito bem. Preocupação? Medo? O que é?
– Que foi? Tem medo de acordar amarrado com fita adesiva ao seu colchão?
– Não. – Percebo certa raiva na voz de Trent. Pela primeira vez. Mas desaparece com a suavidade de suas palavras seguintes. – Tenho medo de magoar você. – O ar na sala fica mais sóbrio enquanto Trent ergue os olhos para mim e os vejo cheios de tristeza. Ele se curva o bastante para alcançar meu rosto, roçando o polegar em mim.

As palavras dele – ou, mais o seu tom e a dor nos olhos – agitam em mim a necessidade de tranquilizar o que o está inquietando.

Eu *quero* fazer Trent feliz.

E percebo que eu *quero* que ele me conheça. Tudo de mim.

Engulo em seco, minha boca de repente completamente seca.

– Eu sofri um acidente de carro muito ruim alguns anos atrás. Um motorista bêbado bateu no carro do meu pai. O lado direito do meu corpo ficou esmagado. Tenho dezenas de pinos e hastes de aço por todo o corpo, o que me mantém inteira. – *Fisicamente. Nada além de respirar dez vezes, curtinho, sustenta o resto de mim.*

Trent solta o ar ruidosamente, recostando-se no sofá.

– Alguém morreu?

– Sim – consigo dizer. Uma explosão repentina de pânico trava minha língua, me impedindo de falar mais. Minhas mãos começam a tremer descontroladamente. *É demais, cedo demais*, minha psique diz.

– Nossa, Kacey. Isso é... é... – Sua mão desliza pela minha perna de novo, mas sem o toque sensual. Agora é reconfortante. Não quero ser reconfortada. Nada que ele possa fazer vai me reconfortar.

– Me beija – exijo, olhando fixo para ele.

Seus olhos se arregalam.

– O quê?

– Eu te dei o que você queria. Agora você me dá o que *eu* quero.

– Ele não se mexe. Só me olha fixamente como se eu tivesse ateado fogo em meu corpo. Seguro seu braço e aperto firme, usando-o como alavanca para colocar meu corpo por cima do dele, passando uma perna pelo colo de um Trent perplexo, e, enfim, montando nele. – Me beija. Agora – rosno. Seu queixo se cerra e sei que minha persistência o está vencendo. Só fica mais evidente um segundo depois, quando ele fecha com força as pálpebras. – Trent...

Ele investe para a frente, sua cabeça afundando no meu ombro.

– Você sabe que preciso de cada pedacinho meu para manter o controle, não é?

– Não. Esqueça o controle. Não preciso dele – sussurro em seu ouvido.

Ele geme, jogando-se para trás.

– Você está dificultando muito, Kacey – murmura ele, com uma expressão de dor.

Com minhas mãos segurando os ombros largos de Trent, chego para a frente até ficar bem em cima dele, sentindo agudamente seu desejo intenso por mim. Eu me curvo e deixo que minha boca roce em seu pescoço.

– O que exatamente estou dificultando, Trent? – Minha voz é intencionalmente sem fôlego para provocá-lo.

E dá certo.

As mãos dele me pegam por trás e ele puxa meu corpo excitado contra o dele, sua boca devorando a minha, louco de vontade. Ele abre minha boca à força e sua língua entra, misturando-se à minha. Enquanto me segura com uma das mãos, ele puxa minha boca para mais junto da sua.

Eu sou tão agressiva quanto ele, minhas mãos se fechando em punho em sua camisa, atrapalhando-se com os botões para expor seu peito duro e macio enquanto chego mais perto. Suas mãos levantam a barra do meu vestido e encontram o caminho por baixo, segurando meus quadris nus. Solto um leve gemido enquanto seus dedos deslizam pelas minhas coxas até minha cintura, enganchando-se no elástico da minha calcinha e o repuxando.

Tenho certeza de que todo seu plano de "ir devagar" efetivamente está anulado, mas então seu dedo roça o contorno de outra cicatriz e sua mão se paralisa. Seus lábios se soltam dos meus enquanto ele empurra meu corpo para a beira do seu colo.

– Não posso.

– Você já está fazendo – murmuro, segurando suas mãos para me deixar novamente encostada nele.

Mas é tarde demais. Ele já está baixando a cabeça, passando os braços pelas minhas pernas para me levantar e me colocar em outra posição, me puxando para um abraço protetor. Ficamos em silêncio por um bom tempo, sua testa apoiada em meu ombro.

– Eu consertaria tudo para você, se pudesse. Você sabe disso, não é? – sussurra ele. Eu me pergunto se ele está falando das cicatrizes ou dos últimos quatro anos da minha vida.

– Sim. – É só o que digo. Sim a tudo isso.

ONZE

Acordo vendo cortinas prateadas e o sol do amanhecer que entra pelo quarto. Estou na cama de Storm, ainda com o vestido. Rolando, encontro Trent deitado de costas, o peito exposto e de short, dormindo profundamente. Um braço está jogado acima da cabeça enquanto o outro descansa no tronco. Acho que dormi em cima dele ontem à noite e ele me carregou para cá.

Há luz suficiente para que eu examine descaradamente o seu corpo e vejo que é tão belo quanto eu esperava. É longilíneo, musculoso e impecável, com uma linha fina de pelos escuros descendo pelo abdome esculpido.

– Gosta do que vê? – A voz baixa e provocante de Trent me assusta e dou um pulo. Sorrindo, levanto a cabeça e vejo um sorriso torto e sensual. Ele voltou ao estado de espírito brincalhão.

– Na verdade, não – resmungo, mas meu rosto fica vermelho e me entrega.

Sua mão em concha segura meu rosto.

– Você sempre fica envergonhada. Eu jamais acharia que você é do tipo que sente vergonha. – Depois de uma pausa, ele propõe: – Pode falar. Não tenho nada para esconder.

Sinto minha sobrancelha se arquear.

– Carta branca?

Seu outro braço se estende e ele o coloca embaixo da cabeça.

– Como eu disse...

Concluo que Trent na verdade não entende o significado de ir devagar, mas não vou discutir.

– Tudo bem. – Tenho uma ideia. Curiosidade, na verdade. – Vire-se.

Seus olhos se estreitam um pouco mais e ele concorda, virando-se suavemente para que eu possa admirar os músculos de suas costas, os ombros fortes e largos e a tatuagem que se estende pelas omoplatas.

Meu dedo passa por ela suavemente, provocando arrepios em sua pele.

– O que isso quer dizer?

Ele começa a responder, mas então para, como se hesitasse em me falar. Isso me dá uma vontade cem vezes maior de saber. Espero em silêncio, acompanhando as letras de um lado ao outro com a ponta do dedo.

– *Ignoscentia*. É latim – sussurra ele por fim.

– O que significa?

– Por que você tem cinco corvos na sua perna? – ele rebate, com um raro toque de irritação na voz.

Droga. É claro que ele ia perguntar isso. Eu faria o mesmo, se estivesse em seu lugar. Mordo o lábio inferior enquanto penso nas minhas opções. Eu me esquivo de novo ou lhe dou um pouco para ganhar em troca? Meu interesse por Trent supera minha necessidade de manter tudo escondido.

– Eles representam as pessoas importantes da minha vida que eu perdi – sussurro por fim, torcendo para que ele não me peça o nome de cada um. Não quero dar nome ao que me representa.

Ouço Trent puxar o ar.

– Perdão.

– O quê? – Essa palavra me atinge como um soco no peito. Só o seu som – tão impossível – me dá náuseas. Quantas vezes os psi-

cólogos me pressionaram a *perdoar* aqueles sujeitos por matarem minha família?
– Minha tatuagem. É o que ela diz.
– Ah. – Solto o ar lentamente, meus punhos se cerrando para evitar o tremor nas mãos. – Por que você colocou isso nas costas?

Trent rola e passa um bom tempo me olhando com uma expressão sombria, os olhos cheios de tristeza. Quando responde, sua voz é rouca.

– Porque o perdão tem o poder de curar.

Quem dera isso fosse verdade, Trent. Eu me esforço muito para não franzir o cenho. E me pergunto o quanto nossos passados devem ser diferentes para ele ter uma tatuagem enaltecendo o perdão, quando eu tenho uma que simboliza exatamente o motivo por que não posso perdoar.

Há outra longa pausa e Trent dá outro sorriso irônico, seus braços aninhando a cabeça mais uma vez.

– O tempo está passando...

Deixo a seriedade de lado. Fico de joelhos para ter uma visão melhor, meus olhos vagando pelos seus lábios, queixo, pomo de adão. Meu olhar passa lentamente pelo seu peito e faço questão de me curvar e separar os lábios perto de seu mamilo. Ouço sua respiração parar e tenho certeza de que ele pode sentir meu hálito em sua pele. Recuo enquanto continuo a descer, olhando uma vez para saber se ele está me observando. E está.

Uma onda de nervosismo se agita em meu estômago. Eu me concentro na sensação por um segundo e percebo que a adoro. Faz com que me sinta viva. E decido que quero mais do que apenas uma onda, então vou além, estendendo a mão e roçando o elástico da cueca de Trent com o indicador. Não é difícil ver que ele está excitado. Enrosco o dedo por baixo do elástico...

E me vejo de costas numa fração de segundo, com os braços acima da cabeça, os pulsos presos pela mão forte de Trent. Ele está em cima de mim, sustentando todo seu peso naquele braço, sorrindo.

– Minha vez.

– Ainda não terminei. – Finjo fazer beicinho.

Ele sorri.

– Vou te propor uma coisa: se você conseguir resistir cinco minutos ao meu exame minucioso, sem se mexer, deixo você terminar.

Solto um suspiro, mas por dentro estou gritando.

– Cinco minutos. Tranquilo.

Trent inclina a cabeça, sua sobrancelha arqueada indicando que ele vê através de mim, desde o meu exterior durão à melosa derretida que eu sou por baixo.

– Acha que pode dar conta?

– Você pode? – pergunto, torcendo a boca para reprimir um riso idiota e nervoso que está prestes a surgir. Ver aqueles olhos azuis e calorosos cravados no meu rosto é o que basta para me relaxar. – E se eu perder? – Percebo que, de um modo ou de outro, aquilo pode ser vantajoso para mim.

Olhos sóbrios faíscam e sinto algo entre nós.

– Se você perder, vai concordar em falar com alguém sobre o acidente.

Chantagem sexual. É o que Trent tem na manga. Ele está infringindo sua regra de *ir devagar* na esperança de me fazer falar. Meus dentes trincam em resposta. Nem morta vou concordar com isso.

– Você tem um talento natural para estragar o clima – reajo, me contorcendo embaixo dele.

Mas ele me segura com força. E se inclina, seus lábios roçando os meus enquanto pede.

– Por favor, Kacey?

Fecho os olhos, procurando não deixar que aquela cara linda enfraqueça minha determinação. *Tarde demais.*
– Só se eu perder, não é?
– É – sussurra ele.
Meu lado competitivo responde por mim antes que eu consiga pensar bem no assunto.
– Está certo. – *Eu. Não. Vou. Perder.*
Vejo o sorriso largo se ampliar pelo rosto lindo de Trent e meu corpo fica tenso.
– Sem trapaças, certo?
– Sim. Totalmente justo. – Há uma perversidade provocante em seu olhar e percebo que estou com problemas. Observo enquanto ele monta em mim na cama, aqueles olhos azuis deixando meu rosto para percorrer o meu corpo sem pressa nenhuma.
– Ainda não é justo – murmura ele. Curvando-se para a frente, as mãos se acomodam no meu vestido, perto dos ombros. Ele o puxa para baixo.
Ofego enquanto meu vestido – uma túnica justa – é tirado do meu corpo. Seu polegar desliza pela cicatriz no meu ombro enquanto suas mãos continuam descendo, levando meu vestido junto. Fico apenas de sutiã tomara que caia e calcinha. Prendo a respiração enquanto Trent inspira cada centímetro de mim – cada curva, cada detalhe.
Ele se inclina, a mão deslizando por baixo das minhas costas.
– Ainda não é justo. – Sinto seus dedos brigarem com o gancho do sutiã e puxo o ar, ofegante. *Ele não faria isso.* A tensão que prende o sutiã cede quando Trent o desengancha. Quando sua mão se afasta, leva a única coisa que cobria meus peitos.
– Pronto, isso é justo.
Eu. Não. Vou. Perder.

Estou decidida a não me mexer, mesmo enquanto fico deitada e quase totalmente nua sob os olhos observadores de Trent e seu sorriso diabólico. Sou teimosa o bastante para acreditar que também vou conseguir. Mas então Trent se curva para a frente, roçando a boca muito perto dos meus peitos, como fiz com ele, e luto com unhas e dentes contra o impulso de me mexer. Ofego enquanto seu hálito roça minha pele e meus mamilos endurecem de imediato. Quando ele me olha nos olhos, preciso fechá-los. Não sei lidar com o olhar dele. É cheio de calor, desejo e intenções. Ele ri baixinho e desce um pouco mais. O ar frio desliza pela minha barriga.

– Você tem um corpo incrível, Kacey. Fascinante.

Solto um ruído ininteligível de reconhecimento.

– Quer dizer, eu podia só ficar olhando para ele. E tocá-lo. O dia todo. – Não sei o que Trent faz agora, sua voz suave, seus atos, a proximidade de seu corpo, mas o desejo está dilacerando minha força de vontade e se acumulando no meu baixo-ventre, planejando tomar conta de mim.

E ele ainda nem me tocou.

Espio com um olho só e vejo os ombros de Trent, seus músculos se retesando enquanto ele desce ainda mais, parando um pouco abaixo do meu umbigo. Eu me esforço para ver o relógio. *Mais três minutos. Posso aguentar três minutos. Eu posso... Eu posso...* Trent passa o indicador pela minha calcinha como fiz com ele e solto um leve gemido antes que consiga me conter. Olhando para baixo, vejo que ele agora me olha, mordendo o lábio inferior, sem aquele sorriso arrogante.

Seus olhos se fixam nos meus enquanto seu indicador se enrosca no elástico e começa a deslizá-lo para baixo.

Como uma onda violenta se chocando contra mim, me desmancho completamente. Turbilhões de névoa e luz enchem minha visão e estou flutuando em várias camadas de nuvens, meus músculos perdendo a rigidez para se transformar em uma massa flexível. Eu não quero perder esta euforia.

Ofegando fundo e entrecortado, mal percebo Trent em cima de mim de novo um instante depois. Seus lábios tocam minha clavícula, roçando nela.

— Você perdeu — sussurra ele em meu ouvido com um riso suave. Depois sai da cama e veste o jeans.

— Não, não perdi — resmungo como quem pensa melhor, sem fôlego. Como ele pode chamar *isso* de perder?

— Você vai ficar bem sozinha? — sussurra Trent enquanto bebo um copo de suco de laranja e vejo o homem suado trabalhar na porta. Quando arqueio uma sobrancelha, ele ri. — É claro que vai. Esqueci que você me deu uma surra.

— Um saco de areia te deu uma surra, lembra? Aonde você vai?

Ele apoia a mão na base das minhas costas e me aperta contra seu corpo enquanto sussurra no meu ouvido.

— Banho frio. — Tremores descem pela minha espinha e estou prestes a arrastá-lo de volta ao quarto de Storm, mas Trent sai direto do apartamento antes que eu possa colocar as garras nele.

— Quem perdeu mesmo? — grito numa voz aguda, sorrindo.

Observo em silêncio o Cara Suado da Porta trabalhar enquanto folheio uma revista, ainda excitada pela manhã com Trent; nem o cofrinho peludo deste cara à mostra do jeans desbotado e frouxo me abala. Livie passa por ali trôpega, meio dormindo, a caminho da escola. Quando sugiro que ela mate aula, ela me olha como se eu tivesse sugerido que se casasse com o cara da porta. Livie não falta à escola por nada.

Estou lendo um artigo sobre "Dez Maneiras de Pedir Desculpas sem Dizer a Palavra" quando a voz suave de Storm chama.

— Posso passar, por favor?

O Cara Suado da Porta estica o pescoço, vê Storm e se atrapalha com um martelo enquanto abre caminho para o corpo curvilíneo dela. Ela passa, retribuindo meu sorriso, com dois cafés duplos da Starbucks nas mãos.

— Preciso trocar os lençóis? — diz ela com uma piscadinha.

— Aimeudeus, Storm! — O fogo arde no meu rosto quando vejo os olhos do Cara Suado da Porta se arregalarem. Às vezes Storm sabe ser inconveniente. Mudo rapidamente de assunto.

— Como Mia está?

Um lembrete da última noite apaga seu sorriso e me arrependo de ter perguntado.

— Ela vai ficar bem. Só espero que não se lembre de nada disso. Ela não precisa se lembrar do pai desse jeito.

— O que vai acontecer com ele?

— Bom, aparentemente ele infringiu a condicional. Isso, somado a "arrombamento e invasão", deve dar a ele pelo menos cinco anos de prisão. É o que Dan acha. Espero que até lá ele já esteja limpo. — Ela toma um longo gole do café e percebo que sua mão está tremendo. Ela ainda está abalada pela noite passada. Bem compreensível. Se eu colocasse a cabeça para fora desta nuvem de sexo perturbadora com que Trent me envolveu, notaria que a noite passada ainda está gravada profundamente em mim.

— Eu juro que pensei que Nate ia tirar a polícia do caminho e arrancar a cabeça dele — acrescenta Storm, e eu concordo com a cabeça.

Há uma longa pausa.

— E aí... *Dan*, hein?

Storm fica vermelha.

— Acordei cedo. Não conseguia dormir, então trouxe um café para ele. Precisava agradecer por tudo. Ele é legal.

— Um café? Só isso? — Arqueio as sobrancelhas.

– Claro que só isso. O que você acha que eu vou fazer? Pagar um boquete no cara na frente do meu apartamento?

Uma tosse forte explode entre nós. É o Cara Suado da Porta disfarçando um engasgo.

É a vez de Storm ficar vermelha e eu sorrio com satisfação. Ela esqueceu que temos plateia.

– Vai me dizer que não está interessada?

– Não, eu não disse isso, mas... – Ela brinca com a tampa do seu copo.

– Mas o quê?

– Com licença. – A voz de Dan nos interrompe e nós duas damos um salto.

– E por falar no diabo – resmungo, disfarçando meu sorriso com outro gole do café. A cara de Storm fica roxa. Sei o que ela está pensando. Está se perguntando há quanto tempo ele ficou ouvindo.

Dan passa por cima do que resta do batente da porta.

– Desculpe incomodá-las de novo.

– Não incomoda – digo, sorridente.

Ele assente, agradecendo, e vejo o leve rubor surgir em seu rosto.

– Só queria que vocês soubessem que consegui aquela ordem de segurança para seu senhorio. Os portões devem ser consertados em breve.

Os olhos de Storm se arregalam.

– Já?

Ele sorri.

– Conheço um cara que conhece um cara que conhece um cara.

– Muito obrigada, guarda Dan – diz ela, e me ocorre a estranha imagem dos dois numa cena sexual, com ela se dirigindo a ele do mesmo jeito. Balanço a cabeça. *Tempo demais na boate.*

Eles se olham um pouco sem jeito, até que Dan coça a nuca, com a cara vermelha.

– Então, hum, se não há mais nada que eu possa fazer por você, vou dormir um pouco.

– Ah, tudo bem. – Storm assente.

Reviro os olhos. *Totalmente sem noção.*

– Dan. – Mãozinhas diabólicas se esfregam dentro da minha cabeça. – Está livre esta noite?

Dan olha de mim para Storm.

– Sim, estou.

Vejo o olhar assassino "mas o que você está fazendo?" de Storm, mas o ignoro.

– Que bom. Storm estava me dizendo agora mesmo que adoraria sair para jantar com você. – A cara de Dan se ilumina. Sair com Storm era exatamente a *outra coisa* que Dan gostaria de fazer. – Que tal lá pelas sete? – sugiro. – Está bem pra você, Storm?

Ela mexe a linda cabeça de um lado para outro estupidamente, dando a impressão de que talvez tenha mordido a língua.

Dan a olha com cautela.

– Tem certeza, Storm?

Ela leva um minuto para fazer a língua se movimentar de novo.

– É perfeito. – Ela até consegue dar um sorriso sem graça.

– Tudo bem. Vejo você mais tarde.

Ele sai, seu passo ganhando velocidade quando grito:

– Mal pode esperar!

Viro e encontro Storm me fuzilando com os olhos.

– Você gosta de atormentar o coitado, não é?

– Ah, acho que ele não se importa com um pouco de tormento, se o resultado é sair com você.

– Mas tenho de trabalhar esta noite.

– Valeu a tentativa. Cain te deu a noite de folga. Vamos lá, o que mais você tem pra fazer?

Storm curva os ombros.
– Essa é uma má ideia, Kacey.
– Por quê?
– Por quê? Bom... – Storm gagueja, procurando uma desculpa válida. – Olha só o último cara que eu trouxe para casa. – Ela aponta para a porta quebrada.
– Storm, acho que você não pode comparar o guarda Dan com aquele imbecil drogado do seu ex-marido. São duas pessoas completamente diferentes. Nem sei se aquele sujeito da noite passada era humano. – Minhas sobrancelhas se curvam. – Será que precisam fazer um filme "Casei com um E.T." estrelado por você?
Ela revira os olhos.
– Ah, para com isso, Kacey. Não seja ingênua. Ele é homem. Sabe como ganho a vida. Só está interessado numa coisa e não é na minha culinária.
Dou de ombros.
– Eu não sei disso. Eu faria mais por você do que uma vitela à parmegiana.
O Cara Suado da Porta tem outra crise de tosse, severa o bastante para que eu pense que ele pode cuspir um pulmão. A mão de Storm voa à boca, tentando não rir. Ela joga uma almofada na minha cabeça, mas eu me abaixo, o que provoca uma explosão de risadinhas entre a gente, enquanto corremos para o seu quarto e fechamos a porta.
– E o que você vai vestir esta noite? – pergunto, imitando a voz de uma adolescente frenética.
Ela suspira.
– Não sei, Kacey. E se ele só me quiser por... isto? – Suas mãos apontam para seu corpo.
– Então ele é o maior babaca da face da Terra, porque você é muito mais do que dois peitões gigantes e uma carinha bonita.

Um sorriso mínimo brota e dissolve sua preocupação.
– Tomara que você tenha razão, Kacey.
– Você também tem uma bunda de matar.

Ela joga outra almofada na minha cabeça.
– Agora, falando sério, Storm. Eu vejo como ele olha para você. Acredite em mim, não é só isso.

Ela torce o lábio inferior como se quisesse acreditar em mim, mas não consegue.

– E se for só isso que ele está procurando, a gente taca fogo nas bolas dele.

– O quê? – O rosto de Storm se franze num misto de choque e riso.

Dou de ombros.

– O que posso dizer, Storm? Eu ando meio esquisita.

Storm joga a cabeça para trás e dá uma gargalhada.

– Você é doida, mas eu te amo, Kacey Cleary! – Ela dá um gritinho, jogando os braços em volta do meu pescoço. Só posso imaginar o que o Cara Suado da Porta deve estar pensando neste exato momento.

Trent aparece na minha porta ao meio-dia com sua jaqueta de couro.

– Pronta?

– Para quê? – pergunto, as lembranças da manhã, do que ele é capaz de fazer comigo quase sem me tocar, ainda frescas na minha mente. Parte de mim se pergunta se ele está aqui para continuar de onde paramos. Já me sinto extremamente excitada.

Ele sorri, erguendo um capacete.

– Valeu a tentativa. – Aproximando-se, ele pega minha mão e me puxa da cadeira. – Fizemos um acordo e você perdeu. – Uma sensação estranha se acomoda na boca de meu estômago enquanto ele me leva até a porta. – Tem um grupo de apoio aqui perto. Pensei em te levar lá.

Grupo de apoio. Minhas pernas paralisam. Trent se vira e olha minha expressão. Pelo jeito como meu corpo inteiro reage, não pode ser muito bonita.

– Você prometeu, Kacey – sussurra ele baixinho, aproximando-se para me pegar pelos cotovelos. – Você não precisa falar. Só escute. Por favor. Vai ser bom para você, Kace.

– Então agora você além de nerd é psiquiatra? – Fecho a boca, não pretendia ser tão grosseira. Cerrando os dentes contra o impulso de gritar, fecho os olhos. *Um... dois... três... quatro...* Não sei por que continuo seguindo o conselho idiota da minha mãe. Nunca me traz alívio nenhum. Acho que se tornou mais um cobertor de segurança que arrastei da minha antiga vida para a nova. Inútil, mas reconfortante.

Trent espera com paciência, sua mão sem jamais deixar meu cotovelo.

– Tudo bem – sibilo, me desvencilhando dele. Pego a bolsa no sofá e vou para a porta. – Mas se eles me vierem com a porra daquele papo de coisas espirituais, pra mim acabou.

A sessão de terapia de grupo acontece no subsolo de uma igreja, com as típicas paredes amarelas e feias e um carpete cinza-escuro de escola. O cheiro de café queimado permeia o ar. Há uma mesinha posta nos fundos com copos e biscoitos. Não estou interessada naquilo. Não estou interessada no grupo sentado em roda no meio da sala, participando de um bate-papo à toa, ou no magricela de meia-idade com jeans desbotado e cabelo ralo de pé no meio.

Não estou interessada em nada.

Com a mão nas minhas costas, Trent delicadamente empurra meu corpo rígido para a frente e sinto o ar ficar pesado enquanto me aproximo. Ele engrossa nos meus pulmões, até que preciso me esforçar para colocá-lo para dentro e empurrá-lo para fora. Quando o homem no meio levanta a cabeça para mim e sorri, o ar fica ainda mais denso. É um sorriso bem caloroso, mas eu não correspondo. Não posso. Não quero. Não sei como.

– Bem-vindos – diz ele, oferecendo duas cadeiras vazias à nossa direita.

– Obrigado – murmura Trent atrás de mim, apertando a mão do cara enquanto eu, de algum jeito, consigo que meu corpo se dobre na cadeira. Eu a empurro um pouco para trás e olho bem à frente, me distanciando da roda. Evito olhar nos olhos de qualquer um. As pessoas pensam que podem falar com você e perguntar quem morreu quando você as olha nos olhos.

Fora da roda, há uma placa que diz, "Transtorno de Estresse Pós-Traumático – Sessão de Terapia". Suspiro. O bom e velho TEPT. Não é a primeira vez que ouço essa expressão. Os médicos no hospital conversaram com meus tios a respeito, sugerindo que eu sofria disso. Dizendo que provavelmente se resolveria com o tempo e terapia. Nunca entendi como eles acreditavam que aquela noite um dia pudesse *se resolver* nos meus pensamentos, minhas lembranças e meus pesadelos.

O homem que lidera o grupo bate palmas.

– Pessoal, vamos começar. Para os que não me conhecem, meu nome é Mark. Estou dizendo meu nome, mas não há necessidade de vocês revelarem os seus. Nomes não são importantes. O importante é que todos saibam que não estão sozinhos no mundo com sua tristeza e que falar nisso, quando estiverem preparados, ajudará em sua cura.

Cura. Esta é outra palavra que nunca entendi, se relacionada com o acidente.

Não consigo evitar espiar o grupo, com o cuidado para não demonstrar interesse enquanto examino os rostos. Por sorte, todos os olhos estão concentrados em Mark, fascinados, como se ele fosse um deus com poderes de cura. Há uma mescla de gente – velhos, jovens, mulheres, homens, bem-vestidos, desgrenhados. O sofrimento não conhece fronteiras.

– Vou contar a minha história – começa Mark, puxando a cadeira para a frente ao se sentar. – Dez anos atrás, eu estava indo do trabalho para casa de carro com minha namorada. Chovia muito e tivemos uma colisão lateral num cruzamento. Beth morreu em meus braços antes que a ambulância chegasse.

Meus pulmões de repente se apertam. Vejo, mas não sinto, a mão de Trent no meu joelho, apertando gentilmente. Não consigo sentir nada.

Mark continua, mas me esforço para me concentrar em suas palavras, meu batimento cardíaco subindo como se estivesse a caminho do monte Everest. Reprimo o impulso de me levantar e correr, deixando Trent ali. *Ele* que escute esse horror. Ele que veja o tipo de dor que essas pessoas viveram. Já tenho de lidar com minha própria cota.

Talvez ele tenha algum fascínio doentio por essa merda.

Mal escuto Mark falar em drogas e reabilitação, as palavras como "depressão" e "suicídio" sendo pronunciadas. Ele é tão calmo e controlado enquanto relaciona as consequências. Como? Como pode ser tão calmo? Como pode despejar sua tragédia pessoal na frente dessas pessoas, como se estivesse falando do clima?

– ...Tonya e eu acabamos de comemorar nosso segundo aniversário de casamento, mas ainda penso em Beth todo dia. Ainda sofro momentos de tristeza. Mas aprendi a cultivar as lembranças felizes. Aprendi a tocar a vida. Beth ia querer que eu vivesse a minha vida.

Uma por uma, as pessoas vão ao centro da roda, apresentando seus problemas, como se isso não exigisse esforço nenhum. Minha respiração fica curta e dificultosa com uma segunda história: um homem perdeu o filho de 4 anos num acidente estranho na fazenda. Na quarta história, as molas em minhas entranhas pararam de se comprimir. Na quinta, todas as emoções que Trent conseguiu arrancar do meu esconderijo nas últimas semanas fugiram enquanto uma tragédia após outra me batiam na cabeça. Só o que posso fazer para aliviar a dor daquela noite quatro anos atrás, bem aqui neste porão de igreja, é socar tudo que é humano bem dentro de mim.

Estou morta por dentro.

Nem todos os integrantes do grupo contam suas histórias, mas a maioria o faz. Ninguém me pressiona a falar. Eu não me proponho, mesmo quando Mark pergunta se mais alguém quer compartilhar e Trent aperta meu joelho. Não solto ruído algum. Olho bem para a frente, anestesiada.

Ouço murmúrios de "até logo" e me levanto. Com movimentos robóticos, subo a escada e vou para a rua.

– Ei! – Trent chama atrás de mim. Não respondo. Não paro. Só parto pela rua até meu apartamento.

– Ei! Espere! – Trent pula na minha frente, me obrigando a parar. – Olhe para mim, Kacey!

Obedeço a sua ordem e o olho.

– Você está me assustando, Kace. Por favor, fale comigo.

– Estou assustando você? – A capa protetora de torpor que puxei sobre meu corpo para a sessão cai enquanto a fúria explode de repente. – Por que você fez isso comigo, Trent? Por quê? Por que eu tenho de ficar sentada, ouvindo as pessoas contarem suas histórias de terror? Como é que isso pode me ajudar?

Trent passa as mãos pelo cabelo.

– Calma, Kace. Eu só pensei que vo...
– O quê? O que você pensou? Você não sabe nada do que passei e você... Que foi, acha que pode se meter na minha vida, me dar um orgasmo e depois aparecer com um grupo de sobreviventes cheio de robôs fodidos que falam de seus supostos entes queridos como se estivesse tudo bem? – Estou gritando na rua e pouco me importo.

As mãos de Trent se mexem para tocar meus braços enquanto ele tenta me calar, olhando em volta.

– Acha que não foi difícil para eles, Kacey? Não consegue ver a tortura no rosto deles enquanto revivem suas histórias?

Não o estou mais ouvindo. Afasto suas mãos com um empurrão e dou um passo para trás.

– Você acha que pode me consertar? O que eu sou pra você? Algum projeto de estimação?

Ele se encolhe como se eu tivesse lhe dado um tapa na cara e eu cerro os dentes. Ele não tem o direito de ficar magoado. Ele me fez sentar lá durante aquilo tudo. *Ele* é que *me* magoou.

– Fique longe de mim. – Viro o corpo e rapidamente ando pela calçada.

Não olho para trás.

Trent não me segue.

DOZE

As mãos de Storm mexem na pulseira de contas enquanto o relógio marca sete horas. É estranho que ela esteja tão nervosa, considerando que pode rebolar num palco sem sutiã na frente de uma plateia cheia de estranhos. Mas não a lembro disso. Apenas a ajudo a escolher um vestido amarelo chique que destaca seu tom de pele e acentua suas curvas, mas não demais. Ajudo a fechar o colar e prender o cabelo de um lado. Principalmente, tento ao máximo sorrir quando só o que quero fazer é me enroscar até virar uma bola e me esconder embaixo das cobertas, sozinha.

– Respire dez vezes, curtinho – murmuro.

Ela franze a testa para o espelho.

– O quê?

– Respire dez vezes, curtinho. Prenda o ar. Sinta. Ame-o. – A voz da minha mãe soa em meu ouvido enquanto repito suas palavras e reprimo um engasgo. Aquela sessão estúpida de hoje me deixou incomodada, minhas defesas oscilando, minha capacidade de enterrar a dor abalada.

O franzido na testa de Storm se aprofunda ainda mais.

Dou de ombros.

– Sei lá. Era o que minha mãe costumava dizer. Se você entender, me conte, tá legal?

Ela assente devagar, depois a vejo puxar o ar e soltá-lo devagar e imagino que esteja contando mentalmente. Isso me faz sorrir.

Como se eu estivesse passando um pouquinho da minha mãe para Storm.

Ouvimos a batida na porta nova da frente e, um instante depois, as mãozinhas de Mia se atrapalham com a tranca. Tudo é silêncio e depois Mia se aproxima, os pés descalços batendo com força no chão enquanto ela dispara pelo corredor, gritando.

– Mamãe! A polícia está aqui para levar você!

Solto um bufo e empurro Storm para a porta.

– Pare de nervosismo. Você está ótima.

O guarda Dan está na sala, colocando as mãos nos bolsos do jeans e as tirando, depois colocando e tirando. Não posso deixar de sorrir um pouco ao vê-lo. Ele está tão inquieto quanto Storm. Mas quando a vê, seu rosto se ilumina.

– Oi, Nora.

Nora? O cabelo louro dele está arrumado no estilo repicado e bagunçado. Ele veste uma camisa de golfe preta e apertada que mostra o corpo forte. Sinto um leve traço de colônia masculina. Não demais. Só o suficiente. No todo, o guarda Dan se arruma *muito* bem.

Ela retribui o sorriso educadamente.

– Oi, guarda Dan.

Ele dá um pigarro.

– Só Dan está bom.

– Tudo bem, só Dan – repete ela, então a sala se enche de um silêncio sem jeito.

– O guarda Dan trouxe flores pra você, mamãe! Lírios! – Mia corre à cozinha onde Livie está arrumando um lindo buquê de lírios asiáticos vermelho-escuros em uma jarra de leite. Mia estende a mão para pegar um e derruba a jarra. A água e as flores se espalham para todo lado. – Merda! – exclama ela.

– Mia! – Storm e Livie a repreendem ao mesmo tempo enquanto ofegam.

Os olhos de Mia ficam grandes e redondos e ela olha para as duas, percebendo o que fez.

– Eu peguei um. Né, Kacey?

Minhas mãos vão à boca para conter o riso enquanto os olhos de Livie me fuzilam.

– São lindas, Dan. – Storm se apressa e se atrapalha para pegar todas. Aproveito este momento para chamar a atenção dele.

– Ela está muito nervosa – murmuro.

A surpresa faísca nos olhos dele. Ele sabe o que ela faz para ganhar a vida. Provavelmente ele partiu do mesmo pressuposto que eu – que Storm é feita de aço. Mas não é esse o caso. Longe disso.

Ele assente e me dá uma piscadinha. Dando um pigarro, ele fala:

– Fiz reservas para as sete e meia. – Avançando um passo, ele estende o braço a Storm. – Precisamos ir agora, Nora. O lugar fica perto da praia. Vai demorar um pouco para chegarmos lá por causa do trânsito.

Ela ergue os olhos para ele e sorri, desaparecendo toda a afobação com as flores.

Ótimo. Assuma a liderança. Inteligente, Dan. Dois pontos.

– Divirtam-se. Não vamos esperar acordadas! – Vejo um lampejo das bochechas vermelhas de Storm antes de a porta se fechar e ser trancada, indicando que posso voltar ao meu estado de espírito sombrio.

Acabo trabalhando naquela noite sem Storm. Preciso de distração. Quando soa a última chamada e Trent não aparece nem manda um torpedo, minha decepção é paralisante. *Por que ele viria?*, lembro a mim mesma. Eu gritei com ele feito uma maluca na calçada e disse para ele ficar longe de mim.

Trent também não vai me visitar no Penny's na noite seguinte. Nem na noite depois dessa. Três dias depois, acho que posso enlouquecer. Qualquer raiva que tenha me dominado no dia da sessão de terapia foi encoberta por um novo vazio. Um vazio de Trent. Ele pulsa como uma dor funda por cada fibra do meu ser. Anseio pela sua presença, seu corpo, sua voz, seu riso, seu toque, seu tudo. Preciso dele. Preciso de Trent.

Na quinta-feira à noite, estou sentada em nossa cozinha com meu short curto e camiseta, empurrando Cheerios para dentro da boca e encarando meu telefone à espera do aparecimento de uma mensagem de texto. Por fim, puxo o ar pela boca e forço meus polegares a mandarem uma mensagem.

Interessado numa matinê?

Fico sentada à mesa, olhando boquiaberta para aquele celular imbecil, me perguntando se ele já deletou meu torpedo ou se deu ao trabalho de ler. Penso em apertar o ouvido na parede entre nossos apartamentos para saber se posso ouvi-lo me chamando de "vaca maluca". Mas não parece algo que Trent diria, mesmo que fosse verdade. E, por acaso, é.

Cinco minutos inteiros depois, após afundar cada um dos meus Cheerios no leite, meu telefone apita. Largo tudo e o pego.

O que tem em mente?

Uma agitação palpita no meu peito. Porcaria de palpitação! Eu não pensei em nada. Não tenho ideia do que está passando no cinema. Decido ser casual.

Depende. Algum problema com a nudez?

Desta vez, Trent responde de pronto.

Defina nudez.

Tá legal, tudo bem. Ele está cooperando.

Bom... primeiro eu tiro a blusa...

Roo a unha, esperando ver o que ele vai responder. Não tenho uma resposta. Talvez eu tenha ido longe demais, cedo demais. Talvez ele ainda esteja irritado comigo. Talvez... Ouço uma porta bater. Uma sombra passa pela nossa janela e, um segundo depois, alguém está batendo na porta do meu apartamento.

Tem de ser Trent.

Corro à porta e abro, me esforçando para esconder a ansiedade. Lá está ele, de jeans e uma camiseta larga, o cabelo meio despenteado, os olhos azuis brilhantes se derramando por todo o meu corpo, caindo em meus peitos por um longo tempo. Não estou de sutiã e não duvido que ele consiga ver a reação que ele provoca nos meus mamilos. Quando aquele olhar volta a meu rosto... *Nossa...* Tem a exata mistura de raiva, frustração e calor ardente que me faz morder o lábio inferior. E por muito pouco eu não o empurro contra a parede.

– Meu Deus, Kace. – Ele geme e dá dois passos rápidos para dentro, grudando no meu corpo, suas mãos pegando meus braços enquanto sua boca toma a minha. Jogando minha cabeça para trás, ele força sua língua para dentro da minha boca, me engolindo com um desejo profundo que nunca experimentei. *Este é o verdadeiro Trent.*

Livre.

Luto para ficar de pé porque meu corpo fica frouxo sob a intensidade dele. Levando-me de costas, Trent me espreme entre ele e o encosto do sofá e rapidamente fico consciente de como ele está excitado.

De repente, ele me tira do chão e me empoleira no encosto, seus quadris se encaixando entre as minhas coxas. Seus braços me envolvem. Uma das mãos segura minha nuca, enquanto a outra puxa meu cabelo de lado, expondo meu pescoço. Seus lábios deslizam primeiro pelo meu pescoço, depois pelo queixo, subindo até a orelha.

– Você gosta de me torturar mandando mensagens confusas, não é, Kacey? – Seu murmúrio pulsa por cada um dos meus nervos. Em seguida, sua boca novamente na minha, desta vez ainda mais ávida, mais insistente, e eu mal consigo respirar. Ele se aperta com força em mim enquanto a mão desliza pela bainha da minha blusa e sobe para segurar meu peito, seu polegar acariciando o mamilo, provocando uma corrente pelas profundezas do meu corpo.

Esse ataque repentino de Trent me tira inteiramente do controle – todos os meus sentidos roubados de mim. Mas enfim consigo me controlar um pouco, o suficiente para levar minhas mãos ao seu peito, meus dedos roçando o abdome e se enganchando na fivela do cinto. Eu o puxo com força contra mim até sua ereção me tocar.

– Isso é claro o suficiente? – sussurro em resposta. – Não sou eu que quero ir devagar.

Trent se solta, com um olhar louco e sombrio, como se estivesse chocado. Ele me puxa do sofá e depois, se virando, sai do meu apartamento, aos berros.

– Não me mande mais nenhuma merda de torpedo como esse!

Fico parada ali, chocada, sem falar, excitada como nunca. *Ele está com raiva? Ele está com raiva! Ele está com raiva, merda!* Vou até a mesa e pego meu telefone.

Mas o que foi isso?

Leva dois minutos, mas meu telefone toca com uma mensagem:

Você gosta de testar minha força de vontade. Pare de me torturar.

O quê? *Eu* estou torturando *ele*? Ele é que veio com aquela besteira idiota de "deveis ir devagar"!

Um torpedinho não se classifica como tortura.

Não foi só o torpedo.

Então, volte pra cá.

Não, eu disse que vamos devagar.

Passamos dessa fase outro dia com aquele seu joguinho de só olhar.
Segundo a muito sábia Bíblia, somos um velho casal casado.

Sorrio com malícia. Tia Darla teria uma trombose se soubesse que eu estava usando a Bíblia em proveito próprio. O sorriso é arrancado de minha cara quando meu telefone toca de novo.

Você precisa de ajuda.

Olho aquelas quatro palavras por um bom tempo, cerrando os dentes. Não me surpreende que ele diga isso. Ele já disse isso antes.

De algum modo, porém, é diferente ver numa fonte de corpo 12. Oficial. Não respondo.

Um minuto depois...

Você passou por uma experiência terrível e reprimiu tudo. Um dia vai estourar.

Lá vamos nós. Esfrego a testa com frustração. Idiota insistente.

Que foi? Quer detalhes sórdidos de como perdi meus pais, minha melhor amiga e meu namorado, tudo numa noite só? Isso te excita?

Sinto de novo aquela raiva, a mesma de três dias atrás, quando ele me obrigou a ir à sessão de terapia. Baixo o telefone e respiro fundo, tentando me acalmar antes que ele assuma o controle.

Não consigo deixar de ver sua mensagem de texto seguinte quando o telefone apita.

Quero que você confie em mim o suficiente para falar disso. Ou em alguém, pelo menos.

Não se trata de confiança! Eu já disse! Meu passado é meu passado e preciso enterrá-lo no lugar dele – no Passado.

Você está vulnerável e estou me aproveitando, deixando que aconteçam coisas como a que acabou de acontecer.

Solto um gemido, exasperada.

Por favor, quero que se aproveite de mim! Estou dando minha permissão!

Trent não responde. Suspiro, decidindo responder a sério.

Estou bem, Trent. Acredite. Estou melhor do que tenho estado há muito tempo.

Não. Você só pensa que está. Acho que está com um grave TEPT.

Jogo o telefone na parede que une nossos apartamentos, fervendo de raiva. Metal e plástico voam pelo ar quando a coisa se espatifa.

Todo mundo quer ser a merda do meu psiquiatra.

Fico assombrada quando Trent aparece no Penny's aquela noite. Mais ainda, não consigo impedir que minha boca se escancare enquanto olho para ele sentado no bar, como fez antes, agindo como se não tivéssemos tido uma briga de proporções nucleares. Levanto um pouco o queixo. Não vou pedir desculpas. De jeito nenhum.

Uma caixa com um laço vermelho aparece como que por mágica na frente dele. Ele a empurra, suas covinhas forçando um sorriso na minha cara, quer eu goste ou não. *Mas que merda!* É claro que me aproximo e a abro. Quem não adora presentes?

Dentro dela tem um iPhone novo em folha.

– Não foi difícil deduzir o que era o barulho alto na minha parede quando você não respondeu a minha mensagem seguinte – resmunga Trent com um sorriso irônico na cara.

– Ah, é? – Deslizo a língua pelos dentes, fingindo ser fria e intocável. Mas por dentro estou *muito* afetada por Trent. – O que dizia a mensagem?

Ele dá de ombros, agora também fingindo indiferença. O brilho em seus olhos é a única coisa que o entrega.

– Acho que você jamais vai saber. – Ele solta o ar profundamente enquanto sustenta meu olhar. – É como se a tensão da tarde não existisse mais e não vejo como isso é possível, porque eu ainda a sinto. Ele está aprontando alguma. Mas não consigo saber o que é.

– Pense bem, nossa tarde podia ter seguido um rumo totalmente diferente se você não tivesse quebrado seu telefone em pedacinhos – diz ele, sugando um canudinho. Seus olhos brilham com intenções maliciosas.

Por dentro, quero pular o balcão e cair no colo de Trent. Por dentro. Por fora, sou fria como um vento de inverno.

– O que posso dizer? Tenho problemas para administrar a raiva.

Sua boca se torce como se ele pensasse.

– Você precisa achar um jeito de lidar com esses problemas.

– Eu achei. E se chama esmurrar um saco de areia.

Sua sobrancelha se arqueia com ironia.

– É claro que não está dando muito certo.

Eu me curvo sobre o balcão, apoiando o corpo nos cotovelos.

– E o que você sugere que eu deva esmurrar?

– Meu Deus! Nenhum dos dois vai se render?! – exclama Storm, fingindo estar exasperada, com uma coqueteleira de martíni na mão.

Não percebi que estávamos falando alto. Olhando para o outro lado, vejo o sorriso irônico de Nate e de imediato fico vermelha. Não sei por quê, mas fico. Ultimamente sempre fico muito envergonhada.

Trent não responde a Storm ou a mim, enquanto toma um longo gole do seu refrigerante, e me iludo em pensar que talvez ele finalmente tenha desistido de me pressionar para cuidar dos problemas enterrados há muito tempo. Talvez isto possa dar certo.

***

Nas semanas seguintes, Trent cumpre com sua palavra e me faz sorrir. Infelizmente, ele também permanece fiel à palavra sobre ir devagar. Só que desta vez ele realmente vai. Depois daqueles lapsos curtos e acalorados, o Trent desenfreado foi acorrentado e aquele que ocupa meu tempo não oferece nada além de beijos cautelosos e mãos dadas.

É o suficiente para me deixar maluca.

A cada dia, subo na moto de Trent, passo os braços pelo seu peito e deixo que ele me leve. Sempre começamos pela academia, provavelmente porque ele não quer me ver quebrando meu telefone de novo na parede. Mas agora estou descobrindo que não tenho tanta vontade e foco para me exercitar com ele por perto. Isso requer atenção e determinação e, vamos combinar, uma fúria contida. Trent tem o efeito de extinguir minha fúria. Terminamos fugindo da malhação e fingindo lutar até que recebemos olhares feios e decidimos ir embora. A essa altura, em geral estou tão excitada e incomodada por causa de Trent que preciso entrar no chuveiro. Ainda tenho esperanças de que ele vá se descontrolar e entrar ali. Mas ele nunca faz isso.

Os outros dias são movimentados. Guerras de paintball, passeios de moto pelo calçadão de Miami, um jogo dos Dolphins, restaurantes, cafeterias, sorveterias, uma liga de Frisbee. É como se Trent tivesse o itinerário "Faça Kacey Sorrir" e estivesse engarrafado. Quando chego ao trabalho toda noite, meu rosto dói de tanto sorrir.

— Você nunca trabalha? — pergunto a ele um dia quando passeamos pela calçada.

Ele dá de ombros, apertando minha mão.

— Estou entre um contrato e outro.

— Sei. Bom, não está preocupado com as contas que tem para pagar? Você está desperdiçando todo o seu dinheiro comigo.
— Não.
— Deve ser legal — murmuro secamente, mas não o pressiono mais. Só ando pela calçada, de mãos dadas com Trent. E sorrio.

— Por que você não fica até a boate fechar? — digo em voz baixa. A mão de Trent desliza pela boca como se ele pensasse em como me responder.
— Porque depois eu teria de acompanhar você em casa.

Franzo a testa, um tanto confusa.
— É, entendo que isso seria terrível.
— Não, você não entende. — Seu olhar desliza para minha boca antes de se erguer até meus olhos. — O que você acha que vai acontecer quando eu a acompanhar até sua porta?

Dou de ombros, entendendo seu ponto, mas bancando a burra, assim posso entender o que ele diz. Ele se levanta e se curva, estendendo a mão para pegar uma azeitona. Quando olha para mim de novo, seus olhos têm o calor forte que ele não consegue esconder completamente de mim, aquele que deixa meus joelhos bambos.

— Em casa, não temos a companhia do Godzilla. — Sua cabeça aponta Nate, que está sempre vigiando a proximidade de Trent.

Faço minha melhor expressão de confusa.
— Bom, o Nate não está lá quando você me leva até minha porta durante o dia.

Ele ri baixinho. É, lá estão elas. Aquelas covinhas fundas em que eu quero passar minha língua.
— Sabia que você é péssima se fingindo de burra?

Aperto os lábios para não sorrir.

Trent se curva mais sobre o balcão, perto o bastante para que só eu possa ouvi-lo.

— Tenho muita dificuldade de manter minhas mãos longe de você o dia todo. Eu não perderia uma chance, sabendo que você está prestes a tirar a roupa e ir para cama.

Eu me escoro no balcão enquanto o vejo colocar uma azeitona na boca, sua língua se enroscando em volta dela.

Então ele quer jogar sujo...

Na semana seguinte, assalto o armário de Storm, escolhendo as roupas mais curtas e mais apertadas que consigo encontrar. Quase pego um de seus trajes com lantejoulas para o palco. Depois faço questão de me curvar na frente de Trent com muita frequência a noite toda, rebolando com a música. Quando Ben faz um comentário malicioso sobre eu estar me preparando para minha primeira apresentação no palco, eu o aperto no plexo solar e continuo em meu caminho, despertando uma gargalhada grave em Nate.

Mas parece que não consigo romper a determinação de Trent de manter as mãos longe de mim. Ele se limita a olhar, apoiado nos cotovelos, com as mãos cruzadas na minha frente. Enquanto me vê rebolar. Enquanto me vê dando mole para ele. Vendo que me transformo em uma piranha por causa dele.

Enfim, uma noite, eu perco o controle.

— Mas que droga, Trent! — vocifero, batendo seu club soda no balcão na frente dele. Ele fica perplexo. — O que eu preciso fazer para chamar sua atenção? Vou precisar subir ali? — Estico um braço para o palco.

Seus olhos se arregalam por um segundo, em choque. Ele estende o braço para pegar minhas mãos, mas se contém a tempo e em vez disso cruza os braços.

— Pode acreditar, você tem toda a minha atenção. — Ele me lança um olhar tempestuoso que deixa minha boca seca. — Você sempre tem minha atenção. Preciso de cada grama de autocontrole para não te mostrar quanta atenção você tem. — Com a mesma rapidez que aquele olhar surge, ele desaparece. — Quero que você consiga ajuda, Kace — diz ele em voz baixa. — Estou aqui ao seu lado, todo dia. Sempre. Vou ficar perto de você o tempo todo, mas você precisa conseguir ajuda. Nenhum ser humano pode enterrar seu passado indefinidamente. É só uma questão de tempo até você rachar.

— Isto é chantagem sexual! — sibilo. Primeiro, ele tentou me obrigar a falar com aquele orgasmo galáctico sem usar as mãos e o tiro saiu pela culatra. Agora ele está se reprimindo inteiramente como um meio de me forçar. Filho da puta! Eu me afasto, me recusando a olhar para ele pelo resto da noite.

No turno seguinte no Penny's, Trent prova que tem razão.

TREZE

Storm está fazendo seu número de acrobacia no palco e eu assisto a ela, desviando os olhos frequentemente para meu celular novo à espera de uma mensagem de texto de Trent. Nada. Ele não veio aqui esta noite. É a primeira vez que não aparece aqui desde muito tempo e sinto sua ausência como um membro que falta no meu corpo. Talvez ele finalmente tenha desistido de mim. Talvez tenha percebido que sou um caso perdido e que ele não vai me levar para a cama neste século se quer que eu ceda e procure terapia.

Os pés de Storm tocam o palco, e ela recebe uma rodada estridente de aplausos. Ela se abaixa para pegar o sutiã, cobrindo os peitos o máximo que pode com um braço. A essa altura já vi Storm de topless tantas vezes que nem pisco. Na realidade, estou me acostumando a mulheres nuas à minha volta. Começo a me sentir a esquisita de capa de chuva no meio de uma praia de nudistas.

Storm é incrível, penso pela centésima vez, enquanto todo o lugar aplaude e grita. Todos, menos um cara esquelético num canto. Eu o vejo ali, gritando para ela, agitando um punhado de notas. Ele se recusa a dar o dinheiro ao segurança que faz a coleta para ela. Tenho a impressão de que Nate está a ponto de colocar a bunda magrela do cara para fora daqui.

E então, não sei como acontece, mas o cara de algum jeito consegue passar pelos seguranças e sobe ao palco, gritando, "piranha!" Aparece uma lâmina. Vejo horrorizada ele segurar o cabelo de Storm e puxar sua cabeça para trás. Embora eu esteja a certa distância, vejo suas pupilas escuras e dilatadas. Esse cara tomou alguma coisa.

Meu queixo cai para gritar, mas não sai nada. Nem um som.

Com um movimento do braço para tirar todos os copos do balcão, disparo sobre ele e pulo, empurrando as pessoas do caminho, chutando, dando joelhadas e esmurrando, abrindo uma trilha para o palco. O sangue sobe à minha cabeça, meus pés martelam o chão a cada batida do coração e só consigo pensar que vou perdê-la. Outra amiga morta. Mia vai crescer sem a mãe.

Isso não pode acontecer de novo.

Chego ao palco e encontro um grupo de camisas pretas e apertadas por ali. Não consigo ver Storm. Não consigo ver nada. Empurro, puxo e arranho, mas não passo pela muralha. Minhas mãos voam ao pescoço, supondo o pior resultado possível escondido atrás daquela horda de corpos.

E eu rezo.

Rezo a quem decidiu me deixar viva para que conceda a mesma graça a Storm, que merece muito mais do que eu merecia.

Um gigante explode da multidão de seguranças.

Nate.

E ele tem o cara em sua mão.

Ele passa por mim com um olhar ameaçador, o sujeito pendurado pelo pescoço em um de seus punhos. Espero que ele aperte demais e esmague a traqueia do homem. Mas essa esperança não acalma nem um pouco meus nervos, porque Storm está em algum lugar por ali e ainda não sei se está viva.

– Storm! – grito.

Enfim a muralha de seguranças se separa. Ben me guia por ali com a mão nas minhas costas e encontro Storm estranhamente amontoada no chão, com os membros cruzados sobre o corpo. Uma onda de alarme me atinge. Ela está parecida demais com Jenny dentro do carro.

Mergulho ao lado dela.

– Ah, Kacey! – exclama ela, e se joga em meu ombro. – Eu só conseguia pensar em Mia. Estou tremendo.

– Você está viva. Você está viva. Graças a Deus você está viva – murmuro sem parar enquanto minhas mãos apalpam seus braços, o pescoço, os ombros. Não tem sangue. Nem ferimentos.

– Eu estou bem, Kacey. Estou bem. – Seu rosto está vermelho e manchado de lágrimas, a maquiagem borrada pelo rosto todo, mas agora ela sorri.

– Sim – confirmo, engolindo o bolo doloroso na garganta. – Você não vai morrer. Você está bem. Eu não perdi você. – Estou íntima demais de Storm. Íntima demais para ser magoada como fui quando perdi Jenny. Uma avalanche de lembranças esmaga qualquer alívio que eu deva sentir agora. De repente, estou aprisionada no passado, com a melhor amiga que eu conhecia desde que tínhamos 2 anos, com quem dividia dias e noites cheios de risos e lágrimas, raiva e empolgação. Uma dor aguda esmaga meu peito quando percebo que são todas lembranças que eu espero ter com Storm também.

Todas as coisas que aquele homem tentou roubar de mim.

Com certo temor, Storm estende o braço e pega minha mão. Eu não respirava desde que pulei o balcão. Agora solto o ar. E algo estala dentro de mim. É como se o ponteiro pequeno da minha bússola moral se quebrasse ao meio.

Como se uma bomba de ódio fosse detonada dentro de mim.

Ele tentou roubar minha segunda chance. Ele tem de pagar.

Luzes fluorescentes iluminam o interior do Penny's, lançando um brilho desagradável sobre as bebidas derramadas, garrafas vazias e lixo enquanto os seguranças conduzem os frequentadores para fora. Avisto os ombros largos de Nate quando ele se encaminha para a saída dos fundos, com o cara ainda em seu poder. Meus dentes trincam uns contra os outros.

Mal estou consciente da presença de Trent parado perto da entrada da frente. Ele aponta para o palco e discute com um segurança para deixá-lo passar. Minha atenção se demora nele por uma fração de segundo, mas nada é de fato registrado; todos os meus pensamentos são levados para o corredor, por onde aquela criatura má, aquela que tentou roubar minha nova vida, sai agora.

Estou de pé e correndo.

Empurro homens pelo caminho enquanto disparo pelo corredor atrás de Nate. Viro a tempo de ver seu corpo enorme passar pela porta dos fundos. Enquanto acelero para alcançá-lo, com o coração disparado e o sangue subindo à cabeça, sinto minha mão pegar uma garrafa vazia em um engradado. Sem pensar, minha mão quebra a garrafa na parede, lançando cacos de vidro para todo lado.

Meu punho aperta bem o gargalo, imaginando como a borda quebrada deve estar afiada.

Como deve ser eficaz.

Quando passo pela porta dos fundos, encontro o agressor de Storm de pé no estacionamento. Sozinho.

Perfeito.

Sem ruído algum, avanço, meu braço escondido atrás das costas, enquanto preparo a mira. O magrelo vira-se para mim e seus olhos brilhantes se arregalam. *Dois metros, um metro e meio, um metro...* Minha mão está prestes a catapultar a garrafa quebrada fundo em seu peito, para que ele sinta a dor que eu teria de suportar se ele tivesse conseguido ferir Storm, quando dois homens gigantescos se intrometem e me levantam do chão, segurando forte meus braços contra meu corpo.

– Não! – grito. Estou esperneando e gritando com todas as minhas forças. Meus dentes se fecham nos braços de Nate e sinto gosto de cobre. Ele grunhe, mas não para, me carregando porta adentro. Ele me larga no chão e se curva para me olhar nos olhos, suas mãos ainda segurando meus braços.

— Deixe a polícia cuidar disso, Kacey! — O ronco em sua voz vibra em mim.

— A polícia? — Franzo a testa e olho para além dele. O magrelo não está sozinho. Quatro viaturas com as luzes faiscantes estão em fila no estacionamento e uma dezena de policiais andam por ali, tomando notas enquanto as testemunhas contam o que aconteceu. De algum jeito eu não os vi.

— Aimeudeus. — Cambaleio para trás, o vômito subindo até minha garganta, a garrafa escorregando dos meus dedos e caindo no chão enquanto seguro minha barriga.

— Peguei você antes que eles vissem o que você estava prestes a fazer. Ninguém viu nada e, se viram, vão deixar pra lá — promete Nate, seus olhos escuros cravados fundo no meu rosto como se procurassem alguma coisa. Por um demônio à espreita, talvez.

— Kacey! — Um Trent sem fôlego grita ao me alcançar. Agora estou ofegante, meu peito subindo e descendo como se eu me esforçasse para soltar meu último suspiro. Aquele que parece que nunca consigo alcançar. Sua atenção cai na garrafa quebrada a meus pés. — Meu Deus, Kacey. O que você ia fazer?

Estou engolindo em seco e lutando para puxar o ar, balançando a cabeça e tremendo.

— Não sei, não sei. Eu não sei — murmuro sem parar. Mas eu sei. Sei o que quase fiz.

Eu quase matei um homem.

As luzes da rua passam num borrão enquanto Dan nos leva para casa em sua viatura policial. Sei que Trent está em algum lugar atrás de nós na moto e só consigo pensar no pavor no seu rosto quando ele perguntou *O que você ia fazer?* Ele sabia. Sem dúvida, sabia.

Storm me ajuda a sair do carro como se eu é que tivesse sido atacada. Como pode Storm agir com tanta calma? *Um passo para a frente. Um passo para a frente. Um passo para a frente.*

– Kacey, eu estou bem. Garanto. – Mal ouço Storm dizer enquanto ela me leva pela mão para o apartamento.

Sei que ela está bem e estou agradecida. Mas estou lutando. Luto para não desmoronar em pedaços na calçada.

Esta noite eu quase matei um homem.

Os conselheiros da tia Darla tinham razão o tempo todo... *Um passo para a frente. Um passo para a frente. Um passo...*

Dedos estão diante do meu rosto e interrompem meu transe. Olho e vejo um mar de preocupação nos olhos azuis de Storm.

– Acho que ela está em choque – diz ela a mais alguém, claramente não a mim.

– Não, tudo bem. Eu estou bem. Bem – murmuro e de repente estou agarrando os braços de Storm e apertando, o pânico me tomando. – Não conte a Livie. Por favor? – Ela não pode descobrir o que eu quase fiz.

Storm concorda com a cabeça. Vejo que ela troca olhares preocupados com Trent e Dan.

– Vamos. – O chão desaparece enquanto braços fortes me pegam no colo. Em segundos, Trent me coloca deitada na cama e está puxando as cobertas sobre mim.

– Não, não estou cansada – murmuro, lutando, fraca, para me levantar.

– Só... descanse. Por favor? – diz Trent com brandura. Sua mão acaricia meu rosto e eu a agarro, segurando com força, comprimindo os lábios na palma.

– Fique. – Ouço o desespero em minha voz.

– É claro, Kacey – sussurra ele. Ele tira os sapatos e sobe na cama a meu lado.

Fecho os olhos e me aninho em seu peito, me alegrando no calor de seu corpo, o ritmo constante de seu coração, o cheiro dele.
— Você me odeia, não é? Deve me odiar. Não posso evitar. Estou acabada.

Trent me aperta para junto dele.

— Eu não odeio você. Jamais poderia odiar você. Me dê seu coração, Kacey. Eu aceitarei tudo que vier com ele.

Começo a chorar. Descontroladamente. Pela primeira vez em quatro anos.

— *Puxe meu dedo.*

Jenny ri histericamente. Ela ri sempre que Billy diz isso.

E eu reviro os olhos, exatamente como faço sempre que ele diz isso.

— *Que tesão, Billy. Agora me possua.*

— *Kacey* — *repreende minha mãe, entreouvindo o que digo.*

Billy pisca e aperta minha mão com força e eu a aperto de volta.

Meus pais estão na frente, conversando sobre o jogo da semana que vem e de como eu preciso logo da minha habilitação, assim eles não terão de me levar de carro por aí. É claro que sei que estão brincando. Eles nunca perdem uma de minhas partidas de rúgbi.

— *Vai deixar de ser pão-duro e me comprar aquela merda de Porsche, papai?*

— *Olha o linguajar, Kacey.* — *Meu pai me censura, mas olha por sobre o ombro e reabre o sorriso. Sei que por dentro ele está radiante. Afinal, eu consegui marcar um* try *que nos garantiu a vitória no jogo desta noite.*

Tudo que acontece em seguida parece estar dentro de uma névoa. Meu corpo se sacode violentamente. Algo o atinge em cheio. Um peso o pressiona com força contra meu lado direito. Eu me sinto jogada e virada. E depois tudo simplesmente... para.

Tenho a vaga consciência de que há algo muito errado.
– Mãe? Pai? – Não há resposta.
É difícil respirar. Algo aperta minhas costelas. Meu lado direito parece dormente. E ouço um som estranho. Procuro escutar atentamente. Parece alguém dando seu último suspiro.

Eu me levanto de repente, meu corpo ensopado de suor, o coração martelando ao máximo, disparando tão acelerado que não sei onde termina uma batida e começa a seguinte. Por um momento, fico enroscada como uma bola firme e me balanço, tentando me livrar da ideia pavorosa de que fui eu que causei o acidente. Se não tivesse distraído meu pai, ele teria visto o carro vindo e o teria evitado. Mas sei que não posso mudar nada agora. Não posso mudar nada.

Fico aliviada ao encontrar Trent deitado a meu lado, seu peito exposto subindo e descendo lentamente. Ele ainda não me abandonou. A luz da rua lança um brilho agradável pelo seu corpo e fico sentada em silêncio vendo sua forma, querendo me amoldar nela. Reprimo o impulso de tocar nele, passar os dedos por suas curvas perfeitamente esculpidas.

Com um suspiro, eu me levanto e vou até a cômoda com as pernas bambas, me perguntando em quanto tempo esta nova vida vai se desintegrar também. Até que eu perca Trent, Storm e Mia. Esta nova vida quase se desmantelou hoje à noite. Simples assim. Eu deveria simplesmente ir embora, digo a mim mesma. Desaparecer e dar um fim a todas essas relações e poupar mais dores de cabeça para todo mundo. Mas sei que isso não é possível. Fui fundo demais. De algum jeito abri espaço para eles em minha vida e em meu coração. Ou foi isso, ou eles abriram espaço para mim no deles. Seja como for, não vou sobreviver ao vazio que vai sobrar quando eles se forem.

De costas para Trent, tiro o vestido ensopado e deixo cair no chão. Abro o sutiã e o jogo com o vestido. Em seguida tiro a calcinha. Enquanto pego uma camiseta e um short na primeira gaveta, penso em tomar um banho para esfriar a cabeça, quando uma voz suave me diz:

– Você tem o cabelo ruivo mais lindo do mundo.

Fico petrificada, com o rosto em brasa e uma real consciência de que estou completamente nua na frente de um homem que pode me levar ao orgasmo só de me olhar do jeito certo. Ouço a cama ranger e passos se aproximarem lentamente, mas não me mexo. Trent chega por trás de mim e o ar no quarto fica mais denso. Não consigo me virar. Não consigo olhar para ele e não sei por quê.

Posso sentir sua presença como se estivesse passando a mão pela minha alma, aninhando, tentando protegê-la do mal, e fico apavorada. Apavorada porque não quero que a sensação termine jamais.

Cada nervo do meu corpo entra em curto-circuito. Enrijeço enquanto sua mão roça meu ombro antes de jogar meu cabelo de um lado para o outro, exibindo um lado do meu pescoço, como ele gosta de fazer. Uma brisa fria faz cócegas ali quando ele se curva para perto.

– Você é muito linda. Toda você.

Ele tira as roupas das minhas mãos e deixa que caiam no chão enquanto segura minha mão na dele. Sua boca percorre meu ombro direito e ele começa a dar beijinhos na minha cicatriz, provocando tremores em toda parte. Levantando meu braço, para que eu apoie a mão na cabeça, sinto Trent se movimentando. Desce, desce, ele continua, sua boca movendo-se gentilmente pelo meu tórax, meu quadril, descendo pela minha coxa, beijando cada marca do meu passado trágico. O tempo todo, minha mão esquerda fica entrelaçada na dele, enquanto a outra repousa na cabeça. E meu corpo treme em expectativa.

As mãos de Trent seguram minhas coxas com firmeza enquanto ele dá um último beijo em meu cóccix e eu cambaleio ligeiramente nos joelhos enfraquecidos. Sinto que ele se levanta atrás de mim de novo, suas mãos acariciando minhas costas e minha barriga, puxando meu corpo contra o dele, me deixando senti-lo duro pressionando minhas costas.

Minha cabeça tomba em seu peito com um misto de excitação e frustração – excitada por Trent deixar que fique tão perto dele depois de semanas me evitando, frustrada porque isto vai terminar rápido demais.

Mas ele não mostra sinal de parar e suas mãos ainda sobem pelos contornos dos meus peitos, segurando-os em cheio. Ouço Trent soltar o ar agudamente. Devagar, ele me vira e prende meus braços atrás das costas.

Não sei por quê, mas não suporto olhar para ele, então me fixo em sua clavícula e sinto seu peito subir e descer contra o meu, meus mamilos endurecendo com seu olhar fixo na minha pele. Solto a respiração em um ofegar curto enquanto ele se curva e sussurra.

– Olhe para mim, Kacey.

Eu olho. Levanto a cabeça e me deixo mergulhar naqueles olhos azuis, tão cheios de preocupação, dor e desejo.

– Vou deixar você inteira de novo, Kacey. Eu prometo, eu vou deixar – sussurra ele. E então sua boca cobre a minha.

Estou consciente das minhas costas achatando a parede agora, da cueca de Trent caindo no chão, seus braços fortes me pegando no colo, minhas pernas envolvendo seus quadris, da sensação dele contra mim.

Movimentando-se para dentro de mim.

Deixando-me inteira.

Ainda está escuro lá fora quando acordo novamente. Desta vez minha cabeça está no peito de Trent, meu corpo entrelaçado no dele.

Seus dedos deslizam pelas minhas costas, me dizendo que ele está acordado. Desta vez não foi um pesadelo que me despertou. São as vozes altas de Storm e Dan através da parede.

– Ele podia ter matado você, Nora! – grita Dan. – Esqueça o dinheiro. Você não precisa do dinheiro.

A voz de Storm não é tão alta nem grave, mas consigo ouvir mesmo assim.

– Acha que passei todos aqueles anos treinando e pensando em trabalhar num lugar como o Penny's? Eu estraguei tudo, Dan. Tomei decisões ruins e tenho de conviver com elas. Por enquanto. Por Mia.

– É em Mia que estou pensando. E se aquele sujeito tivesse te matado esta noite? Quem cuidaria dela? O pai dela? Da prisão? – Há um instante de silêncio e Dan recomeça a gritar. – Não sei se posso fazer isso, Nora. Não posso ter medo de que você morra sempre que for trabalhar.

Solto um risinho de desdém.

– Olha quem fala – resmungo comigo mesma, mas calo a boca. Isso é problema deles.

– Bom, não vou tomar decisões com base no que um homem quer, porque, quando você for embora e eu ainda estiver aqui, terei de viver com as consequências. – Ouço a voz dela falhar no fim e sei que ela está chorando. O choro para e fico feliz. Não quero ouvir Dan e Storm terminando.

– Posso te perguntar uma coisa sem te deixar chateada, Kacey? – pergunta Trent.

– Hum-hum – concordo sem pensar.

– O que você sabe sobre o motorista que bateu no seu carro? Meu corpo fica tenso de imediato.

– Ele estava bêbado.

– E?

– E nada.

— Absolutamente nada? Nenhum nome, rosto, nada?
Paro, decidindo se quero responder.
— O nome. Só isso.
— Lembra dele?
Puxo o ar com força. Jamais vou esquecer.
— Sasha Daniels.
— O que aconteceu com ele?
— Ele morreu.

Há uma longa pausa enquanto Trent continua a desenhar espirais nas minhas costas e começo a acreditar que a conversa acabou. *Garota idiota.*

— Ele estava sozinho?

Hesito, mas decido responder.

— Estava com dois amigos. Derek Maynard e Cole Reynolds. Derek e Sasha não estavam com o cinto de segurança. Os dois foram jogados para fora do carro.

Minha cabeça se ergue e baixa a cada respiração de Trent.

— O sobrevivente, esse Cole, entrou em contato com você?

Fecho os olhos e sinto o calor do peito de Trent, lutando com o medo enquanto ele me arrasta para aquele lugar fundo e escuro.

— A família dele tentou. Eu consegui ordens de restrição e disse à polícia que, se algum deles se aproximasse de mim ou de Livie, eu mataria todos. — Na época, eu estava presa a uma cama, incapaz de me mexer, que dirá de matar alguém. Ainda assim, a polícia transmitiu o recado.

Mas agora — agora sei que sou capaz de qualquer coisa.

De matar.

— Eu não quero ver, nem falar, nem saber de *Cole Reynolds*. — O nome se torce em minha boca com desdém. — Foi o carro dele que avançou no nosso. Ele entregou sua chave ao amigo, que depois destruiu minha vida em pedacinhos. Espero que ele esteja sofrendo, onde estiver. Espero que todas as pessoas que ele ama o tenham abandonado. Espero que ele não tenha um centavo e precise comer ração de gato e vermes. Espero que vá dormir toda noite e acorde revivendo aquela noite horrível. Revivendo o que *ele* fez comigo. E com Livie. – Solto um suspiro vazio e volto a me deitar no peito de Trent, como se descarregar a mera magnitude do ódio fosse de algum modo libertador. – E espero também que suas bolas peguem fogo. – Minha voz é fria e dura. Não me dou ao trabalho de esconder o ódio em minhas palavras. Eu o solto de todo coração. Eu me alegro nele. O ódio é bom. O perdão é ruim.

O silêncio toma conta de tudo enquanto os braços de Trent se estreitam em mim, seu queixo descansando no alto da minha cabeça. Sinto uma nova tensão nele e não me surpreendo. Eu me pergunto o que Trent pensa desta linda ruivinha fodida agora.

Acordo num quarto vazio com um bilhete no meu travesseiro. Quatro palavras.

Precisei ir. Me desculpe.

Imagino que Trent tenha um novo contrato de trabalho. Ainda assim, fico decepcionada. Eu podia usar seu corpo de novo, se ele estivesse a fim. Rolo na cama e me espreguiço, minhas lembranças da noite com Trent apagando o horror da noite passada no Penny's. Já fazia muito tempo que eu não me sentia assim. Não, não. Eu *nunca* me sentia assim. O sexo nunca era assim com Billy. Eu gostava profundamente dele, mas éramos jovens e inexperientes. Trent não é inexperiente. Trent sabe exatamente o que está fazendo e faz muito bem. E há algo diferente nele. Ele parece uma melancia madura depois de uma vida inteira de sede. Ele é como o ar depois de anos embaixo da água.

Ele parece a vida.

Fase seis

ABSTINÊNCIA

QUATORZE

Entro no apartamento de Storm e encontro Mia esperando ansiosa de boca escancarada enquanto Dan, de cueca boxer listrada, imagine só, joga Cheerios em sua boca. Fico aliviada que Storm e Dan tenham feito as pazes. Gosto de ver Storm com ele. Ele interrompe a brincadeira para me olhar. Parece preocupado.

– Como está se sentindo hoje?

– Bem. – Sorrio enquanto coloco um Cheerio na boca. Dan não me conhece. Não sabe como tenho competência para bloquear lembranças horríveis. Sou mestre nisso. Em questão de horas, o incidente está quase esquecido e, se ninguém o trouxer à tona, vai ficar guardado. Vou até Storm, que está batendo massa em uma grande tigela de vidro. – Panquecas? – Ela ergue uma concha.

Concordo com a cabeça, dando um tapinha na barriga.

– Viu Livie hoje de manhã?

– Ela saiu para a escola não faz muito tempo. – Storm joga uma colherada de mistura para panqueca na chapa, que chia. Ela me dá o mesmo olhar preocupado de Dan. – Como está se sentindo? Fale a verdade.

– Eu estou... bem. Estou melhor.

– Tem certeza? Dan conhece um cara com quem você pode conversar, se isso ajudar.

Balanço a cabeça.

– Estou bem. Ver você aqui viva e bem, e me servindo panquecas, é só o que preciso. – Acaricio suas costas com uma das mãos enquanto pego um prato de comida com a outra. É, é exatamente disso que eu preciso. Storm e Mia, Livie e Trent. Até Dan. É só disso que preciso neste momento.

Tenho a noite livre. Você vem?

Espero, mas não recebo resposta de Trent ao meu torpedo. Impaciente, vou até seu apartamento e bato. Ninguém atende. Lá dentro está escuro como breu. Depois ando até a área comum numa falsa missão de olhar o *hibachi*. Na realidade, quero ver se a moto de Trent está ali. E ela está. Bato em sua porta de novo e espero. Ainda nenhuma resposta.

Cain não deixou nenhuma de nós duas trabalhar esta noite. Na verdade, ele obrigou Storm a tirar a semana inteira de folga pagando-lhe um adicional de periculosidade. Aposto que Dan está feliz com isso. Pela leveza no passo de Storm, acho que para ela também está ótimo. Eu também ficaria feliz. Se Trent estivesse aqui.

Não tenho nenhuma notícia de Trent no dia seguinte.

Nem no outro.

Nenhuma mensagem de texto. Nenhum telefonema. É como se ele tivesse sumido da face da Terra.

Volto para o Penny's na terceira noite com um vazio na boca do estômago. A música é chata, as luzes são ofuscantes, a clientela é irritante. Não é a mesma coisa sem Trent e Storm, e estou infeliz. Nem mesmo consigo forçar um sorriso. Sei que Storm vai voltar em alguns dias. Trent, porém – sinto sua ausência como uma faca no meio das costas. É doloroso, não consigo alcançar para tirá-la e tenho certeza de que será minha morte, se continuar ali.

O fato de ele ter sumido me devora pela semana toda. Eu fico nervosa, irritadiça e sou uma companhia desagradável. Tenho plena consciência disso, mas não me importo. Começo brigas com Livie sobre o que ver na TV na minha única noite de folga. Faço ela chorar e me chamar de vaca. Livie nunca age assim. Ando furtivamente pela área comum toda noite, lançando olhares discretos ao 1D. Não sei para onde Trent foi, e ele não apareceu mais.

E se ele nunca mais voltar?

Quinto dia.

Grito apavorada ao ver o Audi dos meus pais no rio, meus olhos fixos na pessoa presa ao volante.

Trent.

Estou embolada e suando nos lençóis quando acordo, ofegante. *Foi só um sonho! Ah, graças a Deus!* Preciso de uns bons quinze minutos para me livrar da imagem que arde em minha mente. Mas não consigo me livrar da ideia. E se Trent sofreu um acidente? Ninguém ligaria para mim. Não sou ninguém. Ainda não tive a oportunidade de ser alguém.

Atormento Storm para me dar o número de Dan. Depois atormento Dan para verificar os relatórios policiais procurando por um Trent Emerson envolvido em um acidente. Ele me diz que não pode abusar de sua posição desse jeito. Vocifero e bato o telefone no balcão. Depois ligo para ele de novo, peço desculpas e ele concorda em trazer seu laptop para que eu procure os noticiários, os obituários, qualquer coisa.

Mas já é noite quando admito que Trent está vivo e bem. Só não está comigo.

Nono dia.

Passando pelo apartamento de Trent a caminho da academia, fico paralisada. Tenho certeza de que senti o cheiro de alguma coisa podre.

Aimeudeus.
Trent morreu.
Corro até a porta de Tanner e a esmurro até ela ser aberta. Tanner está parado ali com sua calça de pijama do Batman e olhos assustados.
— Anda logo! — Eu o agarro pelo braço e o puxo para fora. — Você precisa abrir o 1D agora!
Tanner usa seu peso para impor resistência.
— Espere um minuto. Não posso simplesmente abrir...
— Acho que Trent está morto! — grito.
Isso o coloca em movimento. Espero atrás dele com pés nervosos enquanto ele se atrapalha com seu chaveiro gigante, as mãos tremendo. Ele está aborrecido com isso. *É claro que está.*

Quando abre a porta, passo esbarrando por ele, sem nem mesmo considerar o que posso estar prestes a ver. Está escuro e arrumado ali dentro. É até despojado. Eu não diria que alguém mora ali se não fosse por um laptop na mesa, o suéter marinho de Trent jogado no encosto do sofá e o cheiro de sua colônia flutuando no ar.

Tanner passa por mim e dá uma olhada rápida nos quartos e no banheiro. Até abre a porta do armário. Quando para diante de mim, está me olhando feio.

— Por que exatamente você me disse que Trent estava morto?
Engulo em seco, desviando os olhos.
— Tudo bem, saia daqui. — Ele me conduz para a porta sem gentileza nenhuma, com a mão em meu ombro. Eu o escuto resmungar alguma coisa sobre drogas e hormônios enquanto se afasta.

Décimo terceiro dia.
Chute. Soco. Giro. Chute.
O saco aceita meu castigo sem reclamar. Eu bato e soco, toda minha raiva e ansiedade vindo à tona. Trent tem outra vida em Ro-

chester. Só pode ser isso. Com uma mulher bronzeada, loura e intacta. Provavelmente eles têm dois filhos perfeitos que dizem "por favor" e "obrigado" e não aprenderam a xingar feito marinheiros porque a mãe não é vulgar. Ele deve ter vindo a Miami para ter um caso por causa de uma crise de um quarto de vida. Não sou nada além de uma crise de um quarto de vida e caí feito uma idiota.

Chute. Pivô. Giro. Chute.

Isso é bom.

Sinto que estou recuperando o controle.

Mais tarde, na casa de Storm, eu me sento no sofá e vejo um episódio de *Bob Esponja* com Mia. Deitado ao meu lado na almofada está o boneco Ken de cabelo preto. Ele me lembra Trent. Penso seriamente em roubá-lo, pintar "Trent" no peito e acender um isqueiro onde devem estar suas partes íntimas.

Décimo sétimo dia.

– Ele era de verdade? – murmuro, encarando o telefone na minha mão. *Eu não comprei isso, não foi?*

– O quê? – pergunta Livie, me olhando, surpresa.

– Trent. Ele era de verdade? Quer dizer, eu ia entender se ele não fosse de verdade. Quem seria tão lindo, meigo e perfeito, querendo alguém tão fodida como eu?

Há uma longa pausa e quando olho para Livie ela me encara como se eu tivesse engolido um saco de cacos de vidro. Sei que ela está preocupada comigo. Storm também está preocupada comigo. Acho que até Nate está preocupado.

Vigésimo dia.

Chute. Soco. Soco. Chute.

Estou enfurecida com o saco.

Trent me usou. Com que finalidade doentia, não consigo me decidir. Evidentemente ele tem um fetiche bizarro. Encontrou uma mulher abalada e apontou suas covinhas e seu charme para os pontos fracos dela. Ele quebrou minha concha, entrando de fininho para derreter o gelo no meu coração. Depois me abandonou, quando descobriu como eu era realmente fodida. Mas não antes de ir para a cama comigo, é claro.

E eu o deixei entrar. É minha culpa! Eu sou a idiota.

Eu golpeio o saco de areia de dez quilos. Adoro areia. Ela absorve todas as minhas emoções sem me reprovar e me deixa usá-la sem expectativas.

– Com raiva de alguma coisa?

Viro o corpo e encontro Ben parado atrás de mim, de braços cruzados e um sorriso malicioso no rosto. Eu me viro de novo e executo um chute perfeito.

– De jeito nenhum.

Ben contorna para segurar o saco. Gesticula para que eu continue enquanto ele segura.

– Cadê seu namorado?

Bato no saco com força extra e de um jeito inesperado. Torço para que pegue Ben em cheio nas bolas, só por mencionar o nome de Trent. Não bate, mas provoca um gemido.

– Que namorado?

– Aquele que está sempre no bar.

– Tem visto o cara no bar ultimamente? – *Soco.*

Há uma longa pausa.

– Não, acho que não vi.

– Bom, então, Aprendiz de Advogado, o que você deduz disso? Ou não é capaz de tanto? Você não vai ser um advogado muito bom, se for assim.

Outro chute no saco de areia. Outro gemido de Ben.

– Então você está livre de novo?
– Eu sempre fui livre.
– É verdade. Bom, então, que tal a gente sair hoje à noite?
– Estou trabalhando.
– Eu também. Vamos jantar cedo e ir pra lá juntos.
– Claro, tudo bem. Tanto faz – digo sem pensar. Não quero pensar.
Ben arqueia as sobrancelhas.
– É sério?
Agora paro de chutar e enxugo o suor da testa com o braço.
– Não era isso que você queria ouvir?
– Bom, é, mas estava esperando uma resposta "vá pro inferno".
– Também sou boa nisso.
– Não, não! – responde Ben rapidamente, se afastando de mim.
– Pego você às seis?
– Tá legal – digo, subindo pelo ar com uma voadora perfeita.

– Como foi que eu concordei? – pergunto a mim mesma enquanto estou embaixo da água quente, olhando o chuveiro, imaginando outra cascavel ali para me matar de susto. Se eu gritar bem alto, será que Trent vai aparecer magicamente? Ele vai arrombar a porta de novo? Desta vez eu não o deixaria entrar. Sem chance.
Encontro Livie na cozinha. Mal nos falamos desde nossa briga.
– Me desculpe, Livie. – É só o que digo.
Ela passa o braço pela minha cintura.
– Ele é um babaca, Kacey.
– Um babaca idiota – resmungo.
– Um grande babaca idiota – responde ela. Era um jogo que a gente fazia quando éramos mais novas. Enlouquecia nossos pais.
– Um grande babaca idiota e fedorento.

– Um grande babaca idiota e fedorento com hemorroidas.
Bato na testa.
– Ah! E ela cita as hemorroidas para ganhar a discussão!
Livie ri.
– Aonde você vai?
Saio de seu abraço para calçar os sapatos.
– Sair.
– Tipo um encontro? – A cara de Livie se ilumina.
Levanto a mão para conter sua empolgação.
– Ben é um cabeça-oca do trabalho. Vamos comer alguma coisa, depois ele vai me levar para o trabalho e eu vou esmagar as bolas dele se ele tentar alguma coisa.
Há uma batida na porta.
– Saindo um cabeça-oca, prontinho! – brinco enquanto abro a porta, esperando encontrar o corpo gigantesco de Ben e seu sorriso irritante enchendo a soleira.
Cambaleio dois passos para trás enquanto o ar é arrancado dos meus pulmões.
É Trent.

QUINZE

— Oi – ele fala, tirando os óculos de aviador e me mostrando aqueles lindos olhos azuis de dois tons em que eu me perderia.

Eu o olho fixamente, sentindo o sangue sumir do meu corpo enquanto vejo centenas de emoções cruzar o rosto dele – alívio, culpa, tristeza, amargura, depois culpa mais uma vez. Tenho certeza de que meu rosto demonstra várias reações, enquanto fico simplesmente parada ali, boquiaberta, sem qualquer capacidade de falar.

Mas Livie não perde a chance. Longe disso.

— Você! Fique longe dela! – grita ela, avançando. Ela me tira do transe e consigo segurá-la antes que ela arranque dez camadas de pele de Trent com as unhas nervosas.

— Nos dê um minuto, Livie – consigo dizer calmamente. Mas, por dentro, um fluxo de sensações ameaça me tirar o equilíbrio. A porta ao meu lado balança e me esforço ainda mais para puxar o ar enquanto meu coração se acelera. *Trent voltou.* É um soco na barriga e ao mesmo tempo um alívio. Como um vício ruim, sei que é errado mas, que merda, me deixa satisfeita.

Livie se vira e vai pisando duro para seu quarto, mas não antes de lançar um último olhar gélido para Trent.

— Hemorroidas! Lembre-se disso, Kacey.

Sua explosão repentina rompe meu ataque de pânico como uma agulha estoura um balão e eu me vejo rindo. *Meu Deus, eu adoro essa garota!*

Talvez seja meu riso que tranquiliza Trent e o estimula a me tocar – não sei.

– Me deixa explicar – começa ele, suas mãos avançando para as minhas.

Eu me retraio, de novo furiosa.

– Não se atreva a me tocar – sibilo.

Ele estende as mãos – com as palmas erguidas – em sinal de paz.

– Muito justo, Kace. Mas me dê uma chance de explicar.

Meus braços se cruzam e eu me abraço apertado para não desabar. Ou estender a mão para ele.

– Pode falar. Explique – rosno, reprimindo o impulso dominador de me jogar em seu corpo, de não ouvir desculpa nenhuma porque nada disso importa. É passado e só o que importa agora é o que ele me faz sentir quando estou perto dele. Mas não posso fazer isso. Não posso ser fraca.

Seus lábios se abrem para falar e meus joelhos ficam bambos. *Ah, meu Deus.* Se eu tiver que ficar de pé diante dele por mais um segundo, vou perder todas as minhas forças.

Ben aparece pelo canto como um cavaleiro de armadura prateada.

– Acabou o tempo – declaro meio alto demais. Passo esbarrando por Trent, batendo a porta do apartamento atrás dele. – Oi, Ben! – É visível para qualquer um que me conheça que aquilo tudo é encenação. Eu nunca sou tão animada. Nunca sou animada, ponto final.

Ben olha para mim, depois para Trent, e vejo seus pensamentos em movimento. Ele sabe que interrompeu alguma coisa. É um cabeça-oca inteligente.

– Você quer que eu... – Ele gesticula para a saída, sugerindo que pode ir embora.

– Não! – Engancho o braço no dele e o empurro para a frente, mantendo a cabeça erguida e o braço de Ben próximo, deixando que minha raiva sirva de combustível para avançar.

Por dentro, sinto meus muros desabando.

– Você mal tocou na sua massa – observa Ben. Estamos em um restaurante italiano a cinco minutos do Penny's.

– Eu toquei muito – resmungo enquanto meto o garfo. – Toquei tanto que sua massa está com ciúme. Ouvi falar de uma luta de espaguete.

– Você mal *comeu* sua massa. – Ben refaz a frase e sorri com malícia.

– Não estou com fome.

– É por causa daquele cara?

Estamos sentados neste restaurante há 45 minutos e esta é a primeira pergunta que Ben me faz. Pelo resto do tempo, eu o ouvi tagarelar sobre a lesão no joelho que o impediu de ganhar uma bolsa de estudos para jogar futebol americano e como ele quer ser advogado criminalista em Las Vegas porque é lá que moram todos os bandidos ricos. Não sei se ele não me pergunta alguma coisa porque é um narcisista ou se é porque ele percebe que eu não gosto de responder a perguntas. Seja como for, está tudo muito bem.

Suspiro enquanto pego uma nota de vinte na bolsa e jogo na mesa.

– Acho que a gente precisa ir embora logo.

Ele franze a testa enquanto me devolve o dinheiro.

– O convite é meu.

– Não vou transar com você.

– Caramba! Quem falou alguma coisa de sexo? Só estou aqui pela refeição e a companhia agradável. – Ele finge estar todo ofendido, mas o brilho em seus olhos me diz que está me provocando. Um riso de deboche nada atraente escapa de mim.

— Tudo bem, tá legal. Uma companhia lamentável. — Ele coloca um pedaço de pão na boca e acrescenta com um sorriso: — Gostosa e tão chata.

— Esse é o Ben que conhecemos e amamos — confirmo com um gesto exagerado de cabeça e jogo um saquinho de açúcar na testa dele.

— Mas, é sério — começa Ben enquanto raspa a última porção de massa do seu prato. Espero pacientemente que ele termine de mastigar e engolir. — Por que você concordou em sair comigo? É claro que você não esqueceu aquele cara e, mesmo que tivesse esquecido, não sou idiota. Não sei o que foi aquele dia na academia...

Que merda. Eu sou óbvia demais. Mas espero que eu não seja assim com Trent. Não quero que ele veja através de mim com tanta facilidade. Dou de ombros.

— Você não vai me querer, Ben. Eu sou sete camadas de fodida com um lado de doida varrida.

Ele sorri, mas pego a tristeza em seus olhos enquanto ele joga algumas notas para pagar pela refeição.

— Disso eu já sabia.

— Bom, então, por que me chamou para sair? *Especialmente* depois do que fiz com você aquele dia na academia?

Ele dá de ombros.

— Esperando você ter outro momento de loucura total? Vou ser mais rápido da próxima vez. Entrar e sair.

Dou uma gargalhada. A sinceridade descarada de Ben é um alívio bem-vindo.

— Não sei, Kace. Eu fico cercado de um monte de putas e debiloides. Você é diferente. É inteligente e divertida. E sabe diminuir a confiança de um cara como nenhuma garota que conheci.

– Não acho que alguém possa diminuir essa sua cabeça inchada, Ben.

Ele sorri com arrogância.

– Depende de qual cabeça você está falando.

– Soube que Trent voltou à cidade. – Storm cochicha para mim enquanto sirvo doses de Patrón a um grupo de solteiros.

– Ah, é? – murmuro, franzindo os lábios. Não sei mais o que dizer. Eu não esqueci. Não consigo passar um minuto sequer sem que o nome dele apareça na minha mente, sem me esquecer de como seu toque na minha pele foi incrível, sem querer tudo isso de volta, como foi por aquele período curto e mágico antes de ele arrancar meu coração do peito e jogar na sarjeta.

Eu o odeio por me fazer sentir assim. Por me dar esperanças, só para tirá-las de mim. Por me trazer para a superfície, me ajudando a respirar de novo, antes de empurrar minha cabeça embaixo da água.

Então, quando o encontro olhando para mim do outro lado do bar perto do horário de fechamento, tenho de me segurar no balcão, a fúria e a tristeza lutando dentro de mim enquanto me esforço para ficar de pé.

– O que você quer? – sibilo.

– Preciso falar com você.

– Não.

– Por favor, Kacey. – Aquele tom, aquela voz. Sinto que ele está procurando meu ponto fraco, um lugar onde entrar e me derrotar. Não vou deixar isso acontecer. Não desta vez.

– Você teve três semanas para falar comigo e... Ah, peraí! – Dou um tapa na testa para dar efeito. – Você desapareceu da face da merda da Terra. É isso mesmo. Eu quase esqueci.

– Só cinco minutos – pede ele, inclinando-se para a frente.
– Tudo bem! Pode falar. Este é o local e a hora perfeitos para conversar. – Meus braços se abrem, exagerando para demonstrar o quanto a hora e o lugar *não* são perfeitos para se conversar.

O queixo de Trent se tensiona.

– É sério, Kacey. Cinco minutos, em particular. Preciso explicar uma coisa. Eu preciso... de você.

– Ah, você *precisa* de mim? Que interessante. – Forço as palavras pelos dentes trincados. Por dentro, a cola que me mantém unida se estica contra essa palavra. *Precisa.* Trent *precisa* de mim. – Tá legal. – Bato o pano no balcão e grito: – Volto em cinco minutos, Storm!

Ela olha, vê Trent, me olha com preocupação, mas concorda com a cabeça.

– Venha comigo. – Passo por ele. Tenho plena consciência de que Nate e Ben me seguem de perto, mas continuo. Passo marchando por Jeff e Bryan, os dois seguranças buldogues que vigiam as salas privativas. Eles não tentam me impedir. Tenho certeza de que minha postura rígida e a cara feia que diz "sai da merda do caminho antes que eu o sufoque com sua própria língua" têm alguma coisa a ver com isso.

Minhas pernas chutam para abrir a porta de uma sala vaga. Eu me viro, paro de braços cruzados, vendo o corpo magro de Trent e seu rosto apreensivo se aproximando de mim. Aponto para a sala e ordeno:

– Entra.

– Kacey...

– Você disse em particular. O que pode ser mais particular para você do que uma sala privativa? – pergunto, meu tom gélido.

Com um suspiro derrotado e assentindo levemente, Trent passa pela porta. Atrás dele, vejo Ben se curvar e dizer alguma coisa para Nate, o que parece manter a fera afastada. Ben se aproxima de mim com um olhar de preocupação.

– Você está bem, Kacey?

– O que você acha, Ben?

Sua testa se franze, pensando.

– Acho que vou montar guarda aqui fora. Não vou entrar. A não ser que ouça alguma coisa que pareça ruim... Fechado?

– Fechado. – Gesticulo levemente com a cabeça um agradecimento a ele. Acho que, depois de nosso passado sórdido, Ben e eu conseguimos concordar. Eu talvez até possa chamá-lo de amigo.

Entro de rompante na sala, batendo a porta. O espaço é pequeno e mal iluminado com uma chaise-longue preta e música ambiente, diferente da que toca na área principal da boate. Storm disse que os funcionários limpam e desinfetam completamente as salas depois que cada cliente sai. Mesmo que isso não seja verdade, neste momento eu não me importo.

Avanço até onde Trent está e o empurro na chaise-longue. Depois minha mão se atrapalha com o zíper da minha saia.

– O que você está... – Trent começa a falar, mas suas palavras morrem enquanto abro a saia e deixo que caia no chão. Minhas mãos passam a desabotoar a blusa fina, começando pelo alto.

– Kacey, não. – Trent se inclina para a frente.

Meu salto 10 bate em seu peito, forçando-o a ficar sentado.

– Foi para isso que você veio, não é? É disso que você *precisa*? – Minha voz é fria como gelo. – O que você sempre quis? – Jogo minha blusa no chão e olho furiosa para ele, apenas de sutiã, calcinha e saltos altos. – É nessa parte que você me diz que sou linda. Então, diga. Diga agora para a gente acabar logo com isso e você pode sumir de novo. – Minha voz hesita um pouco no fim e eu me calo, sem confiar nela agora.

– Não, Kacey. Meu Deus. – Trent desliza da chaise-longue e fica de joelhos, com as mãos subindo pelas minhas coxas para segurá-las delicadamente.

– Não toque nas mulheres. Já se esqueceu das regras? – rosno para ele.

Seus olhos não deixam os meus e neles vejo dezenas de emoções indescritíveis que ameaçam derreter todas as minhas defesas. Sou obrigada a fugir de seu olhar e virar a cara. Um bolo se forma na minha garganta e não consigo empurrá-lo para baixo.

– Me desculpa. Eu jamais quis provocar mais dor do que você já teve que aguentar.

– É mesmo? Deixar um bilhete vago para mim na manhã seguinte em que Storm foi atacada... Depois de a gente transar pela primeira vez... E então desaparecer por quase três semanas é seu jeito de *não* me causar mais dor? – Minha voz falha e cerro os dentes. Detesto o meu tom.

Sua cabeça tomba para a frente contra minha barriga enquanto suas mãos deslizam para meus quadris antes de voltar até minhas coxas. A sensação é tão boa. Não quero que seja tão bom. Que droga, coxas traiçoeiras. *Lute, Kacey. Lute.*

– Kacey, eu estava errado.

Engulo em seco.

– Sobre o quê?

– Sobre pressionar você, como eu fiz. Pensei que se você se abrisse sobre seu passado, eu poderia consertá-lo de alguma forma para você. Eu não devia continuar pressionando você daquele jeito. – Ofego quando sinto lábios quentes roçarem minha barriga. Ele sabe que isso vai balançar minhas defesas. Ele não está jogando limpo. Pior ainda, eu não quero que ele jogue de outro jeito. – Eu devia ter me concentrado em fazer você feliz. E vou fazer isso. De agora em diante, Kacey. Eu vou. Vou dedicar cada dia do resto das nossas vidas para fazer você feliz. Eu prometo.

Não engula essa. Não engula essa.
– Você já disse isso. Depois desapareceu. – Não gosto de ouvir minha voz falhando, como se eu estivesse a ponto de chorar. Um... dois... três... quatro...
Merda. É inútil.
Ele se apoia nos calcanhares e suas mãos deslizam de novo pelas minhas coxas. Mas ele não me olha nos olhos, preferindo olhar o chão entre nós. Quando fala, seu queixo está tenso, com certa raiva.
– Kacey, você não é única que tem problemas. Eu sou um fodido, tá legal? Há coisas do meu passado que não sei como contar a você. Que não *posso* contar a você.
Sua confissão me pega de guarda baixa. *Trent tem um passado obscuro?* Nunca pensei nessa hipótese. Por que eu não pensei nisso? Estava tão envolvida nos meus próprios problemas que nem pensei nisso, claro. Mas como algo do seu passado pode ser horrível? Com um dedo trêmulo, estendo a mão e gentilmente ergo seu queixo, empurrando sua cabeça para trás, para que aqueles lindos olhos azuis me olhem fundo. Ele parece tão equilibrado, tão bem ajustado, tão perfeito.
– Nem uma vez na vida eu pressionei você a falar dos seus segredos – digo, com um tom mais brando, sem amargura.
– Eu sei. Eu sei, Kacey. – Trent aperta minhas coxas com mais força enquanto me puxa para si. As pontas dos seus dedos sobem para segurar completamente meus quadris, seus polegares deslizando pelo osso, acendendo uma faísca mínima de desejo misturada às chamas emocionais que já ardiam dentro de mim. Minhas mãos por instinto descem para cobrir as dele.
Ele continua.
– Depois daquela noite, eu... pensei que tinha pressionado você demais. Achei que provoquei aquilo que aconteceu na noite em que Storm foi atacada.

Estremeci com a lembrança. Meu lado sombrio. Meu lado homicida.

– Você não provocou aquilo, Trent. Aquilo era eu, finalmente solta.

– Eu sei, garota. Agora sei disso. Mas eu precisei me afastar e pensar. Precisei me afastar por um tempo e...

– Você podia ter me mandado uma mensagem.

– Eu sei. Eu estraguei tudo. Me desculpa. Eu não sabia como explicar por que fugi. Tive medo. – Olho para baixo e vejo as lágrimas se acumulando nos olhos dele. Toda minha fúria desaparece. Todas as minhas defesas estão em pedacinhos. Não suporto ver Trent deste jeito.

– Não, está tudo bem. – Acaricio atrás de sua cabeça sentindo compaixão, enquanto a outra mão enxuga uma lágrima. *Quem é esta pessoa falando?* Não foi ela quem correu pelo apartamento dando um ataque, procurando noticiários e pronta a mutilar bonecos Ken.

– Me desculpa de verdade, Kacey. Vou parar de pressionar. Não vamos mais falar do passado. Nada. Só do futuro. Por favor? Eu preciso de você.

De novo, aquela palavra, *preciso*. Nem mesmo consigo falar. Só gesticulo com a cabeça.

Mas isso não basta para Trent. Dedos fortes se flexionam nos meus quadris, e me puxam para baixo. Caio de joelhos, cedendo de boa vontade. Trent me puxa para si até nossos corpos ficarem apertados um contra o outro. Mãos quentes encontram caminho pelas minhas costas nuas para abrir meu sutiã. Ele o joga de lado e segura meus peitos com mãos em concha, quando sua boca finalmente encontra a minha.

A sensação dos seus lábios me estremece e provoca uma onda de desejo irreprimível pelo meu corpo. Três semanas sem ele. Não sei como sobrevivi. Baixo a mão e seguro sua camisa. Eu quero tirá-la. Agora. Quero sentir sua pele nua na minha. Agora.

Como se sentisse a urgência, Trent se afasta da minha boca tempo suficiente para tirar a camisa pela cabeça e mergulha de volta, seu peito apertando o meu enquanto deslizo para mais perto dele.

– Kace – sussurra ele, seus lábios famintos percorrendo meu pescoço enquanto a mão sobe pela parte interna da minha coxa para se enfiar pela minha calcinha. Ofego enquanto seus dedos habilidosos me tocam. – Nunca mais eu vou deixar você. Nunca.

Meu coração dispara e me mexo no ritmo da sua mão, enquanto sussurro seu nome, me atrapalhando com o zíper da sua calça, deixando que as últimas três semanas desapareçam no poço do passado.

DEZESSEIS

— Fui eu que fiz isso? — Franzo o cenho enquanto meu dedo toca o rosto de Trent, onde vejo um arranhão vermelho. Ele estremece.

— A Livie tem um gancho de esquerda impressionante.

— É sério? — Eu me levanto para olhar melhor a marca. Para olhar Trent todo. Seu corpo nu, deitado no chão acarpetado da sala VIP mal iluminada. Não ouço mais o ritmo firme da música na boate. Isto deve significar que o lugar está fechando. Não sei há quanto tempo estamos ali. Mas Ben não nos incomodou. Não que eu tenha percebido.

Trent começa a falar e para várias vezes.

— Quando você saiu de casa com aquele brutamontes, Livie veio atrás de mim e me perseguiu pela área comum, gritando comigo que você ficou arrasada por minha causa. Depois ela me pegou, me deu um soco e me disse que era melhor eu tratar de fazer você feliz de novo. Para sempre.

Minha cabeça cai no peito nu de Trent enquanto eu rio.

— Acho que finalmente meu gênio difícil pode estar afetando minha irmã. — Repasso as palavras dela na minha cabeça enquanto me aninho nele, inspirando seu cheiro. — Para sempre é muito tempo.

Os braços de Trent se apertam em volta de mim.

— Com você, para sempre não é tempo suficiente.

* * *

– Acha que a Livie vai me bater de novo se eu aparecer lá agora?
– Tudo é possível. Mas estou muito feliz com nosso momento aqui – murmuro, me espreguiçando.

Trent coloca os braços atrás da cabeça, um sorriso torto curvando em seus lábios.

– Espero que sim. Eu tentei ao máximo. Cinco vezes na noite passada, não é? Se isso não consertar você...

Eu me levanto e passo uma perna pelo seu corpo para montá-lo, minhas sobrancelhas arqueadas.

– Ah, você me consertou ontem à noite. Hoje a história é outra.

Olhos cheios de desejo percorrem meu corpo e se acomodam no meu rosto.

– Sério?

Dou de ombros e uma piscadinha sugestiva.

Ele ri enquanto suas mãos penteiam o cabelo, deixando-o mais bagunçado ainda.

– Ouvi dizer que as ruivas eram loucas, mas, cara, ninguém me avisou que vocês eram uns demônios na cama.

Dou um peteleco no nariz dele. Com um rugido, ele rola e me prende de costas, se erguendo para ficar acima de mim, alto o suficiente para que eu consiga ver seu corpo todo. Com um sorriso irônico, enlaço sua cintura com as pernas e o puxo para mim.

As semanas voam e Trent fica. Ele dorme na nossa casa na maioria das noites. Em geral aparece na boate tarde da noite, fica sentado me olhando em silêncio com aquela expressão intensa e provocadora que faz meus joelhos tremerem. Sei o que está me esperando quando a gente chegar em casa. Ele fica e me faz feliz. Mais feliz do que em muito tempo. De muitas maneiras, mais feliz do que já fui na vida. Ele me faz rir. Ele me faz gargalhar. Ele faz com que eu *sinta* de novo. E à noite ele afasta meus pesadelos. Não todos, mas os sonhos ruins não se repetem mais todos os dias. E quando acordo, ensopada de suor e ofegante, Trent está ali para me abraçar e acariciar meu cabelo, para me prometer que acabou e que isto que a gente tem é real.

Todo dia, pecinhas da Kacey de Antes se encaixam no lugar. Ou saem do esconderijo. Talvez Kacey Cleary estivesse enterrada lá no fundo esse tempo todo, só esperando que a pessoa certa a puxasse das águas profundas e escuras.

Que a salvasse do afogamento.

A princípio não noto as pecinhas, mas Livie percebe. Eu a vejo me olhando o tempo todo – quando estou preparando um sanduíche para mim, quando estou fazendo faxina, quando faço compras – um leve sorriso marcando seus belos lábios. Quando pergunto o que está acontecendo, ela só balança a cabeça e diz, "Kacey voltou". E ela está feliz.

Storm e Dan seguem firme. Acho que Storm pode estar apaixonada, mas ela não confessaria isso por medo de dar azar aos dois. Sei que Dan é totalmente apaixonado por ela e por Mia, pelo jeito como ele as olha, com um sorrisinho sempre visível nos lábios.

E Mia? Bom, numa manhã, Trent e eu acordamos e a vimos dando pulinhos ao redor da nossa cama com um sorriso banguela e duas moedas de 25 centavos na palma da mão.

– Olha, Trent! Vendi meus dentes ontem à noite! – Só o que posso fazer é rir. Rir e me lembrar de colocar uma tranca na porta para que ela não aprenda mais palavrões. Ela é a criança mais feliz que já vi porque está cercada de gente que a ama.

Fiel à promessa de Storm, estou ganhando mais dinheiro no Penny's do que podia sonhar em qualquer lugar. Meu saldo no banco aumenta consideravelmente a cada semana. Mais dois anos assim e talvez eu consiga pagar a universidade de Livie. Minha irmã é tão inteligente e tão boa. E merece tanto. Tudo está perfeito.

— Por que precisamos ir para o Penny's três horas mais cedo? — reclamo, puxando o casaco no corpo, sentindo o leve frio de dezembro. Tem uma frente fria passando por Miami, incomum nessa época do ano, pelo que soube. Ainda é suave se comparada com Michigan, mas, ainda assim, arrepios cobrem minha pele.

— Treinamento de licença para venda de bebidas alcoólicas. Fazemos isso todo ano. Todo mundo que serve precisa passar pelo curso — explica Storm.

— Três horas de como servir um drinque? É sério?

— Não se preocupe — diz ela enquanto bate na porta dos fundos do Penny's. — Eles também deixam você provar.

— Beleza. Estarei cambaleando antes que nosso turno comece — resmungo, assentindo rapidamente para Nate ao passar. Está escuro e silencioso lá dentro. Eu nunca estive no Penny's com aquele silêncio. — Onde está todo mundo? Isso me dá arrepios.

— No bar — troveja Nate atrás de mim, sua mão me empurrando para a frente. Olho por sobre o ombro e sua boca se abre um pouquinho, revelando dentes brancos e reluzentes. *Nem acredito que antigamente eu tinha medo desse urso de pelúcia gigante.*

Viramos no canto para a área mal iluminada da boate.

— Surpresa! Feliz aniversário!

Pulo para trás e esbarro em Nate, que passa seu tronco de braço frouxamente em mim enquanto sua gargalhada grave ecoa no teto. Todo mundo está ali, em pé no palco, abaixo dos refletores. Trent, Livie, Dan, Cain, Ben. Até Tanner.

E Mia! Ela está de lado, dançando em círculos com Ginger e um bando de outras dançarinas totalmente vestidas que não reconheço.

– Está surpresa? – Storm ri enquanto pega meu braço e me empurra para a frente. – Livie nos disse que você faz 21 anos amanhã e queríamos fazer uma surpresa para você. Cain sugeriu darmos uma festinha para você aqui.

Como se esperasse pela deixa, Cain se aproxima e passa o braço pelo meu ombro.

– Espero que não seja um problema para você ter sua festa de aniversário no Penny's. Imaginamos que assim a surpresa estaria garantida.

Vejo que tenho dificuldade para falar, sem saber como reagir enquanto olho todas as pessoas.

– É claro que estou. Obrigada.

Ele me entrega um envelope.

– Só se faz 21 anos uma vez, querida. Você trabalha duro e cuida da minha Storm. Isto é uma lembrancinha de todos. Curta a comida, o vinho. Tudo. Tire a noite de folga. – Ele belisca meu rosto e se vira para Storm. – Mantenha aquela sua princesinha longe do palco, ouviu? Não quero que ela tenha nenhuma ideia.

Ela revira os olhos.

– É claro, Cain.

Balanço a cabeça e o vejo se afastar. Ele é um cara estranho. Ouvindo-o dizer isso, dado o significado deste lugar em sua vida e ele empregar todas essas dançarinas só para fazer isso – estar no palco –, suas palavras são inesperadas.

Vejo Trent tentando se aproximar de mim com um sorriso sedutor e duas taças de champanhe nas mãos.

– Você sabe que não bebo, Trent – digo ao pegar uma delas.

Sorrimos um para o outro enquanto ele passa o braço livre pela minha cintura e me puxa para junto dele, beijando meu pescoço.

– Meu plano deu certo? Eu fiz você feliz? – cochicha ele em meu ouvido.

Minha respiração se prende. Sempre acontece quando Trent está perto.

– Nem posso começar a descrever o quanto.

Seu nariz roça no meu rosto.

– Tente.

– Bom... – Eu me inclino, apertada nele. Não sei como é possível, mas aquelas faíscas eletrizantes correm pelo meu corpo sempre que toco nele, como se fosse a primeira vez. – Melhor ainda, que tal eu te mostrar quando a gente voltar para casa?

Sinto sua resposta cutucando minha barriga e rio, ainda em choque que aquele cara lindo, meigo e diabólico seja todo meu. Ele brinda com as nossas taças.

– Aos próximos oitenta anos – murmura ele, depois vira a taça para trás e toma um gole.

– Oitenta? Meu Deus, você é otimista. Imaginei que você se satisfaria com mais dez, depois eu teria que trocá-lo por um modelo mais novo.

Ele se curva, beija minha boca e sinto a doçura do champanhe em sua língua.

– Boa sorte com isso. Eu não vou a lugar nenhum.

Meus dedos estão entrelaçados enquanto pego uma carona com Trent, a brisa da noite beliscando minhas bochechas. Por mais tentada que esteja em deixar minhas mãos apalpá-lo, sei que não devo distraí-lo enquanto ele está pilotando. Estou louca para chegarmos em casa, mas nem tanto. Livie e Mia estão no carro de Dan, vindo atrás de nós, trazendo de volta o vestido que troquei assim que percebi que não ia trabalhar esta noite. Felizmente, Livie me levou peças de roupas para que eu pudesse ir para casa com Trent. Storm decidiu trabalhar. Ela prometeu que teríamos um dia de mulherzinha amanhã.

Trent estaciona a moto e desço. Não vou muito longe porque ele me puxa pelo cós do jeans e me traz de volta para ele.

– Quer ficar ou sair esta noite? – Seus dentes mordiscam levemente meu pescoço.

– Que tal os dois? Primeiro saímos, depois ficamos em casa.

– Isso não faz sentido. – O som de seu riso próximo ao meu ouvido provoca tremores pelo meu corpo todo.

Eu rio. Depois o empurro com força e ele cambaleia na grama. Começo a correr.

– Se conseguir me alcançar, a decisão é sua. – Tento pegar a chave de casa antes que ele me alcance. Estou correndo pela área comum dos nossos apartamentos, gritando de vontade, esperando sentir mãos fortes me pegarem a qualquer segundo.

Como não me pegam, reduzo o passo e olho para trás. Trent está parado no meio da área comum, petrificado, lívido como se tivesse acabado de ver um cadáver.

– Trent? – Volto até ele. Seguindo seu olhar fixo, descubro um casal mais velho e bem-vestido a três metros dali, olhando para nós. Em minha pressa louca, eu não os vi.

A aparência do homem me parece conhecida e rapidamente percebo que ele tem os olhos e a boca de Trent. Olhando para a mulher, seu cabelo puxado num coque sofisticado, reconheço o nariz fino de Trent.

– Trent, esses são seus pais?

Nenhuma resposta.

No fundo, eu estava morrendo de vontade de conhecer os pais dele. O pai é um advogado importante em Manhattan, enquanto a mãe é dona de uma agência de publicidade. Ela consegue muitos contratos de trabalho para Trent. É como ele consegue seus clientes. Sei que eles são divorciados e ainda assim estão ali. Juntos. Uma pontada de medo me atravessa. Deve ser má notícia, se os dois vieram de tão longe até Miami.

Trent não se mexe e isso agora está muito esquisito. Não sei por que ele está agindo desse jeito. Não parecia haver rancor entre eles. Alguém precisa fazer alguma coisa. Avanço um passo com um sorriso educado e estendo a mão.

– Oi, meu nome é Kacey.

Sinto meu sorriso sumir enquanto o rosto da mãe de Trent empalidece. Ela fecha os olhos e os aperta bem, como se sentisse dor. Quando volta a abri-los, estão brilhando de lágrimas. Ela se vira para Trent e engole em seco, suas palavras mal passando de um sussurro, tomadas de angústia.

– Como você pôde, Cole!

Aquele nome.

Meu coração para inteiramente de bater.

Quando recomeça, está lento, pesado, irregular.

– O quê? – digo, assustada. Eu me viro e vejo a cara de Trent contorcida de medo e culpa, mas ainda assim não entendo. – O que... por que ela te chamou assim, Trent?

Os olhos dele brilham enquanto seus lábios se separam para sussurrar.

– Eu só queria fazer você feliz de novo, Kacey. É só assim que eu posso consertar tudo.

Fase sete

ROMPIMENTO

DEZESSETE

Estou caindo.
Caindo de costas na água profunda e escura. Ela é despejada sobre mim, dentro de mim, pela minha boca, entrando pelo nariz, enchendo meus pulmões, sufocando minha vontade de respirar, de viver.
E eu aceito. Eu a recebo.
Ao longe, ouço vozes. Ouço chamarem meu nome, mas não consigo encontrá-los. Eles estão em segurança, acima da água. Num outro mundo. O mundo dos vivos.
Não há lugar para mim ali.

– Quando ela vai acordar? – ouço Livie perguntar acima do bip ritmado. Já ouvi o bastante dessas máquinas na minha vida para reconhecer o que é, um quarto de hospital, com uma agulha na veia. Se isso não me dá uma ideia de onde estou, o odor estéril e enjoativo certamente o faz.

– Quando sua mente estiver pronta – explica uma voz desconhecida de homem. – Kacey sofreu um grave choque psicológico. Fisicamente, ela está bem. Só estamos garantindo que seu corpo permaneça hidratado e nutrido. Agora temos de esperar.

– Isso é normal?

– Pelo que entendo, sua irmã sofreu uma experiência traumática quatro anos atrás e nunca se recuperou emocionalmente dela.

As vozes param por tempo suficiente para que eu abra um pouco minhas pálpebras. Paredes brancas e amarelas preenchem minha visão enevoada.

– Kacey! – O rosto de Livie aparece de repente. Seus olhos estão inchados e têm olheiras escuras, como se ela não dormisse há dias, suas bochechas vermelhas e manchadas de chorar.

– Onde estou? – pergunto, minha voz saindo entrecortada.

– Num hospital.

– Como? Por quê?

Livie abre a boca por um segundo antes de fechá-la novamente, tentando aparentar calma. Por mim. Sei disso. Conheço minha Livie. Sempre tão altruísta. Sempre tão carinhosa.

– Você vai ficar bem, Kacey. – Suas mãos mexem nos meus cobertores, procurando meus dedos. Ela os aperta. – Você vai conseguir ajuda. Nunca mais vou deixar Trent fazer mal a você.

Trent. Esse nome ataca meu corpo como mil alfinetes. Dou um solavanco em resposta.

Trent é Cole.

Trent destruiu a minha vida. Duas vezes.

De repente, estou ofegante, a realidade apertando e torcendo meus pulmões.

– Como... – começo a dizer, mas não consigo falar porque não consigo respirar. *Como Trent é Cole? Como ele me encontrou? Por que ele me encontrou?*

– Respire, Kacey. – Livie aperta meus dedos com mais força, se aproximando devagar para deitar ao meu lado, e percebo que estou sem ar.

– Não consigo, Livie! – exclamo, as lágrimas ardendo no meu rosto. – Estou me afogando.

Seu choro enche o quarto.

Ele sabia. O tempo todo, ele fingiu ser carinhoso, solidário e não saber sobre o meu passado, mas foi tudo culpa dele. Foi o carro

dele, o amigo dele, a noite de bebedeira dele que roubaram minha vida de mim.
— Está tudo bem, Kacey. Você está a salvo. — Os braços de Livie envolvem meu corpo, seu peso descansando no meu para impedir que meu corpo trema.

Ficamos assim por minutos. Horas. Uma vida inteira. Não sei. Até que Storm entra de rompante no quarto do hospital, ofegante como se tivesse acabado de correr uma maratona, com um olhar assustado que nunca vi.

— Eu sei, Kacey. Sei o que aconteceu com você. Agora eu sei de tudo. — As lágrimas se derramam pelo seu rosto. Ela sobe do outro lado da cama e segura minhas mãos. Nós três ficamos deitadas ali, emboladas.

Emboladas e chorosas.

Um silvo...
Luzes fortes...
Sangue...
O rosto bonito de Trent, suas mãos no volante.
Apontando para mim.
Risos.
— Kacey! — Algo forte bate no meu rosto. — Acorde!

Ainda estou gritando, mesmo quando os olhos esbugalhados de Livie surgem no meu foco. Um calor forte se espalha no meu rosto.

— Desculpe ter batido em você, mas você não parava de gritar — explica Livie, chorando.

Os pesadelos voltaram, só que estão piores. Mil vezes piores.

— Você não parava de gritar, Kacey. Você precisava parar. — Livie chora enquanto se enrosca ao meu lado na cama e começa a se balançar, murmurando consigo mesma: – Por favor, ajude-a. Meu Deus, por favor, ajude-a.

– Que hospital é esse mesmo? – Já estou ali há dois dias e Storm e Livie não saíram do meu lado, só para usar o banheiro ou pegar água e comida.

Storm e Livie trocam um olhar longo e tenso.

– Um hospital especializado – diz Livie lentamente.

– Em Chicago – acrescenta Storm, erguendo um pouco o queixo.

– O quê? – Minha voz ganha mais força do que pensei ser possível. Eu me esforço para sentar na cama. Parece que fui atropelada por um caminhão.

Livie se apressa a acrescentar:

– Tem uma clínica que cuida de transtorno de estresse póstraumático aqui perto. Parece ser a melhor do país.

– Bom... Que... Como... – Finalmente consigo me sentar reta com a ajuda da grade da cama. – Desde quando a saúde pública cobre a melhor clínica de transtorno de estresse pós-traumático do país?

– Calma, Kacey. – Storm gentilmente me empurra para que eu fique deitada. Não tenho forças para lutar com ela.

– Hum, não, não vou me acalmar. Não podemos pagar por isso... – Mexo nos tubos de soro, me xingando.

– O que está fazendo? – pergunta Livie, com pânico na voz.

– Arrancando essa porcaria do meu braço e dando o fora desse Um Estranho no Ninho metido a besta. – Bato em sua mão quando ela tenta me impedir. – Quanto está custando, hein? Cinco mil por noite? Dez?

– Shhhh... Não se preocupe com isso, Kace. – Storm acaricia meu cabelo.

É a vez dela de levar um tapa na mão.
– *Alguém* precisa se preocupar com isso! O que eu vou fazer? Residência permanente na sala VIP do Penny's vestida só com joelheiras para pagar a conta?
– Pelo que vejo, nossa paciente está acordada. – A voz suave e desconhecida de antes interrompe meu ataque. Eu me viro e vejo um homem mais velho de aparência sóbria com uma ligeira calvície, olhos gentis e escuros, estendendo a mão para mim. Não o vi entrar. – Olá, sou o dr. Stayner. – Olho para aquela mão como se estivesse coberta de manchas e soltando pus, até que ele a retira. – Sim, é verdade. Seu problema com as mãos.

Meu problema com as mãos? Olho feio para Livie e viro a cara. Se isso incomodou o médico, não sei dizer.

– Kacey, seu caso foi trazido a mim por...
– Dan. – Storm se intromete, seus olhos vagando entre os do médico e de Livie.
– Isso mesmo. Dan. – Ele dá um pigarro. – Acho que posso ajudá-la. Creio que você pode ter uma vida normal outra vez. Mas não posso ajudar se você não quiser ser ajudada. Entendeu? – Estou boquiaberta para aquele homem que se diz médico, mas é evidente que não pode ser. Que médico entra numa sala e diz isso?

Como não respondo, ele vai olhar pela janela gradeada.

– Quer ser feliz de novo, Kacey?

Feliz. Lá está aquela palavra. Eu pensei que *era* feliz. E então Trent me destruiu. De novo. Eu me apaixonei pelo assassino da minha família. Passei uma noite após a outra com ele ao meu lado, dentro de mim, sonhando com um futuro com ele. A bile sobe à minha garganta ao pensar nisso.

– Uma exigência da minha terapia é que meus pacientes falem, Kacey – explica o dr. Stayner sem o menor sarcasmo ou irritação na voz. – Assim, vou lhe perguntar de novo. Você quer ser feliz?

Meu Deus, que sujeito insistente! Ele vai me obrigar a falar. A questão é essa. Por que todo mundo insiste em cavar meu passado? Já foi. Já acabou. Nenhuma falação vai mudar isso, não vai trazer ninguém de volta. Por que eu sou a única que enxerga isso? Aquele torpor agradável está de volta e toma meus braços, pernas e peito, formando uma camada gelada e dura sobre meu coração. A defesa natural do meu corpo. O torpor para afastar a dor.

– Para mim, não existe isso de ser feliz. – Minha voz é fria e dura.

Ele se vira para mim de novo, seus olhos bondosos tingidos de compaixão.

– Ah, aí é que está, srta. Cleary. Será uma luta ladeira acima e vou testar você a cada passo do caminho. Meus métodos podem ser muito pouco convencionais. Com você, farei coisas que são questionáveis. Às vezes você vai me odiar, mas você e eu chegaremos lá juntos. Você só precisa querer. Eu só vou transferi-la para a minha clínica quando você concordar de boa vontade com tudo isso.

– Não – rosno em desafio. A própria ideia de ir a algum lugar com este charlatão é ofensiva.

Ouço um ruído abafado ao meu lado. É Livie, se esforçando para continuar calma.

– Kacey, por favor.

Cerro o queixo com vontade, embora seja doloroso vê-la desse jeito.

Mas de repente uma fúria rara faísca nos olhos dela.

– Você não foi a única que perdeu os pais, Kacey. Não se trata mais só de você. – Ela pula da minha cama e monta em mim, os punhos fechados. E tem um ataque de fúria, como nunca vi. – Não suporto mais isso! Os pesadelos, as brigas, a distância. Tive de aturar isso por quatro anos, Kacey! – Agora Livie está histérica, gritando, as lágrimas caindo livremente, e espero que o segurança entre a qualquer segundo. – Quatro anos vendo você entrar e sair da minha vida, e eu me perguntando se hoje é o dia que vou te encontrar enforcada no armário ou boiando no rio. Eu sei que você estava naquele carro. Sei que você teve de ver *tudo*. Mas e eu? – Ela fica sem ar, a fúria murchando, deixando-a esgotada e infeliz. – Eu fico perdendo você sem parar e não suporto mais isso! Suas palavras atingem minha cabeça como uma marreta. Achei que meu coração já estivesse dilacerado, mas não estava. Não totalmente. Não até agora.

– Sei o que aconteceu na noite em que Storm foi atacada, Kacey. Eu sei – diz Livie, me olhando com uma expressão ameaçadora. *Storm*. Lanço um olhar feio para ela e Livie me repreende balançando o dedo. – Não se atreva a brigar com Storm por ter me contado, Kacey Delyn Cleary. Não se atreva. Storm me contou porque gosta de você e quer te ajudar. Você quase atacou um homem com uma garrafa de cerveja quebrada. Mas não vamos mais te ajudar a evitar suas merdas, entendeu? – Livie enxuga elegantemente as lágrimas. – Eu não vou mais fazer isso.

Eu disse a mim mesma, repetidas vezes, que tudo aquilo era por Livie. Tudo o que fiz foi para protegê-la. E vendo-a agora, ouvindo o que ela teve que aturar, eu me pergunto se não foi tudo para me proteger. Sei que Livie perdeu os pais. Sei que ela me perdeu também, de certo modo. Mas será que eu *realmente* considerei os sentimentos dela? Tentei me colocar no lugar *dela*? Não pensei que os traumas de alguém fossem tão ruins como aqueles que me puxavam para baixo feito blocos de cimento. E Livie nunca deixou transparecer. Ela sempre foi muito forte e equilibrada. Ela sempre foi Livie – com ou sem nossos pais. Eu só pensei que...

Eu não pensei... meu Deus! Eu nunca *realmente* levei em conta os meus atos, todas as minhas reações e o que provocavam em Livie. Só imaginei que, se eu ficasse de pé e respirando, eu estava ao lado dela. Para ela. Mas, de certo modo, nunca estive.

Sinto minha cabeça balançar para cima e para baixo, toda minha resistência desaparecendo. Só o que dizia a mim mesma é que queria proteger minha irmã mais nova da dor, mas eu não a estava protegendo. Eu estava me protegendo. Só o que fiz foi causar dor a ela. A todos em minha vida.

– Muito bem. – O dr. Stayner interpreta meu gesto como concordância. – Mandarei preparar o seu quarto. A primeira parte da sua terapia começa agora. – Estou chocada com a rapidez com que ele está agindo. Ele é eficiente e pragmático, mas ao mesmo tempo parece um tornado, criando caos por onde passa. Ele anda suavemente até a porta e gesticula para alguém entrar.

Não. Eu me encolho na cama e aperto as mãos de Livie até que ela geme de leve. *Meu Deus, por favor... Não! Ele não faria isso.*

Uma versão mais velha de Trent entra no quarto, com a tristeza marcando suas feições bonitas.

O pai de Trent.

O pai de *Cole*.

Merda. Nem mesmo sei qual é o nome dele.

– Quero que você escute o que o sr. Reynolds tem a dizer. Mais nada. Só escute. Pode fazer isso? – pergunta o dr. Stayner.

Acho que concordo com a cabeça, mas não tenho certeza. Estou ocupada demais olhando fixamente para o rosto daquele homem. Ele me lembra muito o rosto *dele*. Os olhos *dele*, que me apaixonaram dia após dia. Feliz. Apaixonada. Sim. Apaixonada. Eu estava apaixonada por Trent. Por quem acabou com a minha vida.

– Ficaremos aqui com você o tempo todo – diz Storm, apertando minha outra mão.

O pai de Trent/Cole dá um pigarro.

– Olá, Kacey.

Não respondo. Vejo que ele coloca as mãos nos bolsos e as mantém ali. Exatamente como faz o filho.

— Meu nome é Carter Reynolds. Pode me chamar de Carter.

Um tremor percorre meu corpo ao ouvir esse sobrenome.

— Quero lhe pedir desculpas por tudo que meu filho a fez passar, assim como à sua irmã. Tentei fazer isso quatro anos atrás, mas a polícia me mostrou as ordens de restrição. Minha família e eu respeitamos sua privacidade. Infelizmente, Cole... Trent desde então prejudicou você de novo.

Ele dá alguns passos pelo quarto até ficar ao pé da minha cama, lançando um olhar furtivo para o dr. Stayner, que sorri para ele.

— Foi o nosso carro... o meu carro... que Sasha dirigiu na noite do acidente. — Um franzido aparece em sua testa. — Creio que você sabia disso, não é? A papelada do seguro deve ter indicado.

Ele para como se esperasse que eu reconhecesse o que ele disse. Não faço isso.

— Perdemos Cole depois do acidente. Ele deixou de existir. Ele abandonou a Universidade Estadual de Michigan, largou o futebol, se afastou dos amigos. Deixou a namorada de quatro anos e parou completamente de beber. Trocou de nome, de Cole Reynolds para Trent Emerson... O nome do meio dele e o nome de solteiro da mãe.

Carter faz uma pausa, seus lábios apertados como se sentisse dor.

— Aquele acidente destruiu nossa família. A mãe dele e eu nos divorciamos um ano depois. — Ele gesticula indicando que vai pular os detalhes. — Isso não importa. O que quero que você saiba é que Cole, ou Trent, é um jovem perturbado. Dois anos depois do acidente, eu o encontrei na minha garagem com o carro ligado e uma mangueira presa no cano de descarga. Pensamos que o perderíamos para sempre naquela noite. — A voz de Carter falha de emoção e sinto uma pontada indesejada de dor com a imagem. – Logo depois disso, nós o internamos no programa do dr. Stayner para transtorno de estresse pós-traumático. – Mais uma vez, Carter olha para o médico e o vê sorrindo e assentindo para que continue. – Quando Trent teve alta, parecia um selo de aprovação. Tínhamos certeza de que ele se recuperaria. Ele ria e sorria novamente. Começou a nos telefonar regularmente. Ele se matriculou em uma faculdade de design gráfico em Rochester. Parecia estar tocando a vida. Até compareceu a programas ambulatoriais e a grupos de terapia para ajudar os outros a superar seus traumas.

"E então, seis semanas atrás, ele parece ter tido uma recaída. Apareceu na porta da casa da mãe, murmurando algo sobre você e como você jamais o perdoaria. Nós o trouxemos para cá e o internamos com o dr. Stayner."

Eu me esforcei muito para controlar o choque em meu rosto. Então, ele estava aqui, em Chicago, durante todo o tempo em que esteve desaparecido. Em um hospital para transtorno de estresse pós-traumático, o problema que ele insistia em me curar.

– Alguns dias depois da alta, Trent estava em êxtase de novo. Não conseguimos entender por quê. Pensamos que talvez ele fosse maníaco ou usasse drogas. O dr. Stayner disse não às duas coisas. Não podia nos contar o que estava acontecendo, devido ao sigilo médico-paciente.

– E eu não sabia o que estava havendo, para ser claro. Trent escondeu uma informação crítica durante suas sessões comigo, sabendo que eu não aprovaria – interrompe o dr. Stayner.

– É verdade. – Carter baixa a cabeça, assentindo. – Passamos a entender três dias atrás, quando a mãe dele encontrou a recepcionista daqui e a funcionária perguntou se Trent e Kacey tinham resolvido as coisas. A recepcionista não achou nada de errado, porque Trent havia contado a ela que tinha uma namorada chamada Kacey e que eles estavam com problemas. Acho que ele imaginou que contar à recepcionista oferecia poucos riscos.

Carter suspira.

– Quando meu filho saiu do programa de internação dois anos atrás, ele acreditava que podia consertar a sua vida, que seria perdoado por toda a dor que causou. – Agora ele baixa os olhos para o chão, enquanto uma sombra de vergonha cruza seu rosto. – Meu filho observou você de longe por dois anos, Kacey. Ganhando tempo até se aproximar de você.

Mal percebi os dedos de Livie cravando-se no meu braço. Trent andou me seguindo? Ele me *perseguiu*? Só porque queria consertar o que destruiu? *Eu quero fazer você feliz. Fazer você sorrir.* Suas palavras me voltam à mente. Agora tudo faz sentido. Ele verdadeiramente queria. Tinha a missão de me consertar.

– A mãe dele e eu não sabíamos, Kacey. Sinceramente. Mas Trent ficou seguindo você nos últimos dois anos. Ele conhecia alguém da escola que podia invadir seu e-mail. Foi assim que descobriu que você estava se mudando para Miami. Não tínhamos ideia do que ele estava aprontando e de que tinha saído de Nova York. Mas assim ele foi para Miami, deixou seu apartamento e sua vida para vir atrás de você com a ideia de que ele seria perdoado se pudesse consertar a sua vida. Conversamos diariamente por e-mail e correio de voz. Ele até foi visitar a mãe uma vez.

– Então, eu era um projeto – murmuro comigo mesma. Um projeto de paz.

Náusea. É só o que sinto agora. Uma bile grossa sobe à minha garganta ao ter consciência disso. Ele nunca se importou comigo. Eu era uma etapa na merda de um programa maluco de 12 passos que ele criou em sua cabeça.

– Isso não importa. – Minha voz é oca. De fato, não importa.

Todo o bem que Trent trouxe a minha vida está morto. Essa pessoa nunca existiu realmente.

Storm agora fala, pela primeira vez desde que Carter entrou.

– Kacey, Dan quer que você dê queixa contra Trent. O que ele fez foi foda, errado e ilegal de várias formas. Ele merece ir para a cadeia.

Sorrio ironicamente comigo mesma. Storm nunca fala palavrão. Ela deve estar chateada de verdade.

– Mas eu pedi que ele esperasse até você se sentir melhor e poder ligar para ele. Achei que você deveria telefonar. – Ela acrescenta em voz baixa: – Embora eu mesma tenha vontade de dar um tiro na cabeça daquele cretino.

Concordo lentamente com a cabeça. *Denunciar Trent. Acusar Trent. Trent na cadeia.*

– A mãe dele e eu vamos entender se você der queixa – diz Carter calmamente, mas vejo seus ombros se curvarem com a ideia de perder o único filho.

– Não. – A palavra me surpreende ao sair dos meus lábios.

As sobrancelhas de Carter se arqueiam em surpresa.

– Não?

– Kacey, tem certeza? – pergunta Livie, apertando minha mão.

Olho para ela e concordo com a cabeça. Não sei por quê, mas sei que não quero fazer isso. Tenho certeza de que odeio Trent. Tenho certeza de que o odeio porque ele é Cole, e só conheço ódio por Cole.

Olho para Carter, imaginando esse homem retirando o corpo desmaiado de seu filho do carro, e não é ódio que sinto agora... É pena. Dele, e de Trent, porque estou intimamente familiarizada com o nível de dor que levaria uma pessoa a tentar se matar. É um fim que passou pelos meus pensamentos uma ou duas vezes nesses anos.

– Não. Não vou dar queixa. Nada de polícia. Isso não mudaria nada.

Carter fecha bem as pálpebras por um momento.

– Obrigado. – As palavras são roucas e cheias de emoção. Ele dá um pigarro. Com um olhar a Livie, acrescenta: – Sei que há a questão da custódia de Livie.

– Não, não há questão nenhuma. Ela está sob minha custódia. – Viro e olho feio para Livie. Por que ela contou a ele?

– Eu liguei para tia Darla – explica ela mansamente. – Não sabia se você ia ficar no hospital por algum tempo. Ela disse que pode me levar para casa e...

– Não! Não! Você não pode me deixar! – grito de repente, com meu coração disparado.

– Ela não vai a lugar algum, Kacey – promete Carter. – Só voltará a Miami para a escola. Minha firma vai garantir que toda a papelada legal da custódia seja redigida. A guarda pode precisar ir para a sra. Matthews por ora, até que você esteja melhor ou Livie tenha idade suficiente.

Concordo num torpor.

– O-obrigada. – Ele está nos ajudando. Por que ele está nos ajudando?

Ele me abre um sorriso firme.

– Também tive uma conversa com seu tio. – Seus olhos ficam frios e duros. – Ainda resta o dinheiro do seguro, Kacey. Ele não gastou tudo. Cuidarei para que tudo seja transferido para o seu nome e o de sua irmã. – Ele tira alguma coisa do bolso interno do paletó. – Aqui está meu cartão, se vocês um dia precisarem de alguma coisa. Sempre, Kacey. Livie. Qualquer coisa. Eu ajudarei do jeito que puder. – Ele o coloca na mesa de cabeceira.

Assentindo para o dr. Stayner, ele vai para a porta, os ombros curvados como se carregasse um fardo terrível. E suponho que carregue, depois do que seu filho fez. Ele para com a mão na maçaneta.

— A propósito, nunca vi Trent tão feliz como quando estava com você. Nunca.

Olho fixamente as grandes portas de carvalho da clínica. Fazem um ótimo contraste com o exterior de estuque branco e estéril. Ainda assim, é um prédio bonito.

Meu lar por agora.

A mão minúscula desliza para segurar a minha e eu não me retraio.

— Não se preocupe. Não é tão ruim e, se você ficar bem, quando sair, vamos tomar sorvete — diz Mia com o rosto sério. Ela e Dan passaram o tempo indo ao zoológico e aos parques de Chicago enquanto Storm ficava comigo. Agora eles estão ali para se despedir de mim. Ela ergue a mão livre com dois dedos apontados para o alto.

— De três bolas!

Storm chega atrás dela de braço dado com Dan, rindo.

— É isso mesmo, Mia. — Ela pisca para mim.

— Pronta? — pergunta Livie, enganchando o braço no meu.

Respirando fundo, olho mais uma vez o lugar.

— Parece meio chique.

— Não se preocupe. Conheço um cara que conhece um cara... que conhece um cara. — Dan sorri. Por algum motivo, não acredito nele. Tenho a sensação de que as mãos bem cuidadas de Carter Reynolds entraram nisso de algum jeito. Talvez eu seja a oferta pague-um-e-leve-outro-de-graça por Stayner não ter curado o filho dele. Em vista do currículo do dr. Stayner, não sei por que eles pensam que ele pode ajudar. Mas, pela primeira vez, não luto contra.

Livie e eu seguimos em frente, nossos passos um espelho da outra.

— Obrigada por fazer isso, Kacey — sussurra ela, enxugando a lágrima que escorre pelo seu rosto.

Um homem de uniforme azul-claro abre a porta e se aproxima, se oferecendo para pegar minha bolsa.

– Vou ligar com a maior frequência que eles deixarem – diz Livie, dando um último aperto no meu braço antes de soltar.

Dou uma piscadinha, fazendo cara de corajosa para ela.

– Vejo você na superfície.

DEZOITO

Não vou sobreviver a isso.

Não posso sobreviver a isso.

Eles só querem me fazer falar. Falar, falar e falar. Dos meus sentimentos, meus pesadelos, o quase ataque ao agressor de Storm, meus pais mortos, Jenny, Billy, Trent. Sempre que eu empurro tudo isso para aquele armário escuro e apertado, onde é seu lugar, dr. Stayner o invade e traz tudo à tona, como um louco em uma missão, enquanto eu esperneio e grito, agarrada em sua roupa.

Nada disso vai me ajudar.

Nem os remédios para a ansiedade. Eles me deixam sonolenta e nauseada. O dr. Stayner me diz que levam tempo para fazer efeito.

Eu digo que vou dar um murro na cara dele.

Eu o odeio mortalmente.

E quando fecho os olhos à noite, Trent está ali para me receber, rindo. Sempre rindo.

Digo isso ao dr. Stayner um dia em seu consultório, durante minha sessão diária.

– Acha que ele está rindo, Kacey? – pergunta ele.

– Foi o que eu acabei de dizer, não foi?

– Não, você me disse que teve um sonho em que ele ria para você. Mas você acredita que está rindo?

Dou de ombros.

– Não sei.

– Não sabe?

Olho feio para ele. Esta conversa foi muito além do que eu esperava. É isso que arranjo por abrir minha boca enorme. Normalmente, fico em silêncio e dou respostas simples do tipo "sim" e "não". Até agora isso tem funcionado bem para mim. Não sei por que pensei que este seria um assunto inofensivo.

– Vamos pensar nisso por um momento, sim, Kacey? – Ele se recosta na cadeira e fica sentado ali, olhando para mim. Será que está pensando nisso? Ele pensa que estou pensando? Isso é irritante. Deixo meu olhar percorrer seu consultório e me distraio com o silêncio desconfortável. É um ambiente pequeno e clínico. Algumas paredes cheias de livros, como deve ser a sala de qualquer psiquiatra. Mas ele não é como qualquer outro psiquiatra que conheci. Não sei como descrever. Sua voz, seus gestos – tudo é diferente.

– Trent é um jovem universitário que bebeu demais numa noite, como a maioria dos universitários. Depois cometeu um erro estúpido e atroz.

Minhas mãos se fecham e eu me curvo para a frente na cadeira, imaginando cuspir ácido para derreter a pele de Stayner.

– *Erro?* – sibilo. Detesto essa palavra. Detesto quando usam essa palavra para descrever aquela noite. – Meus pais estão mortos.

O dedo do dr. Stayner perfura o ar.

– E isto é o *resultado* do erro estúpido e atroz que ele cometeu. Não é o erro estúpido e atroz que ele cometeu, é? – Como eu não respondo, ocupada demais olhando feio para o carpete xadrez azul-marinho no chão, sinto algo bater na minha testa. Baixo os olhos e vejo um clipe de papel no meu colo.

– Você jogou um clipe em mim? – pergunto, chocada.

– Responda à pergunta.

Cerro os dentes.

– Qual foi o erro estúpido, atroz e transformador de vidas que Trent cometeu? – O dr. Stayner pressiona.

– Ele dirigir para casa – murmuro.
Outro clipe bate na minha testa enquanto o dr. Stayner balança a cabeça freneticamente, sua voz se elevando um tom.
– Não.
– Ele dar a chave a um amigo para levá-lo para casa.
– Bingo! Ele tomou uma decisão... uma decisão de quem está bêbado... uma decisão que não deveria ter tomado. Uma decisão muito ruim e muito perigosa. E, quando ficou sóbrio, soube que essa decisão matou seis pessoas. – Há uma longa pausa. – Coloque-se no lugar dele por um momento, Kacey.
– Eu não vou...
O dr. Stayner se antecipa e interrompe meus protestos antes que eu comece.
– Você já ficou bêbada, não é?
Aperto bem os lábios.
– Não é?
Uma noite surge na minha mente, sem muito esforço. Seis meses antes do acidente, Jenny e eu fomos a uma festa e enchemos a cara de Jäger bombs. Foi uma das noites mais divertidas que tive na vida. A manhã seguinte foi outra história.
– É isso mesmo – continua o dr. Stayner como se pudesse ler meus pensamentos. Talvez ele possa. Talvez ele seja um charlatão louco de pedra. – Você deve ter feito algumas coisas estúpidas, dito algumas coisas estúpidas.
Concordo de má vontade.
– O quanto você estava bêbada?
Dou de ombros.
– Não sei. Eu estava... bêbada.
– Sim, mas o quanto?
Eu o olho de cara feia.
– Qual é o seu problema? Por que quer ficar se intrometendo tanto?

Ele me ignora.
— Você foi dirigindo para casa?
— Hum, não.
— E por que não?
— Porque na época eu tinha 15 anos, gênio! — Meus dedos agora ficam brancos, agarrados nos braços da cadeira.
— É verdade — ele gesticula com desdém. Mas, pelo visto, não terminou seu argumento. — E sua amiga? Os amigos? Exatamente o quanto estavam bêbados?
Dou de ombros.
— Não sei. Bêbados.
— Era fácil de saber? Era tão visível que eles estavam bêbados?

Franzo a testa enquanto penso em Jenny dançando e cantando em cima de uma mesa de piquenique com uma música de Hannah Montana. Exatamente o quanto ela estava bêbada, não tenho a menor ideia. Jenny faria isso mesmo sóbria. Por fim dou de ombros, a lembrança trazendo um bolo doloroso no fundo da minha garganta.

— E se, no fim da noite, seus amigos dissessem a você que tinham parado de beber horas antes e podiam dirigir? Você acreditaria neles?

— Não — respondo rapidamente.

Aquele dedo sobe de novo, balançando-se.

— Pense por um minuto, Kacey. Todos nós já passamos por isso. Saímos numa noite boa, tomamos umas bebidas. Você sabe que não pode dirigir, mas por isso não confia em mais ninguém? Eu mesmo já fiz isso.

— Está arrumando desculpas por dirigir bêbado, dr. Stayner?

Ele balança a cabeça intensamente.

— É claro que não, Kacey. Não existe desculpa para isso. Só consequências terríveis com que as pessoas têm de conviver pelo resto da vida quando tomam uma decisão burra.

Ficamos em silêncio por um momento, o médico sem dúvida ainda esperando pela minha resposta.

Olho minhas mãos.

– Acho que pode acontecer – admito de má vontade. É, pensando agora, talvez tenha acontecido uma ou duas vezes em que eu entrei no carro, supondo que a motorista estava bem porque ela me garantiu.

– Sim, pode. – O dr. Stayner assente com astúcia. – E isso aconteceu. Com Cole.

Minha fúria se acende de repente.

– Mas o que você está fazendo? Está do lado dele? – vocifero.

– Eu não estou do lado de ninguém, Kacey. – Sua voz volta a ficar tranquila e firme. – Quando ouço sua história... O *acidente* trágico... Não posso deixar de ter empatia por todos os envolvidos. Você. Sua família. Os rapazes que morreram porque não fizeram algo tão simples como colocar o cinto de segurança. E Cole, o garoto que entregou sua chave a alguém. Quando ouço a história dele, eu sinto...

Então saio repentinamente do consultório do dr. Stayner, com os gritos de "empatia!" dele me seguindo pelo corredor, entrando pelo quarto, procurando um jeito de se esgueirar pela minha alma e me atormentar.

– Como está indo?

Quero estender os braços pelo telefone e abraçar Livie. Já se passaram sete dias e sinto uma saudade terrível. Nunca fiquei tanto tempo longe dela. Mesmo enquanto eu estava no hospital depois do acidente, ela ia me visitar quase todo dia.

– O dr. Stayner sem dúvida nenhuma é fora do padrão – murmuro.

– Por quê?

Suspiro, exasperada, depois digo a ela aquilo que ela não quer ouvir.

– Ele é maluco, Livie! Ele grita, pressiona, me diz o que pensar. Ele é tudo que um psiquiatra não deve ser. Não sei qual foi a faculdade de impostores que ele fez, mas entendo por que Trent saiu daqui mais fodido do que entrou.

Trent. Meu estômago se aperta. *Esqueça esse homem, Kace. Ele se foi. Para você, morreu.*

Há uma pausa.

– Mas está dando certo? Você está melhorando?

– Ainda não sei, Livie. Não sei se alguma coisa realmente vai melhorar.

Jenny ri histericamente enquanto um carro passa por nós na estrada.

– Viu a cara de Raileigh quando eu gritei "sua maluca"? Foi um clássico.

Eu rio junto com ela.

– Tem certeza de que você está bem para dirigir? – Depois que pulei do capô da picape de George e ataquei um dos amigos de Billy no chão, soube que não tinha qualquer condição de dirigir, então entreguei minha chave a ela.

Ela gesticula com desdém.

– Claro que sim. Eu parei de beber tipo horas atrás! Estou...

Um clarão forte nos distrai. São faróis e estão perto. Perto demais.

Um solavanco atinge meu corpo enquanto o Audi do meu pai bate em alguma coisa, o cinto de segurança cortando meu pescoço com força enquanto um barulho ensurdecedor explode no ar. Em segundos não há mais nada além de silêncio e uma sensação sinistra, como se todos os meus sentidos estivessem paralisados e acelerando ao mesmo tempo.

– O que aconteceu?

Nada. Nenhuma resposta.

– Jenny? – Olho para o lado. Agora está escuro, mas consigo enxergar o bastante para saber que ela não está mais sentada ao volante. E sei que estamos com problemas. – Jenny? – Chamo mais uma vez, com a voz trêmula. Consigo tirar o cinto de segurança e abrir a porta do carro. É como dizem, "sóbria de susto". Sei que é como estou agora enquanto contorno a frente do carro, bem consciente do ronco do motor e da fumaça que sai do capô amassado. É perda total. Minhas mãos puxam o cabelo enquanto o pânico surge dentro de mim. – AimeuDeus, meu pai vai...

Um par de sandálias no chão me faz parar na hora.

As sandálias de Jenny.

– Jenny! – grito, cambaleando pelo trecho de grama onde ela está de bruços, o rosto no chão, imóvel. – Jenny! – Eu a sacudo. Ela não responde.

Preciso conseguir ajuda. Tenho que encontrar meu celular. Eu preciso...

Então noto outra massa de metal.

Outro carro.

Está em piores condições do que o Audi.

Meu estômago se contrai. Consigo distinguir ligeiramente o contorno das pessoas nele. Eu me levanto e começo a agitar os braços freneticamente, sem pensar.

– Socorro! – grito. Não tem sentido. Estamos numa estrada arborizada e escura no meio do nada.

Enfim desistindo, me aproximo devagar do carro, com o coração batendo nos ouvidos.

– Olá? – sussurro. Não sei se tenho mais medo de ouvir alguma coisa ou de não ouvir nada.

Não tenho resposta.

Eu me curvo e semicerro os olhos, tentando enxergar através do vidro quebrado. Não consigo ver... está escuro demais...

Clique. Clique. Clique... Como luzes de palco, de repente uma inundação de luzes é despejada na área, iluminando a cena tenebrosa.

Um casal mais velho sentado e recurvado no banco da frente e sou obrigada a virar o rosto, sem conseguir suportar tanta carne ensanguentada e horrível demais.

É tarde demais para eles. Eu simplesmente sei disso.

Mas há alguém atrás também. Eu vou até lá e olho, e vejo um corpo esmagado com cabelos pretos escapando pela porta retorcida.

– Meu Deus – ofego, os joelhos dobrando.

É Livie.

Por que ela está neste carro?

– Kacey. – Dedos frios como gelo seguram meu coração quando ouço meu nome. Olho mais além e vejo uma forma alta e escura sentada ao lado dela. Trent. Ele está ferido. Muito. Mas está consciente e me olha com intensidade.

– Você matou meus pais, Kacey. Você é uma assassina.

A enfermeira da noite, Sara, corre para o meu quarto assim que acordo gritando a plenos pulmões.

– Está tudo bem, Kacey. Shhhh, está tudo bem. – Ela acaricia minhas costas com movimentos circulares e lentos enquanto um suor frio encharca o meu corpo. Ela continua seus movimentos mesmo enquanto eu me enrosco em posição fetal, abraçando os joelhos com força junto ao peito. – Esse foi um pesadelo diferente dos outros, Kacey. – Ela já esteve aqui algumas vezes, durante minhas crises noturnas. – Sobre o que foi? – Noto que ela não me pergunta se quero falar sobre isso. Ela supõe que preciso falar, mesmo eu querendo ou não. Neste lugar é sempre assim. Só o que eles querem é que você fale. E só o que eu quero é ficar calada.

– Hum, Kacey?

Engulo o bolo espinhoso na minha garganta.
– Empatia.

– Então, talvez você tenha razão. As sobrancelhas do dr. Stayner se arqueiam em questionamento.
– É sobre o sonho que você teve ontem à noite?

Minha cara feia diz a ele que sim.

– Sim, Sara me contou. Ela queria que eu soubesse, caso fosse preocupante. Este é o trabalho dela. Ela não traiu você. – Ele diz isso como se fosse uma frase que repete com frequência. – O que aconteceu exatamente?

Por algum motivo, conto todo o pesadelo, do início ao fim, os tremores correndo pelo meu corpo enquanto eu o revivo.

– E por que ele foi tão horrível?

Inclino a cabeça de lado e olho feio para o médico. Evidentemente ele não estava me escutando.

– Como assim? Todo mundo morreu. Jenny morreu, os pais de Trent morreram. Eu matei Livie. Foi simplesmente... terrível!

– Você matou Livie?

– Bom, sim. A culpa foi minha.

– Hum... – Ele assente, sem dizer nada. – Como você se sentiu quando viu Jenny largada ali, morta?

Minhas mãos apertam minha barriga ansiosamente só de pensar nisso.

– Então, você ficou mal pela morte dela – ele responde por mim.

– É claro que sim. Ela morreu. Não sou uma sociopata.

– Mas ela estava dirigindo o carro que bateu na família de Trent. Em Livie. Como você pode ficar mal por ela?

Estou tagarelando mais rápido do que penso.

— Porque é Jenny. Ela jamais quis machucar alguém. Ela não fez isso de propósito... — Paro repentinamente e fecho a cara para ele, entendendo a sugestão. — Sasha não é Jenny. Sei o que você está fazendo.

— E quem ela é?

— Você está tentando me obrigar a ver Sasha e Trent como pessoas que riem, choram e têm famílias.

Suas sobrancelhas de sabe-tudo se erguem.

— Não é a mesma coisa! Eu odeio todos eles! Odeio Trent! Ele é um assassino!

Dr. Stayner levanta da cadeira em um pulo e vai até a estante, pegando o maior dicionário que já vi na vida. Ele volta e o joga no meu colo.

— Tome. Procure a palavra "assassino", Kacey. Procure! Olhe agora! — Ele não espera que eu faça, provavelmente sentindo que seu argumento estúpido foi compreendido. — Você não é burra, Kacey. Pode se esconder atrás dessa palavra ou aceitar o que ela realmente significa. Trent não é um assassino e você não o odeia. Você sabe que concorda com isso, então pare de mentir para mim e, mais importante, pare de mentir para você mesma.

— Sim, eu o odeio — rosno de volta, minha voz perdendo parte de sua força.

Eu odeio o dr. Stayner neste exato momento.

Eu o odeio porque, no fundo, sei que ele tem razão.

DEZENOVE

Dr. Stayner me leva a uma salinha branca com uma janela que dá para outra salinha branca.

– É um espelho unilateral? – Dou uma batidinha no espelho.

– Sim, é, Kacey. Sente-se.

– Tudo bem, Doutor Ditador – resmungo, me jogando na cadeira que ele me oferece.

– Obrigado, Paciente Pé no Saco.

Sorrio com malícia. Às vezes os métodos pouco convencionais do dr. Stayner tornam isso menos doloroso. Nem sempre, mas às vezes.

– Que castigo você tem programado para mim hoje? – pergunto com indiferença enquanto a porta do outro lado do espelho, na outra sala, se abre. Meu corpo fica rígido e respiro fundo quando vejo o rosto através do vidro.

É Trent.

Cole.

Trent.

Merda.

Já faz semanas que não o vejo. Com aquele cabelo castanho-claro e desgrenhado dele, sentado com os músculos longilíneos, ele está lindo como sempre. Isso eu tenho que admitir. E detesto admitir isso. Só que agora não vejo sorriso no seu rosto. Nem covinhas. Nada que lembre o cara charmoso por quem me apaixonei.

Eu me apaixonei. Cerro os dentes para conter a dor que vem com esse reconhecimento.

Ele se senta na cadeira diretamente à minha frente. Nem mesmo precisaria conhecer Trent para perceber a agonia nos seus olhos. Mas como eu o conheço, ou uma parte dele, essa dor grita na minha cara.

E é insuportável. Por instinto, quero estender a mão e tirá-la dali.

As mãos do dr. Stayner seguram meus ombros por um segundo antes que eu possa disparar para fora da sala.

– Ele não pode ver você, Kacey. Não pode ouvi-la.

– O que ele está fazendo aqui? – sussurro, com a voz trêmula.

– Por que você está fazendo isso comigo?

– Você sempre diz que odeia Trent e nós dois sabemos que não é assim. Ele está aqui para que você admita isso para si mesma de uma vez por todas e siga sua vida. Não há espaço na sua recuperação para se prender ao ódio.

Não consigo desviar os olhos de Trent, mesmo enquanto nego as palavras do dr. Stayner.

– Você é um médico escroto e pervertido...

Dr. Stayner me interrompe.

– Você sabe que ele também é meu paciente, Kacey. E ele precisa de toda ajuda que eu puder dar. Ele também sofre de TEPT. Ele também se iludiu ao pensar que podia enterrar a própria dor em vez de tratá-la corretamente. Só que ele fez isso de uma forma menos convencional. Não vamos falar nisso agora. – Eu me encolho enquanto ele dá um tapinha em meu ombro. – Hoje, estou trapaceando um pouco. Esta é uma sessão duas em uma.

– Eu sabia. – Aponto o dedo acusatório para ele.

Dr. Stayner sorri como se minha reação fosse engraçada. Não acho graça nenhuma nisso. Eu me pergunto o que o Conselho de Medicina pensará disso quando eu o denunciar.

– E isto faz parte tanto do processo de cura de Trent como do seu, Kacey. Você vai ficar sentada e vai ouvir o que ele tem a dizer. Depois disso, você não o verá novamente. Ele vai embora hoje, voltará para casa. Ele está indo bem, mas tem sido impossível tratá-lo com eficácia quando ele sabe que você está neste prédio. Não posso correr o risco de vocês dois se encontrarem. Compreende isso?

Um grunhido ininteligível é minha única resposta. Trent esteve aqui esse tempo todo e dr. Stayner não avisou? Meu estômago se aperta com a ideia de virar um corredor, despreparada, e dar de cara como ele de novo.

Dr. Stayner se curva para ligar um interruptor ao lado de um alto-falante. Eu posso sair correndo agora mesmo. Eu posso. Provavelmente eu me livraria disso. Mas não corro. Só fico sentada, olhando aquele homem que conheço tão bem, mas não conheço nada, me perguntando o que ele pode ter a dizer. E por mais que uma parte de mim queira, não consigo me obrigar a virar o rosto.

– Ele não pode ver você. Ele quis assim. Há uma luz vermelha que indica a ele se o microfone está ligado – explica o dr. Stayner, e ouço um estalo suave ao meu lado. Olhando para trás, vejo que o médico saiu da sala, me deixando de frente para o homem que me destruiu duas vezes.

Espero com os punhos cerrados e o estômago apertado enquanto Trent se remexe na cadeira, puxando-a na minha direção até que seus joelhos tocam o vidro. Ele se inclina para a frente e apoia os cotovelos nas coxas, olhando para os dedos, mexendo neles. Aqueles dedos, aquelas mãos – elas foram minha salvação há pouco tempo. Como as coisas mudaram com tanta rapidez?

Com movimentos lentos e quase aflitos, Trent levanta a cabeça e me olha, seus olhos cravados nos meus, aquelas íris azul-claras pontilhadas de turquesa caindo em mim com tanta força que tenho certeza de que ele pode me ver. Entro em pânico, e me viro para a esquerda e a direita. Suas pupilas não me acompanham. *Tudo bem, então talvez Stayner não esteja mentindo.*

– Oi, Kacey – diz Trent em voz baixa.

Oi, minha boca responde antes que eu consiga me conter, o som de sua voz torcendo minhas entranhas.

Trent dá um pigarro.

– Isso é meio esquisito, falar sozinho para um espelho, mas é o único jeito que eu conheço de dizer tudo que preciso, então... Ainda bem que você está aqui, com o dr. Stayner. Ele é um ótimo médico, Kacey. Confie nele. Eu queria ter confiado plenamente nele. Assim talvez eu não tivesse feito você passar por tudo isso. – Ele aperta os lábios e vira o rosto. Tenho certeza de que seus olhos ficaram vidrados, mas eles estão normais quando ele volta a me encarar.

– O que aconteceu naquela noite, quatro anos atrás, foi a pior decisão que tomei e uma decisão da qual me arrependerei pelo resto da vida. Se eu pudesse voltar no tempo e salvar sua família, salvar a minha família, salvar Sasha e Derek, eu voltaria. Eu faria isso. Faria qualquer coisa para mudar o que aconteceu. – Seu pomo de adão sobe e desce enquanto ele engole em seco. – Sasha... – Ele baixa a cabeça de novo. Fecho os olhos ao ouvir esse nome. Ainda dói ouvi-lo, mas não tanto como antes. Melhorou desde a lição do dr. Stayner sobre empatia. Quando abro os olhos, Trent está me olhando de novo, as lágrimas de dor e perda escorrendo pelo seu rosto.

É o suficiente. Meu corpo se contorce, a visão dele tão perturbado invade quaisquer defesas que eu ainda tenha. Minhas mãos voam para cobrir a boca, as lágrimas brotando nos meus olhos antes que eu consiga contê-las. Eu as esfrego loucamente, mas elas continuam rolando. Depois de tudo, ver Trent sofrendo ainda me arrasa.

É porque não o odeio. Não posso. Eu o amei. Se eu for sincera comigo mesma, talvez ainda o ame. Nem mesmo me importo que ele tenha me perseguido. Não sei por que não me importo, mas sei que é assim.

Pronto, dr. Stayner. Eu admito. Seu merda!

– Sasha era um cara legal, Kacey. Você não acreditaria em mim, mas teria gostado dele. Fui criado com ele. – Trent sorri com tristeza agora, recordando-se. – Ele era como um irmão para mim. Ele não merecia o que aconteceu com ele, mas, estranhamente, é melhor assim. Ele não teria durado dez minutos com essa culpa. Ele...
– A voz de Trent falha enquanto ele passa o polegar pelo rosto para enxugar as lágrimas. – Ele era um cara legal.

O olhar de Trent vaga por toda a vidraça.

– Sei que você deve me odiar, Kacey. Você odiava Cole. Demais. Mas eu não sou Cole, Kacey. Não sou mais aquele cara. – Ele para e respira fundo. Quando volta a falar, sua voz é firme e tranquila, os olhos mais brilhantes, os ombros um pouquinho mais erguidos. – Não posso consertar o que fiz com você. Só o que posso dizer é que lamento. Isso e dedicar minha vida a contar a todos o quanto esse erro pode custar. O quanto pode ferir. – Sua voz vaga para longe. – É o máximo que posso fazer. Por mim e por você.

Com um movimento lento e cauteloso, ele ergue uma das mãos trêmulas e aperta no vidro. Mantém a mão ali.

E não consigo me reprimir.

Combino meus dedos perfeitamente com os dele, imaginando como seria sentir sua pele de novo, ter aqueles dedos entrelaçados nos meus, me puxando para ele, para o seu calor. Para a sua vida.

Ficamos assim, com as mãos encostadas, as lágrimas rolando pelo meu rosto, por um longo tempo. Depois, ele coloca a mão no colo e sua voz fica suave.

– Eu queria te dizer isso pessoalmente, embora meu jeito fosse errado... – Ele engole em seco, com a voz rouca. – Pensei que fazer você se apaixonar por mim consertaria tudo que fiz com você. Pensei que podia fazer você feliz, Kacey. Feliz o bastante para que, se um dia você descobrisse, ficasse bem com isso. – Ele colocou a cabeça entre as mãos, escondendo o rosto por um momento, antes de levantá-la. Um sorriso triste tocava seus lábios. – Mas isso não é muito escroto?

Há uma longa pausa, uma chance de eu analisá-lo, de me lembrar de todos aqueles dias e noites de risadas e felicidade. Nem acredito que foram reais. Parece que foi há muito tempo.

– O que eu sentia por você era de verdade, Kacey. – Agora ele olha para o vidro com um olhar cheio de brilho e emoção. Um daqueles olhares de Trent que deixam meus joelhos bambos. – Ainda é de verdade. Eu só não aguento mais. Nós dois precisamos tentar nos curar.

Meu coração salta na garganta.

– Ainda *é* de verdade – confirmo em voz alta, suavemente. É de verdade.

Mais lágrimas escorrem pelo meu rosto quando percebo o que está acontecendo.

Trent está dizendo adeus.

– Espero que um dia você possa se curar de tudo isso e que alguém a faça rir. Você tem um sorriso lindo, Kacey Cleary.

– Não – sussurro de repente, de cenho franzido. – Não! – Minhas mãos voam até o vidro para socá-lo. Não estou preparada para uma despedida, percebo. Não desse jeito. Ainda não.

Talvez nunca.

Não consigo explicar. Tenho certeza de que não quero sentir isso. Mas sinto.

Prendo a respiração enquanto vejo Trent se levantar e sair da sala, as costas rígidas. A visão da porta se fechando – de Trent saindo de minha vida para sempre – provoca uma torrente de soluços.

VINTE

Examino os livros na biblioteca do dr. Stayner, me ocupando para não ter que olhar o lábio inchado que provoquei nele depois da sessão de grupo ontem. Complementa o olho roxo que lhe dei na sessão da semana passada. Desde o dia em que Trent deu adeus, eu me sinto ainda mais vazia do que antes. Não há dúvida alguma – Trent ou Cole, erro ou assassino –, aquele homem é dono do meu coração e levou um pedaço meu com ele.

– Então, meus filhos passaram a chamar as quartas-feiras de "O dia em que papai leva porrada" – anuncia o dr. Stayner.

Bom, agora que está se falando nisso, não posso evitar.

– Desculpe – murmuro, arriscando olhar para o seu rosto e estremeço.

Ele sorri.

– Não precisa. Sei que pressionei você um pouco mais do que deveria. Normalmente eu tranquilizo meus pacientes e os levo a falar do seu trauma, mas pensei que uma abordagem mais agressiva daria certo com você.

– O que lhe deu essa brilhante ideia?

– Porque você compartimentalizou tanto as suas emoções e a dor que talvez precisemos de dinamite para trazê-las para fora – ele brinca. – Quer dizer, olhe para você. É uma lutadora treinada. Provavelmente você daria um jeito nos meus filhos. Na realidade, talvez eu a convide para jantar em breve, para dar umas porradas neles.

Reviro os olhos para o meu médico charlatão anticonvencional.

– Eu não iria tão longe.

– Eu iria. Você pegou toda essa tragédia e a canalizou em um mecanismo de defesa muito potente. – Sua voz fica mais branda. – Mas todo mecanismo de defesa pode ser rompido. Acho que você já aprendeu isso.

– Trent... – O nome dele salta da minha boca.

Ele assente.

– Hoje não vamos falar do acidente. – Meus ombros se curvam com a novidade. Em geral é só disso que o dr. Stayner quer falar. Espero enquanto ele encontra uma posição confortável na cadeira.

– Vamos falar do luto. De todas as maneiras com que uma pessoa pode lidar com isso. As boas, as más e as feias.

Dr. Stayner cita uma lista de mecanismos de luto, indicando cada um deles com um dedo, precisando usar as mãos várias vezes para elencá-los.

– Drogas, álcool, sexo, anorexia, violência... – Fico sentada, ouvindo, me perguntando aonde ele quer chegar. – Uma obsessão por "salvar" ou "consertar" o que foi quebrado. – Sei do que ele está falando.

É o mecanismo de luto de Trent.

– Todos esses mecanismos parecem ajudar na época, mas, no fim, deixam você fraca e vulnerável. Não são saudáveis. Não são sustentáveis. Nenhum ser humano pode levar uma vida saudável e satisfatória com carreiras de cocaína na mesa de cabeceira. Até agora faz sentido?

Concordo com a cabeça. Eu não sou boa para Trent. É isso que o dr. Stayner está dizendo. Por isso Trent disse adeus. A ferida por dentro ainda está em carne viva desde aquele dia, mas não enterro a dor. Cansei de enterrá-la. Não tem sentido. Dr. Stayner vai trazê-la de volta até o ponto em que seja impossível ignorá-la, como uma carcaça de búfalo esparramada em uma estrada de mão única.

– Que bom. Agora, Kacey, precisamos descobrir um método de luto que funcione para você. O kickboxing não funciona. Ajuda você a canalizar sua raiva, é verdade. Mas vamos encontrar um jeito de acabar de vez com essa raiva. Quero que você faça uma análise aprofundada comigo. Quais são os mecanismos saudáveis de luto para você?

– Se eu soubesse, eu os colocaria em prática, não é?

Ele revira os olhos para mim. Um profissional revirando os olhos!

– Vamos lá, você é uma garota inteligente. Pense em todas as coisas que você ouviu. O que os outros sugeriram. Vou te dar um ponto de partida. Falar com os outros sobre o trauma é uma delas.

Agora é minha vez de revirar os olhos.

Dr. Stayner dispensa minha reação.

– Eu sei, eu sei. Acredite em mim, você deixou isso muito claro. Mas falar da sua dor e partilhá-la com os outros é uma das formas mais poderosas de lidar com o luto. Ajuda você a liberar a mágoa, e não reprimi-la até você explodir. Outras formas são pintar, ler, estabelecer metas, fazer um diário dos seus sentimentos.

Hum. Eu poderia fazer um diário. Ainda é uma atividade que posso fazer sozinha.

– A ioga também é fantástica. Ajuda a clarear a mente, pois obriga você a se concentrar em sua respiração.

Respirar.

– Respire dez vezes, curtinho – murmuro mais para mim mesma do que em voz alta, sentindo meus lábios se curvarem com a ironia.

– O que é isso? – Dr. Stayner se curva para a frente, ajeitando as lentes bifocais com o dedo.

Meneio a cabeça.

— Não, não é nada. Algo que minha mãe costumava dizer. "Respire dez vezes, curtinho."

— Quando ela dizia isso?

— Sempre que eu ficava triste, aborrecida ou nervosa.

Os dedos do dr. Stayner coçam o queixo.

— Sei. E ela dizia mais alguma coisa? Você se lembra?

Sorrio. É claro que me lembro. Está firmemente gravado na minha mente.

— Ela dizia, "Apenas respire, Kacey. Dez vezes, curtinho. Prenda o ar. Sinta-o. Ame-o".

Há uma longa pausa.

— E o que você acha que ela queria dizer com isso?

Franzo o cenho, irritada.

— Ela estava me dizendo para respirar.

— Hum. — Ele rola uma caneta pelo tampo da mesa como se estivesse imerso em pensamentos. — E como respirar curtinho ajudará? Por que curtinho? Por que não respirar fundo?

Bato as mãos na mesa.

— Foi isso que eu sempre me perguntei. Agora você entende por que sempre fiquei confusa.

Mas ele não entende. Pelo leve sorriso torto, ele entende algo diferente. Algo que eu não entendo.

— Acha que faz diferença se é a respiração curta ou profunda?

Fecho a cara. Não gosto desse tipo de jogo.

— O que você acha que ela quis dizer com isso?

— O que *você* acha que ela quis dizer?

Quero dar um soco na boca do dr. Stayner de novo. Eu quero *muito, muito mesmo* dar outro murro nele.

***

Apenas respire, Kacey. Dez vezes, curtinho. Prenda o ar. Sinta-o. Ame-o. Repasso essas palavras mentalmente sem parar, como fiz mil vezes na vida, em vão, deitada na minha cela que, na verdade, não é uma cela. É um lindo quartinho com um banheiro privativo e paredes amarelas alegres, mas ainda assim me sinto confinada.

Dr. Stayner soube na mesma hora o que minha mãe quis dizer. Eu tive certeza pelo sorriso presunçoso em seu rosto. Acho que você precisa ser superinteligente. Dr. Stayner claramente é superinteligente. Eu, pelo visto, não sou.

Respiro fundo, refrescando minha memória da conversa. O que ele disse mesmo? Respirar pode ser um mecanismo para lidar com o luto. E depois ele questionou a respiração curtinha. Mas ele queria me pegar, porque já tinha a resposta para isso. E a resposta é...

Um... dois... três... Conto até dez, na esperança de que eu seja iluminada pela sabedoria profunda. Nada acontece.

Acha que faz diferença se é uma respiração curta ou profunda?, perguntou ele. Bom, se não é a respiração curta e se não é respirar fundo, então é só... respirar. Então você só respira por... respirar.

... Prenda o ar. Sinta-o. Ame-o...

Eu me sento reta, com uma estranha calma fluindo pelo meu corpo quando a resposta me vem.

É tão simples. Meu Deus, é simples pra cacete.

Fase oito

RECUPERAÇÃO

VINTE E UM

Seis semanas depois. Terapia de grupo.
Um... dois... três... quatro... cinco... seis... sete... oito... nove... dez.
Procuro não mexer os dedos entrelaçados no meu colo.
– Meu nome é Kacey Cleary. Quatro anos atrás, meu carro foi atingido por um motorista bêbado. Minha mãe e meu pai, minha melhor amiga e meu namorado morreram. Tive que ficar sentada no carro, segurando a mão do meu namorado morto, ouvindo minha mãe dar seu último suspiro, até que os paramédicos conseguissem me libertar. – Paro para engolir em seco. *Um... dois... três...* Desta vez, respiro fundo. Respiro fundo e por alguns segundos. Não é uma respiração curta. É imensa. É monumental.
– No começo, eu usava álcool e drogas para afogar a dor. Depois passei à violência e ao sexo. Mas agora – olho diretamente para o dr. Stayner – eu me alegro por poder abraçar minha irmã, rir com meus amigos, andar e correr. Por estar viva. Poder respirar.
Estou acima da água.
E, desta vez, ficarei ali, onde é o meu lugar.

Uma rodada alta de aplausos me recebe no Penny's quando viro a esquina e encontro todos me esperando. Nate é o primeiro a me receber, abaixando-se e me erguendo em um enorme abraço de urso. Eu nem mesmo me encolho com o contato. Até aprendi a gostar de novo disso.

– Eu sempre soube que você era uma doida varrida! – grita Ben de algum lugar. – Viro o corpo a tempo de ele me pegar no colo e me segurar firme junto a si. – E dura feito prego, por sobreviver a tudo isso – acrescenta ele suavemente no meu ouvido. – Eu teria chorado feito uma garotinha de 5 anos. Você está bem? Acaricio seu braço enquanto ele me coloca no chão.

– Estou chegando lá. Tenho um longo caminho pela frente.

– Bom, não foi a mesma coisa sem você aqui, isso eu posso te dizer. – Sua testa se franze. – Ei, então aquela ali é a sua irmã? – Sua cabeça aponta para Livie, que está com Storm e Dan. – Porque eu estava pensando em convidá-la...

– Ela tem 15 anos. – Bato de brincadeira em sua barriga. – Não te ensinaram o significado de estupro presumido na faculdade, Aprendiz de Advogado?

Seus olhos se arregalam de surpresa, as mãos se erguem em sinal de rendição.

– Porcaria – eu o ouço resmungar, balançando a cabeça enquanto olha Livie mais uma vez de cima a baixo.

Falta pouco para a boate abrir e as meninas estão com seus trajes – ou a falta deles –, então Mia ficou em casa com a babá. Os olhos de Livie estão fixos em Storm e Dan, com medo de vagar por ali. Tanner também está junto, completamente de boca aberta.

Mas a maior surpresa: meu charlatão anticonvencional também está presente.

– Não sei se isso constitui um protocolo saudável médico-paciente – brinco, cutucando as costelas dele.

Ele ri enquanto passa o braço pelos meus ombros, em um abraço de lado.

– Nem dar um soco na cara do médico... duas vezes, mas vamos deixar isso pra lá, então faça-me o favor.

Livie e Storm abrem a boca enquanto Dan e Ben se dobram de rir.

— Alguém quer champanhe? — Cain passa por mim e me dá um tapinha nas minhas costas, segurando uma bandeja cheia de flûtes. Uma onda de familiaridade me entristece por um momento quando me lembro da última vez que alguém me entregou uma taça de champanhe. Foi com Trent.

Sinto falta dele. Sinto falta dos seus olhos, do seu toque, de como ele me fazia sentir.

É isso mesmo. Posso admitir a mim mesma agora, sem culpa, raiva ou ressentimento.

Eu sinto falta de Trent. Sinto falta dele todo dia.

A mão desliza pelo meu cotovelo e o aperta. É Storm. De algum jeito ela sentiu o turbilhão dentro de mim. Ela entende.

— À louquinha mais durona que tive o prazer de irritar — anuncia o dr. Stayner, e todos brindamos e bebemos.

— Então, estou curada, doutor? — pergunto, saboreando o líquido borbulhante e doce. Eu me lembro da boca de Trent, da última vez em que ele me beijou.

Ele dá uma piscadinha.

— Eu jamais usaria a palavra "curada", Kacey. "Tratada" é uma palavra melhor. Mas há um último passo épico na sua recuperação antes que eu diga que você está a caminho da cura.

Minha testa se franze.

— Ah, sim? E qual é?

— Não posso dizer. Você saberá quando chegar a hora. Confie em mim.

— Confiar num charlatão?

— Um charlatão muito caro — acrescenta ele, piscando.

E por falar nisso...

— Então, quem é o amigo de um amigo de um amigo de Dan que me levou até você? Eu devia agradecê-lo — pergunto, com inocência.

Os olhos do dr. Stayner faíscam para Storm e depois rapidamente se desviam para o bar.

– Ah, olha só! Caviar! – Ele vai investigar uma travessa, que sem dúvida *não* contém caviar. E isso confirma tudo para mim, mas ainda assim faço o jogo dele.

– Livie?

Ela olha como o proverbial gato que engoliu o canário.

– Não vai ficar chateada? Espero, abrandando minha expressão.

– O pai de Trent pagou por tudo.

Finjo ofegar e olho para minha irmã com minha melhor cara feia.

Livie se apressa em explicar, toda atrapalhada e vermelha.

– Você precisava de ajuda, Kacey, e era uma ajuda muito cara. Eu não queria te colocar em algum programa de merda do governo porque eles não ajudaram você da última vez e a lista de espera era longa demais, e... – Lágrimas brotam. – Carter internou você como paciente do dr. Stayner em menos de uma hora. O dr. Stayner é amigo dele e é realmente bom, e... – Agora as lágrimas estão escorrendo. – Por favor, não regrida. Você está indo tão bem. Por favor, não faça isso.

– Livie! – Eu a seguro pelos ombros e a sacudo. – Está tudo bem. Eu já havia deduzido isso. E você agiu da melhor forma.

Ela engole em seco.

– Mesmo? – Há uma pausa e ela soca meu braço, com o rosto se torcendo numa careta. – Você sabia e me deixou entrar em pânico?

Eu rio e a puxo em um abraço apertado.

– Sim, Livie. Você sempre fez o que era certo. Sabe de uma coisa, eu sempre acho que preciso cuidar de você, mas na verdade é você quem cuida de mim. Sempre cuidou.

Ela ri baixinho e enxuga as lágrimas com as costas da mão.

Paro, sem ter certeza se devo perguntar, mas pergunto mesmo assim.

– Você falou com Carter sobre Trent?

Livie assente e me abre um sorriso gentil. Eu contei a ela sobre a despedida de Trent. Tenho certeza de que a ouvi chorar pelo telefone. Nem ela consegue odiar Trent.

– Carter me liga no intervalo de poucas semanas para ver como estão as coisas. Trent está indo bem, Kacey. Muito bem – sussurra ela.

– Que bom – concordo com a cabeça, sorrindo. Não pergunto mais nada. É melhor que a gente fique separado, sei disso. Mas ainda me dói por dentro. Meu Deus, ainda dói. Mas sentir isso não é problema, digo a mim mesma. Não vai doer para sempre.

– E então, meninas, preciso dizer uma coisa. – Storm nos interrompe e olha para Dan. Com um gesto de cabeça dele, ela anuncia: – Vou sair do Penny's. Vou abrir uma escola de acrobacia!

Livie e eu ficamos boquiabertas, uma imagem espetacular.

– Mas não é só isso. Dan acaba de comprar uma casa na praia e chamou Mia e a mim para morarmos com ele e eu disse sim. Bom – ela revira os olhos –, Mia disse sim e vale o que ela diz.

Há um instante de silêncio antes de Livie jogar os braços em volta de Storm.

– Isso é ótimo, Storm! – Ela volta a chorar. – Ai, essas são lágrimas de felicidade, é sério. Mas vou sentir muito a sua falta.

Sinto um prazer dolorido enquanto Storm e eu nos olhamos por cima do ombro de Livie. Vou sentir falta de morar ao lado dela. Tudo está mudando. Todos estão seguindo a vida.

– Estou contando com isso, porque – Storm dá um empurrãozinho em Livie e respira fundo, de repente nervosa – a casa é grande. Quer dizer, enorme. Dan herdou dinheiro da avó dele. Temos cinco quartos lá. E... bom... vocês duas têm sido uma parte importante da nossa vida e quero que continue assim. Então, pensamos que vocês poderiam morar com a gente.

Olho de Livie para Storm e Dan.

— Tem certeza de que *você* não precisa de terapia, Dan? — pergunto com toda seriedade. Ele se limita a rir, puxando Storm para perto dele.

Storm prossegue.

— Livie, você pode se concentrar em entrar para Princeton. Kacey — ela me fixa um olhar severo, segurando minhas mãos —, pense no que quer da vida e vá atrás disso. Estarei presente em cada passo do caminho. Não vou a lugar algum.

Concordo com a cabeça, mordendo o lábio para não chorar. Não dá certo. Logo não consigo enxergar através das lágrimas.

Minhas lágrimas de felicidade.

— Certamente ficará sossegado sem as senhoras por aqui — diz Tanner, coçando a cabeça enquanto se senta ao meu lado no banco do parque na área comum. São nove da noite e está escuro. Os homens da mudança virão pela manhã para pegar nossas coisas.

— Gosto do que você fez com tudo isso aqui, Tanner — digo enquanto vejo as luzinhas brancas de Natal penduradas nos arbustos recém-podados. O jardim está sem mato e aparado, e há umas florezinhas roxas brotando. Uma nova churrasqueira foi colocada ao lado de uma mesa de piquenique e, a julgar pelo cheiro persistente de carne grelhada no ar, eu diria que a área comum finalmente tem alguma utilidade.

— Isso tudo é obra da sua irmã — resmunga Tanner. — Ela ficou ocupada enquanto você estava fora. — Ele se recosta e cruza os braços na barriga protuberante. — E então, agora eu tenho três apartamentos vazios. O seu, o de Storm e o 1D.

Sem querer, olho por sobre o ombro a janela escura e sinto tristeza.

– Ainda não o alugou? Trent já foi embora há meses. – Dizer o nome dele deixa minha boca seca e faz surgir um vazio dentro de mim.

– É, eu sei. Mas ele pagou por seis meses. Além disso, eu tinha esperanças de que ele voltasse. – Ele belisca as unhas em silêncio por um momento. – Eu soube da história toda. Livie me contou. Muito difícil para vocês duas.

Concordo lentamente com a cabeça. Tanner estica as pernas.

– Já te falei do meu irmão?

– Hum... Não...?

– O nome dele era Bob. Uma noite, ele saiu com a namorada. Tomou uma cerveja a mais. Achou que estava bem para dirigir. Olha, isso acontece. Não tem desculpa, mas acontece. Abraçou uma árvore com o carro. Matou a namorada. – Esperei em silêncio que Tanner continuasse, vendo suas mãos se mexerem e sua perna se sacudir. – Depois disso, ele nunca mais foi o mesmo. Eu o encontrei enforcado no celeiro do meu pai seis meses depois.

– Eu... – Engulo em seco enquanto estendo a mão, hesitante, e acaricio o ombro de Tanner. – Eu sinto muito, Tanner. – É só o que consigo dizer.

Ele assente, aceitando minhas condolências.

– É um acidente terrível para todo mundo. Quem causou. As vítimas. Todos sofrem terrivelmente, não acha?

– Sim, tem razão – respondo com a voz rouca, me concentrando nas luzes de Natal, imaginando se Tanner precisou de dois meses de terapia intensiva para concluir isso.

– Bom, mas então. – Tanner se levanta. – Espero que Bob agora esteja em paz. Gosto de pensar que ele se encontrou com Kimmy no paraíso. Talvez ela o tenha perdoado pelo que ele fez com ela. – Tanner se afasta com as mãos nos bolsos, e fico olhando a janela escura do apartamento 1D.

E de repente sei o que preciso fazer.

Mal consigo discar o número do dr. Stayner, de tanto que minhas mãos tremem. Ele me deu para emergências. Esta é uma emergência.

– Alô? – Atende a voz suave e eu o imagino sentado em uma poltrona perto de uma lareira com os óculos empoleirados no nariz, lendo uma revista *Shrinks Today*.

– Dr. Stayner?

– Sim, Kacey. Você está bem?

– Sim, estou. Dr. Stayner, quero pedir um favor. Sei que deve ser um abuso da nossa relação e da confidencialidade, mas...

– O que é, Kacey? – Posso ouvir o sorriso paciente em sua voz.

– Diga a ele que eu o perdoo. Por tudo. – Há uma longa pausa. – Dr. Stayner? Pode fazer isso? Por favor?

– Certamente posso, Kacey.

Fase nove

PERDÃO

VINTE E DOIS

As ondas se quebram aos meus pés enquanto caminho pela praia indo para casa, vendo o sol se pôr no horizonte. Quando Storm disse "a praia", eu não sabia que ela pretendia dizer uma propriedade em Miami Beach. E quando ela disse "uma casa grande", eu não sabia que ela pretendia dizer uma mansão de três andares cercada por varandas e uma ala separada para mim e para Livie. Ao que parece, a vovó Ryder mantinha seus dedos enrugados nos campos de petróleo e o único neto, o policial Dan, se deu bem como uma raposa num galinheiro.

Já estávamos ali há quase cinco meses e eu ainda não estava totalmente à vontade. Não sei se porque é bonito demais para ser de verdade ou se está faltando alguma coisa.

Ou alguém.

Toda noite ando pela praia, ouvindo as ondas suaves se quebrarem, curtindo o fato de que posso andar, correr e respirar. E amar. E me pergunto onde Trent deve estar. E como ele está se sentindo. Se encontrou um bom mecanismo de luto para ajudar na sua cura. O dr. Stayner nunca me deu notícias depois daquele telefonema. Confio em que ele tenha dado o recado. Não tenho dúvida disso. Só posso esperar que isso tenha deixado Trent um pouco mais em paz.

Mas eu não pressionei mais. Não tenho esse direito. Perguntei a Livie algumas vezes se ela teve notícias de Trent por intermédio de Carter. Carter faz questão de ligar para ela aos domingos, a cada quinze dias, para saber como estamos e perguntar como vão os estudos. Acho que Livie gosta disso de verdade. É como se ela tivesse uma nova figura paterna que a ajuda a preencher o buraco que ficou depois do acidente. Talvez, com o tempo, eu consiga falar com ele também. Não sei...

Mas, sempre que pergunto sobre Trent, ela implora que eu não reabra essas feridas e me magoe ou o magoe. É claro que Livie tem razão. Livie sempre sabe o que é melhor.

Tento não pensar em Trent seguindo com sua vida, embora ele já deva estar fazendo isso. Pensar nele com os braços em volta de outra só alimenta a dor funda no meu peito. Preciso de mais tempo antes de encarar essa realidade. E meu amor por ele – bom, não sei se vai diminuir um dia. Vou seguir minha vida, uma parte de mim sempre desejando que ele estivesse comigo. Seguir em frente... É algo que não faço desde que meus pais morreram.

Meus pés reduzem o passo enquanto olho o sol se pondo no horizonte, sua última luz dançando pelas milhares de marolas, e agradeço a Deus por me dar uma segunda chance.

– Acho que gosto mais daqui do que da lavanderia.

A voz grave faz meu coração parar. Ofego e me viro, encontrando os olhos azuis e o cabelo castanho-dourado despenteado.

Trent está parado na minha frente com as mãos nos bolsos. Ali, em carne e osso.

Luto para respirar de novo enquanto meu coração volta a bater. Uma gama de emoções me invade e não me mexo, tentando separá-las e compreendê-las para conseguir lidar com cada uma delas. Não para reprimi-las. Não para enterrá-las.

Sinto felicidade. Felicidade por Trent estar aqui.

Desejo. Desejo de senti-lo contra minha pele mais uma vez, seus braços me protegendo, sua boca na minha.

Amor. O que aconteceu entre nós foi real. Sei que foi real. E eu o amo por permitir que eu experimente isso.

Esperança. Esperança de que algo de bonito possa acontecer a partir dessa história trágica.

Medo. Medo de que não seja bem assim.

Perdão... Perdão.

– Por que você está aqui? – digo sem pensar, meu corpo tremendo.

– Livie me pediu para vir.

Livie! Sempre a surpresa. A voz de Trent é tão baixa e suave. Eu podia fechar os olhos e ouvi-la vibrar nos meus tímpanos a noite toda, mas não faço isso, porque morro de medo de que ele desapareça. Assim, eu o olho fixamente, seus lábios separados, as íris azuis que percorrem o meu rosto.

– Acho que ela está convencida de que você não enfia mais gatinhos em caixas eletrônicos – finalmente consigo dizer.

Ele ri, os olhos cintilando.

– Não, imagino que ela não se preocupe mais com isso.

Ele está a apenas um metro e meio, a três passos dos meus braços e não consigo diminuir a distância. Quero fazer isso, muito. Mas não é um direito meu. Aquele corpo longilíneo e forte, aquele rosto, aquele sorriso, o coração – nada disso me pertence mais, está fora dos meus sonhos. Outra pessoa vai ter o prazer dessa bênção. Talvez já tenha.

– O dr. Stayner sabe que você está aqui?

Vejo o peito de Trent subir e descer enquanto ele respira fundo.

– É, eu disse a ele. Não escondo mais nada dele.

– Ah. – Eu me abraço com força. – E como você está indo?

Ele me olha por um tempo e sorri.

– Estou bem, Kacey. – Há uma pausa. – Mas não ótimo.

– Por quê? Qual é o problema? A terapia não está funcionando?

– Qual é o problema? – As sobrancelhas de Trent se arqueiam enquanto ele dá dois passos para a frente, estreitando a distância entre nós, as mãos finalmente segurando minha cintura. Ofego, sua proximidade do meu corpo ao mesmo tempo alarmante e inebriante. – O problema é que toda manhã e toda noite eu fico deitado na cama me perguntando por que você não está do meu lado.

Minhas pernas começam a se dobrar.

– Você sabe por quê – respondo numa voz baixa e derrotada. Por dentro estou gritando e xingando a vida real.

– Não, eu sabia antes. Mas você me libertou, Kacey, lembra? *Eu te perdoo*. Concordo com a cabeça e engulo em seco. Suas mãos afagam meu rosto.

– E não há lugar algum onde eu prefira estar, a não ser com você. – Seu polegar acaricia meu lábio inferior.

Parece que não consigo respirar. Minha mão treme enquanto coloco uma mecha de cabelo atrás da orelha.

– O que o dr. Stayner diz sobre isso? Não é errado?

– Ah, Kace. – Os lábios de Trent se curvam e ele me mostra as covinhas mais fundas que já vi, amolecendo meus joelhos. – Nada jamais seria mais certo do que isso.

É tudo que preciso ouvir. Eu me atiro nos seus braços, minha boca se chocando com a dele.

Eu o prendo. Eu o sinto. Eu o amo.

EPÍLOGO

Uma leve brisa levanta a barra do vestido de Storm enquanto ela e Dan posam para fotos com o mar e um pôr do sol de outono ao fundo. Ela é a noiva mais bonita que já vi, ainda mais com sua barriga de grávida. O bebê deve nascer em três meses e Mia passou a chamá-lo de "Bebê Alienígena X". Não sei de onde ela tira essas coisas. De Dan, provavelmente. O bebê é outra menina. Dan brinca que está condenado, mas, no fundo, acho que ele sente falta de toda companhia feminina. A casa de praia anda um pouco menos carregada de estrogênio ultimamente, com Livie em Nova Jersey e eu dividindo meu tempo entre a casa, a faculdade e o apartamento de Trent a cinco minutos dali.

– Quem diria que tantas gatas estariam no casamento? – Trent se coloca ao meu lado, passando o braço pelos meus ombros. Meu estômago dá uma cambalhota nervosa. Sempre acontece quando Trent toca em mim. Mesmo depois de três anos, seu olhar ainda faz comigo coisas que eu pensava ser impossível. Espero que isso nunca mude.

– Tantas gatas você quer dizer uma só, né? – falo baixo enquanto jogo a cabeça para trás e roço o nariz em seu queixo.

Ele geme.

– Está tentando me deixar com uma ereção na frente dos meus pais?

Eu rio e olho, vendo Carter e Bonnie nos observando de longe, radiantes. Durante a terapia, percebi que eu os isolei da minha vida e da vida de Livie depois do acidente, sem permitir que eles tivessem a oportunidade de se curar como família. Depois que Trent e eu voltamos, fiz questão de escrever um bilhete sincero a eles, convidando-os a entrar em nossa vida. Primeiro Bonnie apareceu na minha porta às lágrimas, depois Carter. Uma coisa levou a outra e ali estavam eles, de mãos dadas, mais uma vez uma família.

O vento nos traz a risada suave de Livie. Ela está com Mia, que está ocupada lhe mostrando seus novos dentes. Livie foi admitida em Princeton, como todos esperávamos, então não a víamos mais com tanta frequência. Tenho tanto orgulho dela. Sei que papai também ficaria orgulhoso.

Mas sinto loucamente a falta dela.

E acho que ela está namorando alguém, embora eu não tenha certeza. Ela não fala muito sobre o que está acontecendo, o que pode ser um sinal de que existe um homem no meio. Espero que ela esteja com alguém. Livie merece isso e muito mais.

Olho a multidão de rostos amigos. Estão todos ali. Cain e Nate – elegantes em ternos, como dois homens podem ser. Tanner, com uma senhora que ele conheceu pela internet. Até Ben, de braços dados com uma advogada loura e gostosa da firma em que ele começou a trabalhar. Ele me pega olhando para ele e pisca. Não posso deixar de rir. *Ah, Ben.*

– Quer ir a Las Vegas na semana que vem? – sussurra Trent, mordendo minha orelha, brincalhão.

Eu rio.

– Tenho provas, lembra? – Acabei de terminar meu primeiro ano de psicologia na faculdade. Pretendo me especializar em terapia de transtorno de estresse pós-traumático e já tenho uma referência incrível do renomado e heterodoxo dr. Stayner.

– Só uma viagem rápida. Até a capela e voltamos.

– É? – Eu me curvo para trás e o olho nos olhos, vendo se ele está brincando. Mas só vejo amor.

Seus dedos deslizam pelo meu rosto amorosamente.

– Ah, sim.

Trent cumpre sua promessa. Ele me faz sorrir todos os dias.

AGRADECIMENTOS

Escrever este livro foi um turbilhão de empolgação e medo. Fui além da minha zona de conforto, entrando em um gênero que nunca escrevi e afastando alguns dos meus temores mais profundos para escrever uma história que adoro. Não poderia fazer tudo isso sem a ajuda de algumas pessoas verdadeiramente maravilhosas.

Às minhas primeiras leitoras, Heather Self e Kathryn Spell Grimes. Vocês duas me deram coragem. Toda aquela conversa de mamilos deu um nó no meu estômago e perdi um pouco a confiança. Vocês, com seus gritos de estímulo, me fizeram acreditar que eu podia ser muito boa neste gênero excitante para jovens adultos. Obrigada.

Às minhas maravilhosas colegas escritoras, em especial Tiffany King, Amy Jones, Nancy Straight, Sarah Ross, C. A. Kunz, Ella James e Adriane Boyd, que aproveitaram a chance de ler este livro antes que fosse lançado. É difícil ter tempo para todos os livros incríveis que aparecem e eu agradeço por vocês terem encontrado algum para este. Obrigada.

A todos os blogueiros e leitores incríveis por aí que me apoiaram. Sinceramente não posso dar nome a cada um de vocês aqui porque eu me esqueceria de alguém e teria vontade de me arrastar para um buraco e morrer (é verdade... me remeteria ao dia do meu casamento, quando me esqueci de agradecer ao fotógrafo). Vocês sabem quem são e nada do que eu disser sobre vocês todos será suficiente. Vocês são pessoas FANTÁSTICAS e agradeço por ter cada um de vocês ao meu (ciber)lado por toda essa jornada. Obrigada.

À minha agente, Stacey Donaghy, por sua dedicação inabalável, seu horário absurdo de trabalho, suas palavras de estímulo e por acreditar em mim desde o primeiro dia. E por viver perto o suficiente de mim para irmos ao Starbucks e tirar fotos aleatórias juntas sempre que temos vontade. Obrigada.

A Kelly Simmon da Inkslinger PR, agradeço por ler os originais – mal-acabados e tudo – e ver o potencial oculto neles. Obrigada, amiga.

À minha editora, Amy Tannenbaum, por acreditar neste livro e em mim como escritora. E por ser simplesmente incrível trabalhar com você. A Judith Curr por correr o risco com esta canadense.

À equipe da Atria Books: Ben Lee, Valerie Vennix, Kimberly Goldstein e Alysha Bullock, por fazer sua magia e fazer este livro brilhar. Obrigada.

Aos meus amigos e familiares que me apoiaram na minha carreira de escritora e aceitaram meu comportamento recluso. Obrigada.

Ao meu marido, por roubar minha única cópia dos originais e levar para Dallas para ler. Isso diz mais do que mil livros. Obrigada.

O tema da embriaguez ao volante e suas consequências sempre me matou de medo. Agora, que tenho filhos, mal consigo controlar meus níveis de medo. Vidas são perdidas, futuros destruídos e corações partidos a cada dia por decisões subjetivas quando as pessoas não são capazes de tomar decisões sensatas. Se este livro impedir que uma única pessoa pegue o volante de um carro depois de beber, ele terá realizado algo monumental.

Este livro foi impresso na Intergraf Ind. Gráfica Eireli.
Rua André Rosa Coppini, 90 – São Bernardo do Campo – SP
para a Editora Rocco Ltda.